MARA
UMA MULHER QUE AMAVA MUSSOLINI

RITANNA ARMENI

MARA
UMA MULHER QUE AMAVA MUSSOLINI

Romance

TRADUÇÃO:
Karina Jannini

VESTÍGIO

Copyright © 2020 Adriano Salani Editore s.u.r.l. - Milano
Publicado mediante acordo com Villas-Boas & Moss Agência Literária. Todos os direitos reservados.

Título original: *Mara. Una donna del Novecento*

Todos os direitos reservados pela Editora Vestígio. Nenhuma parte desta publicação poderá ser reproduzida, seja por meios mecânicos, eletrônicos, seja via cópia xerográfica, sem a autorização prévia da Editora.

EDITOR RESPONSÁVEL
Arnaud Vin

EDITOR
Eduardo Soares

PREPARAÇÃO DE TEXTO
Eduardo Soares

REVISÃO
Isabelle Carvalho Costa

CAPA
Diogo Droschi (Sobre imagem de © Balla, Giacomo/ AUTVIS, Brasil, 2021)

DIAGRAMAÇÃO
Guilherme Fagundes

Dados Internacionais de Catalogação na Publicação (CIP)
Câmara Brasileira do Livro, SP, Brasil

Armeni, Ritanna
Mara : uma mulher que amava Mussoloni / Ritanna Armeni ; tradução Karina Jannini. -- 1. ed. -- São Paulo : Vestígio, 2022.

Título original: Mara : una donna del novecento
ISBN 978-65-86551-64-8

1. Ficção italiana 2. Mulheres 3. Fascismo 4. Segunda Guerra Mundial. 5. Século XX I. Título.

21-93571   CDD-853

Índices para catálogo sistemático:
1. Ficção : Literatura italiana 853
Cibele Maria Dias - Bibliotecária - CRB-8/9427

A **VESTÍGIO** É UMA EDITORA DO **GRUPO AUTÊNTICA**

São Paulo
Av. Paulista, 2.073 . Conjunto Nacional
Horsa I . Sala 309 . Cerqueira César .
01311-940 São Paulo . SP
Tel.: (55 11) 3034 4468

Belo Horizonte
Rua Carlos Turner, 420
Silveira . 31140-520
Belo Horizonte . MG
Tel.: (55 31) 3465 4500

www.editoravestigio.com.br
SAC: atendimentoleitor@grupoautentica.com.br

Para Giacomo, pequeno cavalheiro
Para Costanza, pequena mulher indomável

Sine ira et studio
Tácito

Sumário

A ESPERANÇA 1933-1938   13
1. Fazendo estrela   17
À procura de Mara   21
2. Duas amigas e uma capitã   24
Não há mais sombras   29
3. Desobedecer   32
O fascínio da "mulher crise"   36
4. Cadernos secretos   37
Liceu feminino? Não, obrigada   42
5. Almoço em família   43
Mulheres fascistas sem política   49
6. "Uma indômita chama em mim se abriga"   52
7. Lungotevere Ripa   56
Mães em falta   61
8. O sonho da praça   63
A previsão de Margherita   68
9. Temos um Império   69
Bela abissínia   74
10. La Piccola Italiana   76

Sem voto	81
11. O sol em um sorriso	83
Melhor robusta e com os quadris largos	86

A DÚVIDA 1938-1943 — 89

12. Não podemos	93
Não deixa de ser judia	99
13. O silêncio	101
Em casa, não	105
14. O odor de mostarda e alho	108
Não é um império para mulheres	115
15. Venceremos	117
Uma censura recusada	124
16. O salto	125
Tipo três	129
17. O jogo do quando	131
18. Preto e duro	136
Um cabide de bronze	141
19. Grécia amarga	143
Sagapò	149
20. Batom, não	151
21. A senhorita gosta de Shakespeare?	156
22. A lareira de domingo	162

O FIM 1943-1946 — 167

23. Um pesadelo	171
As mudanças de Palma	176
24. O hóspede de Assunta	178
Maternagem	184
25. A escolha de Nadia	186

26. Os meses de escuridão	191
150 gramas de pão	198
27. Uma carta	201
28. Tenho de obedecer aos meus desejos	207
Feminismo fascista	212
29. São chamados de libertadores	214
Arroz rebelde	220
30. Um adeus	222
31. Com a ajuda de Minerva	225
Clássicos proibidos	231
32. Sejam fortes e me perdoem	233
33. Sem sepultura	237
Morte de mulher	243
34. A primeira vez	245
Agradecimentos	251

A ESPERANÇA
1933-1938

Vocês comerão poeira,
tentarão enlouquecer
e não conseguirão,
terão sempre o fio
da razão que as
cortará em duas.
Mas dessas profundas
feridas sairão
borboletas livres.

Alda Merini
Farfalle libere (Borboletas livres)

1
Fazendo estrela

Estou pronta, nem vou me olhar no espelho. Camisa branca, muito bem passada, sem nenhuma prega; sapatos engraxados; o short preto ainda me cai bem, está mais justo do que no ano passado, mas não tem problema; os cabelos estão presos em uma trança. Tarde de hoje livre, encontro, ginástica, vou fazer pelo menos dez estrelas. Ninguém, nem mesmo Nadia, que é muito boa, sabe fazê-las tão bem quanto eu. Velocidade e pernas retas; depois, olhar diretamente para o público, saudação romana e esperar o aplauso. Na última vez, todos me aplaudiram: os professores, os outros alunos, os pais e até os dirigentes dos *Fasci*.[1] Um deles se aproximou para me cumprimentar.

Bendito sábado. Não preciso lavar nem trocar Antonio, nada de cocô amarelo nos dedos; pelo menos em um dia da semana sou poupada dessa incumbência; minha mãe é que vai trocá-lo, esse pingo de gente que só sabe choramingar, mamar e dormir. Ela diz que, se eu cuidar do Antonio todas as tardes, vou entender como funcionam os bebês e me tornar uma boa mãe. Já tenho 13 anos, e não está muito distante o momento em que terei filhos. Pode até ser assim, minha mãe pode até ter razão, mas tenho outros planos em mente. No entanto, todos os dias tenho de trocar as fraldas, lavar aquele bumbum vermelho e enrugado, passar um pouco de sabão no cocô que fica grudado nele e vesti-lo: uma peça de roupa leve, de linho, para que a pele não fique avermelhada, um

---
[1] Organizações locais do Partido Nacional Fascista. [N.T.]

pano absorvente que retenha o xixi, outro mais espesso, para que não vaze e, por fim, os cueiros. Depois, tenho de esvaziar a bacia no vaso sanitário, enxaguá-la, enchê-la de água e lavar os panos sujos. Sinto nojo, muito nojo. Minha mãe diz que exagero, mas Antonio fede, e para me livrar do odor tenho de lavar as mãos mil vezes com sabão em pedra.

Seja como for, hoje ela não pode dizer nada. Não pode me dizer para cuidar do Antonio nem para organizar as gavetas ou tirar o pó – já tenho altura suficiente – da parte superior dos móveis. Não pode me proibir de sair nem me dar bronca se eu chegar um pouco tarde.

Estou arrumada, essa boina me cai bem, é o que todos me dizem. Ficaria melhor com os cabelos curtos em vez da trança que atrapalha tanto, mas paciência, já posso ir, não, só mais um instante, antes vou esconder minha boneca, tirá-la de cima da cama e trancá-la em uma gaveta. Senão, Anna vai pegá-la, brincar com ela e estragá-la. Já lhe expliquei centenas de vezes que gosto dessa boneca: embora eu tenha 13 anos, ela é especial, foi minha tia Luisa que me deu; ela me quer bem, me entende e, quando me dá um presente, cuido dele com carinho, pois tem um significado. Seus presentes são mensagens e contam histórias. Essa não é uma boneca vestida de princesa ou de fada; se fosse, eu já a teria dado para a Anna, que tem 9 anos e passa as tardes com as bonecas. A minha é uma enfermeira da Cruz Vermelha, vestida de branco com a cruz vermelha no peito. Tia Luisa me disse que as enfermeiras da Cruz Vermelha são verdadeiras fadas, daquelas que fazem o bem, e me contou histórias lindas que repeti a Nadia, deixando-a igualmente surpresa.

Mulheres jovens, nobres, com uma vida confortável em casas grandes e luxuosas, com vestidos e joias, mas quando a Pátria está em perigo, vão à guerra, à linha de frente, onde se luta e se morre e onde até pouco tempo atrás havia apenas soldados e oficiais. Ali organizam enfermarias e hospitais, cuidam e tratam de muitos feridos, levam ordem e limpeza e – segundo me explicou tia Luisa, que viveu a guerra – suportam o cansaço e a dor e não têm medo das bombas. Todos as respeitam, elas sabem cuidar de um ferido como fazem os doutores, às vezes até melhor do que eles porque consolam e ajudam os desesperados.

– Não se deixam intimidar – acrescentou minha tia com orgulho – nem mesmo pelos generais; ao contrário, elas até os repreendem se não cuidarem direito de seus homens ou deixarem os hospitais sujos e ineficientes. – Foram organizadas por uma linda princesa, com um nome francês que minha tia sabe pronunciar muito bem – Hélène d'Orléans –, mulher do primo do rei, o duque de Aosta. – Fazem um trabalho importante, são um grande exemplo para nós, mulheres – disse-me quando me deu essa boneca de presente.

Agora a escondo e vou embora. Nadia já deve estar pronta no patamar, em dia de encontro chega a ficar mais impaciente do que de costume; se fosse por ela, já estaria de manhã no campo.

Na escada, sinto um cheiro bom de comida, vem do andar de cima, do *shabbat* da família Piperno. Sara o prepara na sexta-feira, e o perfume permanece por todo o sábado. De vez em quando, um dos seus três filhos nos traz o pão doce em forma de trança, e nós também o comemos no café da manhã. Ela tem três meninos, de 10, 8 e 6 anos, que são uns demônios, jogam bola na nossa cabeça, enlouquecem minha mãe, mas também são muito educados e respeitosos.

Nadia não está me esperando, tenho de tocar a campainha, vem abrir seu irmão Giulio, que é parecido com ela, louro, de olhos castanhos, e hoje também está com uma cara aborrecida, de quem foi incomodado enquanto fazia alguma coisa importante.

– É a Mara! – grita e vai embora, deixando-me sozinha junto à porta.

Sempre faz isso, grita "É a Mara!" e desaparece. Trata-nos como duas meninas irritantes, acha-se o tal só porque é mais velho, tem muito que estudar e pode sair quando bem entende. Lina repete as mesmas recomendações: depois do encontro, direto para casa; nós dizemos que sim e descemos correndo os últimos lances de escada.

A velha Assunta está sentada ao lado do portão no térreo, desfiando o rosário. Não faz outra coisa o dia inteiro, enquanto controla quem sobe e quem desce. Não é a porteira, não há porteira no prédio, mas nada lhe escapa; relata tudo. Uma vez, contou que dei um tapa em Anna. Desde esse dia, Nadia a chama de espiã.

Quando nos vê aos sábados, não nos cumprimenta, mas faz três vezes o sinal da cruz. Um dia, disse para minha mãe que era uma indecência deixar duas meninas circular de short, com as pernas nuas e vestindo camisas justas. Dom Rino, o velho padre que de vez em quando a visita para com ela recitar o rosário, também tinha ficado escandalizado.

"A família não diz nada?", perguntara. Tenho certeza de que minha mãe concorda com Assunta, mas lhe respondeu que nossa roupa era uniforme de ginástica, que toda semana havia o encontro, desejado pelo *Duce*; foi ele quem havia decidido que as meninas tinham de manter o corpo são, assim seriam mães perfeitas e poriam no mundo filhos robustos, prontos para servir à Pátria. Não deve tê-la convencido, porque hoje também, à nossa passagem, faz o sinal da cruz. Dou o braço a Nadia e tento acelerar o passo; ela não suporta Assunta, diz que é uma velha estúpida que prefere o retrato do Sagrado Coração ao de Mussolini. Quando se oferecera para ajudá-la a pendurá-lo, ela lhe respondera: o *Duce* não é santo. Como sempre, Nadia se vira para trás para lhe fazer caretas. Tomara que Assunta não perceba, senão, toca aturar minha mãe amanhã.

Caminhamos a passos rápidos. Pronto, estou leve, livre e feliz.

À procura de Mara

VIÚVAS DE GUERRA, véu preto e olhos baixos, camponesas vigorosas, donas de casa econômicas, professorinhas obedientes, mães prolíficas. Como pano de fundo, mulheres severas de uniforme, decididas a fazer respeitar a ordem dos homens. Foi assim que sempre imaginei as mulheres fascistas. Subalternas, submissas. Em contraposição, a imagem das *partigiane*.[2] Livres, corajosas, nas montanhas e nas cidades do Norte lutaram pela liberação. Estafetas audazes. Metralhadora na mão e semblante decidido nas fotos, símbolo da Resistência feminina. Sorridentes com a chegada da República. A liberdade, pisoteada no vintênio,[3] finalmente conquistada também graças a elas. Antes, as mulheres eram escravas do regime. Identificavam-se com ele.
O fascismo?
– Eu era fascista, mas porque desse modo eu podia sair mais – disse-me certo dia uma senhora, amiga minha, que vivera aqueles anos.
Minha mãe também tinha uma boa recordação do sábado fascista, gostava de sair com as amigas e marchar em fila pelas ruas da sua pequena cidade. Só me disse isso quando a doença dissolveu as inibições que a haviam impedido de fazer confissões tão sinceras à filha comunista.

---

[2] Guerrilheiras da Resistência antifascista. [N.T.]
[3] Referência ao período da ditadura fascista na Itália (1922-1943). [N.T.]

– Passávamos pelas ruas de Brescia de short e pernas nuas, e os passantes ficavam escandalizados... nós, contentes.

Ainda ri a mãe de uma amiga que encontro por acaso e à qual peço informações sobre sua juventude durante o fascismo. Depois, um livro sobre Edda Ciano.[4] Pensei: com certeza, ultrafascista, mas não submissa, nem mesmo ao pai.

Historiadoras importantes, ao contrário de seus colegas homens, pesquisaram sobre as mulheres do Fascio e obtiveram resultados surpreendentes. Graças a elas, descobri protagonistas dessa história que me eram desconhecidas. Nomes que eu nunca tinha ouvido. Regina Terruzzi, Elisa Majer Rizzioli, Teresa Labriola. E muitas outras. As poucas, pouquíssimas, que participaram da assembleia de San Sepolcro ou da Marcha sobre Roma. As esquadristas[5] que queriam bater como os homens. Observei os quadros com rostos femininos entre as duas guerras: semblantes doces, mas também decididos, ousados, curiosos. Vi nos documentários da época corpos livres, ágeis, vontade de futuro. A foto de Ondina Valla, orgulhosa vencedora nas Olimpíadas de 1936.

Propaganda. Istituto Luce.[6] Imagens que o regime queria difundir porque eram convenientes. Junto com aquelas tão diferentes de mães rodeadas por sete, oito, dez filhos ou mulheres severas de uniforme, vestais. Elas se tornaram o símbolo da condição feminina do vintênio. As outras haviam sido apagadas.

O fascismo também havia sido fundado na limitação e na eliminação da liberdade feminina. Eu tinha certeza disso. Começava a duvidar se teria conseguido por completo. Que toda uma geração de mulheres, nossas mães, nossas avós, tivesse eliminado a liberdade dos próprios projetos de vida. Que por mais de vinte anos tudo tivesse sido suspenso e retomado no dia 25 de abril de 1945. Sei e estou convencida de que existe uma história

---

[4] Filha mais velha de Benito Mussolini. Foi casada com o propagandista fascista e ministro das Relações Exteriores, Conde Galeazzo Ciano. [N.T.]

[5] Membros de grupos armados que atuavam para intimidar os adversários do fascismo. [N.T.]

[6] Empresa criada em 1924 para a produção e distribuição de filmes e documentários. Foi utilizada pelo regime fascista como ferramenta de propaganda. [N.T.]

das mulheres que se encontra, se entrelaça com a história geral dos povos, que pode depender dela, mas nunca coincide com ela. Muitas vezes, é esquecida, e temos de procurá-la, deixando de lado os lugares-comuns, as certezas construídas, não apagando, mas separando a história que nos ensinaram, bem como os acontecimentos de nossa vida pessoal. Foi o que fiz, e acabei encontrando Mara.

2
Duas amigas e uma capitã

O som da campainha, o punho de Nadia batendo à porta:
— Mara!

Quando queremos nos falar, usamos a vassoura. Nadia mora no primeiro andar; eu, no segundo. Um golpe de vassoura significa "nos vemos agora mesmo, te espero em casa", dois, "nos encontramos no pátio, no nosso banco dos segredos". Desta vez, Nadia não quis esperar nem um segundo sequer e subiu a toda velocidade para me chamar. Tem os olhos acesos e as bochechas vermelhas.

— Vamos, desça, preciso te mostrar uma coisa importante.

Quando Nadia fica assim impaciente para me mostrar alguma coisa, geralmente se trata de uma foto do *Duce*. Tem de todos os tipos, recortadas de revistas e jornais; coloca-as em ordem em envelopes, que guarda em uma caixa. Suas preferidas são aquelas em que Ele está praticando esporte: equitação, natação, esqui, esgrima, dirigindo uma motocicleta ou, melhor ainda, com óculos e roupa de aviador. E ainda com o uniforme, a camisa preta, o chapéu-coco. De vez em quando as observa, admirada.

Além do *Duce*, Nadia ama educação física; é muito boa na ginástica e, quando crescer, quer ensiná-la.

— Vou fazer com que as italianas sejam saudáveis e fortes como Ele quer — repete.

Alguns dias atrás, na volta da escola, mostrou-me o artigo de um jornal que dava força a seus projetos: uma página inteira dedicada à inauguração da Academia Feminina Fascista de Educação Física, em Orvieto. Um ex-convento se tornava o templo da ginástica feminina. Após dois anos de curso, o diploma para se tornar professora nas escolas públicas. Nadia pode realizar um sonho.

– Para entrar, preciso prestar um concurso, mas vou passar – disse-me – e depois trabalhar como uma louca, longe de casa, não vou ver minha família, vou sentir saudade deles, mas vou dar conta.

– Custa cinco mil liras por ano! – salientei depois de dar uma olhada no artigo, mas ela não se abalou.

– Eu sei – respondeu-me prontamente –, mas Giulio vai me ajudar. Ele é rabugento, mas é um bom irmão. Quando eu participar do concurso, ele já vai ter terminado a universidade, vai trabalhar e ter dinheiro; além do mais, o terceiro ano na academia é gratuito, porque as melhores não pagam nada, e com certeza vou ser a melhor.

Quando minha amiga decide uma coisa, encontra resposta para tudo.

Levou-me até seu quarto, ou melhor, seu cubículo, como costuma chamá-lo. O quarto maior foi dado a Giulio – ele é homem, tem de estudar pra valer e precisa da luz da janela que dá para a rua –, mas não para me mostrar, como eu esperava, a enésima imagem do *Duce*. Na moldura pendurada na parede diante da cama estava a foto de uma mulher jovem, morena e muito séria, com um chapéu preto com uma caveira na cabeça.

– A capitã – disse-me, apontando para ela. – Sabe quem é?

Percebi que ela ficaria brava se eu dissesse que não, mas eu realmente não conhecia aquela ali, e fui obrigada a admiti-lo.

– Ines, Ines Donati – explicou-me, feliz por suprir minha ignorância –, todos a chamavam de "capitã" porque era capaz de moer de pancada quem ofendesse a Pátria... os comunistas... os grevistas. Para os derrotistas, era uma encrenca encontrá-la pela frente. Certo dia, saiu no tapa com um socialista, e não um qualquer, mas um deputado. Em Roma, quando os varredores entraram em greve, ela desceu para limpar as ruas e dar o exemplo. E se saiu muito bem, melhor do que os homens que estavam com ela. Combateu os bolcheviques em toda parte; onde fosse preciso lutar e defender a Itália e o *Duce*, lá estava ela. Não ficava em casa, bordando; era uma fascista de verdade, daquelas que intervêm com armas quando necessário e punem quem quer trair. Também participou da Marcha sobre Roma – nós não nos lembramos de nada porque ainda éramos pequenas –, levando no bolso duas pistolas. Andava armada, queria estar sempre pronta, havia pedido para fazer parte da milícia. Como os homens, entende? Exatamente como os homens.

Quando Nadia começa a falar dos seus heróis, ninguém a segura.

– Morreu de tuberculose aos 24 anos. Quem sabe o que teria feito se ainda estivesse viva. O *Duce* também a conhecia e a admirava. Ouça, Mara, você precisa me fazer um favor.

Pronto, chegou a hora em que ela me pede um favor, eu digo que sim, e depois, como sempre, vêm os problemas. Em geral, quer minha cumplicidade para fazer algo proibido e me mete em encrenca.

Da última vez, fomos às escondidas ao Arco de Constantino, onde o *Duce* encontrou Italo Balbo, que voltava de sua viagem aérea aos Estados Unidos.

– Temos de fazer isso – havia insistido Nadia e me explicado que 25 hidroaviões pilotados pelo herói italiano tinham ido da Itália a Chicago e depois a Nova York. Um sucesso enorme, milhares de pessoas acorreram ao estádio de Long Island, os correios americanos emitiram um selo para a ocasião, e a sétima avenida de Chicago tinha seu nome. – Os americanos aplaudiram Balbo e o *Duce*! Entenderam do que nós, italianos, somos capazes.

Desse modo, tínhamos absolutamente de assistir ao encontro entre Ele e o grande aviador que voltava de sua façanha. Tenho de admitir que foi uma boa ideia e nos divertimos muito. Em primeiro lugar, vimos o *Duce*, que proferiu um discurso magnífico. É extraordinário, forte e bom, seu semblante transmite confiança; quando faz a saudação romana, arranca um grito de alegria. O grito *"Duce, Duce"* vem mesmo do coração. Depois, os *Atlantici*[7] em uniforme branco de gala e com as condecorações reluzentes, e Italo Balbo recebendo o bastão de marechal do ar. Estávamos contentes, só que minha irmã Anna, que é pequena e invejosa, bancou a espiã. Não sei como ficou sabendo aonde íamos,

---

[7] Aviadores italianos que realizaram as primeiras travessias atlânticas a bordo de hidroaviões de madeira, sob o comando do general Italo Balbo. [N.T.]

mas quando nos recusamos a levá-la conosco, delatou-nos para minha mãe, que contou para Lina, mãe de Nadia. À noite, tivemos de acertar as contas em família.

– Se queriam tanto ir, poderiam ter pedido para Giulio acompanhar vocês – disse Lina, que sempre se preocupa muito com o temperamento impetuoso da filha e tenta controlá-la. Como se fosse fácil convencer Giulio a sair do seu quarto e fazer algo por nós. – Domingo, nada de cinema – acrescentou. Minha mãe concordou.

Desta vez, Nadia inventou mais uma: pediu-me para acompanhá-la ao Verano, o cemitério de Roma que fica bem longe da nossa casa; temos de pegar um bonde, senão dois, ou então caminhar por alguns quilômetros. No Verano estão os restos mortais da sua heroína, da capitã, como ela a chama, que por ordem do partido foram enterrados na capela dos mártires fascistas. Ela ficou sabendo disso por acaso. Temos de levar-lhe nossa saudação. Eu disse que sim, o que mais podia fazer? Ela me abraçou e me deu um presente: um santinho que seu tio calabrês lhe trouxe de Vibo Valentia na última vez em que foi visitá-los. Na verdade, o tio trouxe dois, um também para Giulio, mas ela o deu a mim. É um santinho da *Madonna del Manganello* ou Nossa Senhora do Cassetete. Nele se vê a imagem da Virgem segurando Jesus em um braço e, no outro, um bastão nodoso. No verso, uma oração que Nadia leu em voz alta. E eu com ela.

> Ó tu, santo Cassetete,
> tu, patrono sábio e austero,
> mais do que bomba e faca
> com os inimigos és severo.
> Ó tu, santo Cassetete,
> de nodoso carvalho és filho,
> sempre operas verdadeiros milagres,
> se na hora do perigo
> bates nos vis e nos impostores.
> Cassetete, Cassetete,
> que clareias todo cérebro,
> serás sempre o único
> que o fascista adorará.

Dissemos que tínhamos de ir visitar uma colega da escola que estava doente, mas fomos ao Verano. Caminhando com rapidez, levamos uma hora para ir e outra para voltar. Estudamos o percurso com antecedência. De resto, era fácil: Largo di Torre Argentina, Via Nazionale, estação Termini e, por fim, Via Tiburtina. Na ida, ficamos com medo de não aguentar. Não tínhamos dinheiro suficiente para pegar o bonde. Com o pouco de que dispúnhamos antes de entrar no Verano, compramos uma rosa para a capitã.

Nadia deve ter notado que fiquei preocupada com minha mãe, que poderia perceber alguma coisa, e na volta me tranquilizou: o *Duce* ficaria contente conosco. De fato, tínhamos feito uma boa ação. Então, de braço dado, começamos a cantar: "Juventude, juventude, primavera de beleza!".

Em casa, tudo tranquilo.

Não há mais sombras

É DIFÍCIL ENTENDER a adesão convicta e apaixonada das mulheres ao fascismo. A admiração pelo duce que beira o amor, a obsessão. Leio em algum lugar que uma dona de casa bolonhesa lhe enviou nada menos do que 848 cartas. Todas de amor e estima incondicional. Parou de escrever-lhe apenas em 1943, e não é difícil compreender o motivo.[8] Seja como for, eram realmente inúmeras as que lhe mandavam missivas apaixonadas.

Seriam todas estúpidas ou possuídas, essas mulheres do vintênio? Para entender o que efetivamente ocorre na relação com o regime e o *duce*, temos de desviar o olhar para o que lhes oferecera o Estado liberal, nascido do *Risorgimento*. Leio que, para Giuseppe Mazzini[9] – o mais benévolo –, a mulher deve limitar-se a ser o Anjo da família. "Mãe, esposa, irmã", escreve, "é o carinho da vida, a suavidade do afeto difundido em seus esforços, um reflexo sobre o indivíduo da providência amável que vela pela Humanidade." Vejo que Vincenzo Gioberti[10] não tem nenhum escrúpulo em dizer que a mulher é "para o homem o que

---

[8] Em 25 de julho de 1943, Mussolini foi deposto e preso. [N.T.]

[9] Giuseppe Mazzini (1805-1872): político e revolucionário da unificação italiana. [N.T.]

[10] Vincenzo Gioberti (1801-1852): filósofo e político italiano. [N.T.]

o vegetal é para o animal, ou a planta parasita para a que se mantém e se sustenta sozinha".

Antonio Rosmini[11] tampouco deixa por menos: "Compete ao marido, segundo a conveniência da natureza, ser chefe e senhor; compete à mulher ser quase uma aquisição, uma realização do marido, inteiramente consagrada a ele e dominada por seu nome".

O Estado liberal, filho do *Risorgimento*, não quer saber do voto das mulheres. Em 1912, concede-o apenas aos homens, primeiro estendendo o sufrágio a 23 por cento dos cidadãos do sexo masculino e depois, em 1918 – como sinal de gratidão e confiança *após* 600 mil mortos e quase um milhão de feridos na Grande Guerra –, a quem completou 21 anos.

Não se ocupa das italianas; sua presença não constitui motivo de interesse político nem legislativo, e a ausência de figuras femininas nas instituições não é levada em consideração. As mulheres não são pessoas, parecem mais sombras que adquirem maior ou menor consistência de acordo com o homem que têm ao seu lado. Nada além disso. Somente em 1919 lhes é concedida a capacidade jurídica e a admissão com os mesmos direitos que os homens nas repartições públicas. Até então, é necessária a autorização (masculina) também para vender um bem de propriedade. O marido é dono de todo ganho eventual. Os filhos nascidos de relações adulterinas simplesmente não existem, assim como não existe o adultério masculino (ao passo que o feminino é punido). Enfim, os homens severos, vestidos de preto, com barba e olhar pensativo, que a história nos indica como os pais da nação, agem em um patriarcado tão resoluto que parece natural.

Em seguida vem o fascismo e inaugura uma nova política. Sem dúvida, quer as mulheres no papel de esposas e mães entre as paredes domésticas, mas pela primeira vez esse papel é reconhecido e apreciado pelo Estado e pelo *duce*. Tem um valor, torna-se presença pública. No vintênio, elas já não são fantasmas, mas cidadãs. De série B, inferiores aos homens, as italianas existem e são indispensáveis à pátria e à nação. Com o fascismo, a sombra se torna pessoa. Com pouca liberdade,

---

[11] Antonio Rosmini (1797-1855): padre católico, teólogo e filósofo italiano. [N.T.]

poucos direitos, excluída de um processo de emancipação, mas cidadã considerada pela política.

Não é uma mudança insignificante. É uma ruptura da qual é preciso partir para entender o comportamento feminino durante o regime: se as italianas aceitam completamente ou em parte o papel que lhes é imposto e até quando; se sabem seguir adiante e como. Se obedecem cegamente ou com convicção, se e quando aprendem a desobedecer. Se, apesar de tudo, sabem construir a si mesmas.

3
Desobedecer

Não aguentamos mais; por isso, vamos até nosso banco dos segredos para decidir uma estratégia.

Temos 14 anos, mas nossas famílias nos proíbem tudo, tratam-nos como se fôssemos duas meninas, embora continuem a repetir que "já somos duas senhoritas" e, ainda em suas palavras, "já estamos quase na idade de casar".

No entanto, não podemos cortar os cabelos, não podemos nos vestir como bem entendemos, não podemos ir ao *dopolavoro*.[12] Os cabelos devem permanecer longos, presos atrás da nuca ou em uma trança; o *dopolavoro* não é lugar para mulheres, melhor deixá-lo aos homens. Para aprender a cozinhar e bordar, é inútil frequentar os cursos das mulheres do *Fascio*, basta seguir os ensinamentos das nossas mães. Os cursos são para as moças pobres sem família. Quanto às roupas, "esqueçam as revistas, aquilo não é roupa para mulher, mas para manequins". Nós sonhamos com esses manequins. Mulheres maravilhosas, magras, refinadas, com trajes sempre da moda, plissados e com cauda, prata e bordados.

— Em nós também ficariam bonitos – repete Nadia, que há alguns dias tirou minhas medidas com a fita métrica da cesta de trabalho de

---

[12] *Opera Nazionale Dopolavoro* (Obra Nacional após o Trabalho): instituição do período fascista que controlava e coordenava as atividades recreativas dos trabalhadores. [N.T.]

sua mãe. – Viu? Você é perfeita. Tem cintura fina, até dois centímetros a menos do que a minha... – Quando folheamos as revistas, dividimos os vestidos.

– Este ficaria melhor em você... o verde cai bem nas louras, e tem um belo decote.

Minha mãe ou Lina – normalmente é tia Luisa quem nos passa as revistas – balança a cabeça.

– No primeiro filho vocês vão perder essas fantasias. Vão ter mais o que fazer em vez de ficarem experimentando chapéus.

Tenho certeza de que não. Nadia e eu nunca ficaremos gordas e teremos belos vestidos. Vamos comprá-los em um daqueles ateliês de costura frequentados pela tia Luisa e seremos magras a vida inteira, como as atrizes americanas que vemos no cinema.

Enquanto isso, tentamos conseguir ir ao *dopolavoro*. Gostaríamos de frequentá-lo mais vezes, mas não para seguir os cursos de costura nem para aprender a fazer ragu. Queremos ir lá para ver os filmes – eles projetam uns muito bonitos – e os documentários do Istituto Luce sobre as atividades do *Duce*, assistir às peças teatrais e aprender a interpretar, participar dos espetáculos que estão preparando e que entrarão em cena em algumas semanas. Disseram que haveria papéis próprios para nós em uma história muito bonita. Um socialista, um comunista – esse papel é atribuído a um colega de escola de Nadia, por quem ela tem uma queda –, por amor a uma boa moça fascista, repudia suas próprias ideias e volta a amar a Pátria, a família e o *Duce*.

Aceitamos, por sorte ninguém pensou em consultar nossos pais, acham que o consentimento deles é óbvio, e participamos dos ensaios às escondidas. Na "estreia", que será daqui a três sábados, já decidimos que chegaremos com os cabelos curtos como gostamos.

Portanto, encontro marcado diante da pia da minha casa. Vamos lavar nossos cabelos juntas porque queremos cortar as pontas, só um centímetro, para fortalecê-los – foi o que dissemos a Lina, que nos perguntou por que não lavávamos a cabeça cada uma por conta própria.

Em vez disso, aproximei-me de Nadia e *tac*, com a tesoura cortei de um só golpe metade da cabeleira. Já me preparava para proceder com a outra metade, depois Nadia faria a mesma coisa com a minha trança, quando minha mãe chegou inesperadamente. O segundo *tac* não ocorreu. Em um instante, ela entendeu tudo, arrancou a tesoura da minha mão e por pouco não me deu uma bofetada. Não podia fazer mais nada pelos cabelos da minha amiga. Já os meus estavam intactos. Assim, Nadia ficou com os cabelos curtos – ela própria cortou a outra metade – e agora está com uma bela cabeça encaracolada e loura, com a qual a boina preta do uniforme combina muito bem. Eu ainda tenho a trança e sabe-se lá por quanto tempo terei de mantê-la. Lina ficou brava, minha mãe também; fizeram uma lista de todas as punições que sofreríamos nas próximas semanas, mas por sorte nada puderam dizer sobre os ensaios teatrais. Vamos às escondidas, sempre inventando uma desculpa diferente, um livro para levar a uma amiga, um favor para um professor.

Quase conseguimos. Quase. O ensaio geral está marcado para uma tarde de sexta-feira, uma sorte: esse é o dia que minha mãe e Lina dedicam às compras de miudezas em armarinhos que descobriram em outro bairro e que são mais baratos. Podemos ir ao *dopolavoro*, que fica a poucas centenas de metros da nossa casa, e voltar em tempo para o jantar.

Mais uma vez, Anna nos traiu. Desta vez, sem maldade, mas o resultado foi desastroso. Espiou-nos durante os ensaios em casa e ficou tão entusiasmada que contou para minha mãe que somos muito boas. Que Nadia é uma mulher fascista perfeita – "Parece a tia Luisa, mãe; fala como ela" – e que eu interpreto muito bem o papel da jovem apaixonada. Minha mãe logo entendeu, contou para o meu pai, ou melhor, brigou com ele, porque ele frequenta o *dopolavoro* e não percebeu nada. Meu pai tentou pôr panos quentes, mas ela e Lina foram inflexíveis: suas filhas não se exporiam em público nem mesmo no *dopolavoro*. Já havia os encontros organizados pelo partido, os cursos de ginástica, as competições. Mas teatro, não. Assim, meu pai conversou com os organizadores, encontrou uma desculpa, nem sei qual, e nós, com vergonha, nunca mais aparecemos.

Agora, todos estão irritados. Exceto Anna, que não consegue entender a razão de tanta agitação. E Giulio, que desatou a rir. É só três anos mais velho do que nós; a ele, tudo é concedido, e ainda se permite zombar da nossa cara. Vamos fazê-lo pagar.

Por enquanto, o fracasso é completo, a não ser pelos cabelos de Nadia, que realmente ficaram como ela queria. Na família, o clima é tenso, minha mãe me olha torto, duplicou minha dose de trabalhos domésticos e me vigia de perto.

Só me resta esperar. Refugio-me nos sonhos; quando eu for para a universidade, vou fazer o que quiser e vai ser muito bom. Longe de casa, das exigências da minha mãe, do choro de Antonio, dos caprichos de Anna. Fiquei sabendo que estão construindo uma nova universidade entre Castro Pretorio e o cemitério Verano; dizem que será grande, moderna.

– Como as americanas – contou-me Giulio.

Vou pegar o bonde pela manhã e passar o dia assistindo às aulas. Professores importantes, leitura dos clássicos e bibliotecas, sobretudo bibliotecas. Vi nos filmes, são imensas, em edifícios antigos, com estantes até o teto e mesas enormes, também cobertas de livros, sabe-se lá quantos romances há nelas! Por enquanto, leio os que minha tia Luisa me dá de presente ou os que pego emprestado na biblioteca da escola.

E tenho de estudar na cozinha, com Anna ao meu lado, que fala, fala, fala e me pede para ajudá-la a fazer as lições, minha mãe, que prepara a refeição e Antonio, que grita para que troquem sua fralda.

Sim, eu também vou para a Sapienza, não é um sonho. Lutei para atingir esse objetivo, não foi fácil, mas consegui. Mais uma vez, tenho de agradecer à tia Luisa.

O fascínio da "mulher crise"

O FASCISMO escolhe o corpo feminino ideal. A mulher tem de ser vigorosa, de quadris largos e seios fartos. O endocrinologista Nicola Pende chega a definir suas medidas: no máximo 1,60 metro de altura e 56, 60 quilos. O contrário de um modelo alto e magro, pouco adequado – é sempre o regime a falar – para parir uma prole numerosa e, assim, cumprir as tarefas de fecundidade que a natureza atribuiu ao sexo feminino.

A mulher "autêntica" se contrapõe àquela que, com desprezo, é definida "mulher crise". Os dois modelos de corpo e estética representam papéis, posições sociais e geográficas diferentes.

A "mulher crise" vive na cidade, usa produtos estrangeiros, tem costumes decadentes e, naturalmente, faz poucos filhos; a mulher "autêntica" vive no campo, não segue a moda, tem orgulho de suas roupas rurais, é forte e prolífica. A primeira nunca será a mãe exemplar pretendida pelo regime; a segunda se adapta às suas expectativas de maneira espontânea e com satisfação.

Os dois modelos também se encontram entre quem está convencido e quer obedecer em tudo ao *duce* e ao fascismo. E não pode ser de outro modo. No cinema e nas revistas de moda, muitas das mulheres mais representativas da época certamente não se parecem com camponesas formosas. Em compensação, estas são exaltadas nos discursos do duce e dos dirigentes do Partido Nacional Fascista, nos documentários do Istituto Luce e nas inúmeras manifestações femininas que o fascismo organiza periodicamente. Desse modo, mulher crise e dona de casa rural passam a conviver até a guerra varrer sonhos, abstrações e modelos.

4
Cadernos secretos

— Para uma mulher, é mais do que suficiente estudar até os 14 anos; afinal, depois se casa, faz filhos e não sai de casa. O que vai fazer com tanto estudo? Certamente não vai servir para preparar um bom ragu.

Isso era o que meu pai repetia quando eu estava para escolher o que ia estudar. E continuava:

— Enquanto espera o casamento, você pode trabalhar na loja e aprender a vender tecidos; vai ser vendedora.

Assim, entre outras coisas, ele economizaria um pouco de dinheiro dispensando a que trabalha lá no momento, a pobre Lucia, que, além do mais, é manca e tem uma mãe para sustentar. Depois, quem sabe – pensava esperançoso –, eu tomaria gosto pela coisa e herdaria a atividade. Nossa, que satisfação! Passar os anos lidando com clientes e fornecedores; à noite, calcular o faturamento e se queixar por ser muito pouco.

Minha mãe insistiu para que eu continuasse a estudar e, embora seja meu pai a decidir sobre as questões importantes, desta vez ela o convenceu usando seus próprios argumentos: se o negócio já não vai tão bem, se é verdade que a situação pode piorar, não seria melhor garantir mais um salário para a família?

— A Mara poderia ser professora de escola elementar – disse minha mãe. – Tudo bem que professor não ganha muito, mas nos ajudaria.

Com a intervenção do tio Edgardo, que conhece muita gente importante, não me mandariam trabalhar em uma cidadezinha perdida no interior ou na montanha, mas em Roma, perto de casa, e tudo se arranjaria.

– Depois, se você ficar noiva e se casar – acrescentou olhando para mim –, vai poder parar de trabalhar; tia Luisa já pensou no dote.

Portanto, magistério. Não me agradava nem um pouco a ideia de ser professora de escola elementar. Alguns anos antes, justamente minha tia me dera o livro *Cuore* (Coração), sobre a professorinha "que, sempre alegre, mantém a classe alegre, sempre sorri, sempre grita com sua voz clara que parece cantar, batendo a palmatória na mesinha e nas mãos para impor silêncio".

Uma bela narrativa, tranquilizadora. Mas ilusória.

Ouvi outras, que me convenceram mais. Professores com dezenas e dezenas de alunos, pequenos camponeses sujos, sem sapatos, que só vão à escola quando o tempo da colheita ou o trabalho no campo permitem. Deu para fazer uma ideia. Como professora eu teria um trabalho garantido, como dizia minha mãe, mas um salário miserável, um quarto esquálido em uma casa perdida no campo, muita solidão e alguma amargura. Admiro muito as professoras de escola elementar, sei que a Itália precisa de seu sacrifício, sei que nosso *Duce* tem diploma de professor de magistério, mas esse trabalho realmente não é para mim. Detesto o campo, não gosto de criança e não tenho tanta certeza assim de que o tio Edgardo arranjaria tudo.

Quanto a ir para a loja do meu pai e suportar mau humor e tristeza o dia inteiro, então, nem se fale. Já me basta sua cara amuada quando volta para casa, as frases amargas sobre o que anda acontecendo no mundo, as esperanças sempre frustradas. Tampouco penso em me casar. Sim, há um rapaz de quem gosto, mas ele nem olha para mim; portanto, é inútil falar sobre isso e talvez até pensar nisso.

Por sorte, no debate familiar que me estava condenando a um destino de professora de escola elementar no campo, tia Luisa também deu sua opinião:

– Mara tem talento, gosta de estudar, tira boas notas. Talvez não aconteça o mesmo com Anna nem com Antonio, os temperamentos são diferentes. Mas ela pode ter algo melhor. Por que não a mandar ao liceu clássico?

Por mil motivos, sobretudo econômicos, listados pelo meu pai. Eu não tinha uma ideia muito clara, mas entendi que a proposta da tia Luisa me agradava mais do que as outras. Assim, chorei por dois dias. Eu não queria ser vendedora nem professora de escola elementar. Queria estudar e ir para a universidade. Eu nunca havia feito birra. Era uma menina tranquila, que passava horas em cima de um livro e recopiava as tarefas da escola só pelo gosto de fazê-lo. Quando vi que minha reação surpreendeu todos, continuei a chorar e a me desesperar. Até tia Luisa intervir de novo. Ela pagaria minhas taxas universitárias. A graduação faria parte do enxoval que havia decidido me dar de presente e certamente seria mais útil do que lençóis bordados. Meu pai resmungou alguma coisa e se calou; minha mãe – eu não esperava por isso – piscou para mim, e eu abracei minha tia. A harmonia familiar se restabeleceu.

Nesse momento, estudo latim com afinco, enquanto Nadia faz planos sobre quando for admitida na Academia de Orvieto, da qual continua a falar com entusiasmo. Seus pais não têm tanta certeza.
– É muito caro – dizem, mas ela está decidida.
Disse que se não aprovarem vai escrever ao *Duce*, contando tudo, e está certa de que ele vai dar um jeito.
Giulio vai para a Faculdade de Direito. Nunca fala do seu futuro – em geral, fala pouco –, estuda e pronto; aos domingos, vai ao cinema e não me parece muito satisfeito quando também tem de nos acompanhar. E eu me mantenho vaga, digo que vou estudar muito, que depois do liceu vou para a Faculdade de Letras, terei um emprego importante, mas não saberia dizer qual nem onde. Sei apenas duas coisas: gosto muito de escrever e de latim. Os poetas do nosso grande passado me emocionam.
Talvez cedo ou tarde eu consiga publicar alguma coisa, um dia tomo coragem e procuro um editor. Ou mando uma história para alguma revista. Por enquanto, escrevo às escondidas, e só mostro meus textos a Nadia; ela sabe guardar segredo e sempre diz que minhas histórias são lindas e que com certeza vou me tornar uma grande escritora. Também comecei a fazer um diário. Achei que ninguém tivesse percebido que, depois de terminar as tarefas, escrevia meus pensamentos em um caderno preto, parecido com o da escola, mas minha mãe logo intuiu e – o que me surpreendeu – não deu uma de suas indiretas, do tipo:
– Você bem que poderia me ajudar a tirar o pó em vez de perder tempo.

Ao contrário, contou-me que ela também, por muito tempo, escreveu seus pensamentos em um caderno até eu nascer. Mesmo quando se casou e, no início do matrimônio, ia à loja ajudar meu pai, à noite, depois de lavar os pratos e arrumar a cozinha, escrevia. Não eram coisas importantes, disse-me: gostava de anotar o que havia feito durante o dia, contava quem tinha encontrado na loja ou no mercado, recopiava uma receita ou um artigo interessante do jornal que meu pai levava para casa e registrava alguma recordação da infância, assim poderia contá-la aos filhos. Nada de especial, mas gostava de fazer isso, sentia-se satisfeita, como se aquelas poucas linhas dessem um sentido ao seu dia.

– Escrevo mal, você sabe – disse-me –, mas aquele caderno era só para mim. Não era para ninguém ler.

Então, nós nascemos: eu, Anna e Antonio, e ela, aos poucos, abandonou seu caderno secreto – chamou-o assim mesmo –; um dia, ele lhe pareceu inútil e ela o colocou de lado, à noite ficava tão cansada que só tinha vontade de ir para a cama.

Minha mãe é brusca, não suporta sentimentalismos, muito raramente nos beija; por isso, mesmo querendo abraçá-la, não o fiz, mas tornei a pensar em quanto mudou. Está mais tolerante e menos nervosa. É claro que tenho de lavar Antonio todas as tardes, aos domingos, tirar o pó de toda a casa e, antes de ir à escola, engraxar os sapatos do meu pai, mas à noite, quando continuo a escrever deitada na cama, ao lado de Anna, há tempos já não grita para eu apagar a luz e, antes da hora do jantar, se fico sentada à mesa da cozinha com os cadernos e os livros abertos, não diz nada e continua a se ocupar dos seus afazeres em silêncio; só quando meu pai resmunga que está na hora de comer ela me interrompe e pede para eu liberar a mesa.

Desde que eu soube do caderno secreto, penso em minha mãe de maneira diferente. Antes eu estava certa de que pouco tínhamos em comum, de que ela não podia me entender; ao imaginar como queria ser quando crescesse, vinha-me em mente a tia Luisa, com seu passo ágil, a figura esbelta, os pequenos chapéus extravagantes, a expressão atarefada, séria e serena. Talvez também minha mãe tivesse sido como ela se não tivéssemos nascido, se tivesse se casado com um figurão, e não com um comerciante que corre o risco de falir; é bonita quando solta os cabelos ondulados sobre os ombros, passa uma quantidade mínima de pó de arroz e coloca um de seus vestidos em vez do que sempre usa em casa; no entanto, ninguém lhe faz um elogio, ninguém aprecia sua pele ainda lisa, todos falam bem dela, mas as palavras de consideração são pelos filhos limpos e arrumados, porque é econômica e em casa nada é jogado fora, porque faz roupas para nós, cachecóis, casaquinhos tão bonitos que até poderia vendê-los. A quem lhe propôs que o fizesse, ela respondeu, orgulhosa, que o que seu marido ganhava era mais que suficiente, e ela conseguia até mesmo poupar.

Agora sei que, para continuar a escrever em paz, posso contar com ela.

Liceu feminino?
Não, obrigada

O DUCE pensou em um liceu feminino. Ou melhor, foi a reforma do filósofo Giovanni Gentile a pensar nele. Um liceu apenas para mulheres, para "dispensar um complemento de cultura geral às jovens que não aspirem aos estudos superiores nem à obtenção de um diploma profissional".

Em poucas palavras: as jovens de boa família e com alguma propensão para os estudos podem frequentar uma escola superior pensada para elas, onde podem preparar-se adequadamente para se tornarem as esposas e mães da classe dirigente. Esta última – inteiramente masculina – frequentará o liceu clássico *tout court*.

Para as mulheres se prevê, pelo menos no papel, uma boa preparação. Estudarão Língua e Literatura Italiana e Latina, História e Geografia, Filosofia, Direito e Economia Política; dois idiomas estrangeiros, dos quais um obrigatório e o outro facultativo. Além disso, história da arte, desenho, trabalhos femininos, música, canto e dança.

O instituto evitaria – esse era o objetivo declarado com clareza – "a afluência de mulheres aos outros liceus", o que – é ainda Gentile a falar – "diminuiria o rigor das instituições para os futuros dirigentes".

As mulheres são distrações a serem eliminadas.

Não funciona.

As jovens de boa família evitam com diligência frequentar o instituto pensado apenas para elas. Assim, na falta de inscrições, no final do primeiro ciclo escolar, em 1928, o liceu feminino fecha as portas.

5
Almoço em família

—Afinal, vocês vão pôr a mesa ou não?
Minha mãe está nervosa, embora seja domingo, um domingo especial porque tia Luisa e tio Edgardo vêm almoçar; ou melhor, tenho a impressão de que está nervosa justamente por isso, quer que tudo esteja perfeito e, desde a manhã, não faz outra coisa a não ser gritar ordens. Toalha boa, bordada, passada com capricho.
– Estiquem bem.
Todos nós, até mesmo Antonio, tomamos banho na banheira e estamos bem penteados. Minha mãe pôs de lado os chinelos e o vestido que costuma usar em casa, sobre a combinação, e exibe outro, florido e um pouco justo; passaram-se apenas poucos meses desde o parto – diz –, e não pode pretender voltar a ser como era em tão pouco tempo. De resto, "uma mulher deve ser robusta; melhor vigorosa, com alguns quilos a mais, do que seca e pálida".

Meu pai escolheu sua melhor camisa e, enquanto espera os convidados, lê o jornal na poltrona, bem debaixo da foto do *Duce*, perto da mesinha onde minha mãe já dispôs as xícaras para o café.

Antes, no lugar do *Duce*, havia as fotografias emolduradas dos meus avós, que acabaram em cima da cômoda do quarto para deixar espaço à Dele, com as mãos entrelaçadas e o olhar sério. Ficará olhando para nós durante o almoço, controlando para que tudo corra bem; sempre que meu olhar cruza com o dele, sinto-me protegida e cheia de confiança, penso que enquanto Ele estiver ali, estaremos todos seguros. É o que meu pai também repete; mesmo nesse período, anda de péssimo humor porque a loja não vai muito bem e ele não sabe por quanto tempo conseguirá manter a família com o bom padrão de vida que tivemos até agora. "Porque não somos ricaços", mas, como diz minha mãe, "se formos cuidadosos, conseguimos nos virar."

— Vivemos melhor do que muitos outros — repete-nos meu pai —, vocês podem estudar.

A vida da minha mãe não é fácil desde que ela começou a economizar em tudo, pois com o dinheiro que meu pai lhe passa não dá para esbanjar, e ela controla cada centavo. Agora inventou um sistema para poupar, divide o dinheiro em potes, um para a comida, outro para as contas, outro para os pequenos vícios do meu pai — cigarros e o semanário *Domenica del Corriere* —, e assim por diante. Há também um pote de economias que de vez em quando nos mostra, orgulhosa.

— A culpa não é do *Duce* — disse a meu pai, que lhe contava a respeito da falência de outra loja perto do Largo di Torre Argentina —, a crise vem do exterior; ele está fazendo de tudo para nos manter fora disso.

As visitas da tia Luisa e do tio Edgardo são sempre um acontecimento. Minha mãe e meu pai se sentem um pouco acanhados na presença do meu tio, pois ele é um homem importante, um engenheiro considerado, conhece pessoas de peso e participa de muitos projetos para renovar bairros, cidades e países. A Itália deve tornar-se um grande País, como quer sua história. O *Duce* a deixará ainda mais bonita. Com muitos engenheiros e arquitetos, meu tio está pessoalmente empenhado nisso e tem orgulho do seu trabalho. Quando fala a respeito, nos faz sentir no centro de uma grande mudança.

Minha mãe, que admira o cunhado, já não se entende muito bem com a tia Luisa. O fato é que são diferentes, nem pareceriam irmãs, não fosse pelo olhar: têm olhos imperiosos que não conseguem esconder certa agressividade, embora ambas sejam capazes de controlá-la; além do mais, tia Luisa é muito boa em aparar as arestas, superar os momentos de tensão quando conversa com minha mãe e em ficar do lado do marido sem invadir seu território. São casados há anos, mas não têm filhos; minha tia perdeu o primeiro durante a gravidez, e o segundo morreu ainda bebê.

Acontecera antes de eu nascer, a guerra tinha acabado pouco antes, e percebi que ninguém quer falar dessa história tão triste. No entanto, consegui reconstruir alguma coisa. Ela estava em Veneza por causa do trabalho do tio Edgardo e fora obrigada a uma repentina e perigosa fuga noturna, debaixo de um bombardeio. No dia seguinte, havia perdido o filho. Somente alguns meses depois, engravidara novamente: pelo que fiquei sabendo, meu primo, que haviam chamado de Emanuele, nascera um ano antes de mim e, como diz minha mãe, era lindo. Desta vez, quem o levou foi a espanhola, a terrível gripe que havia provocado montanhas de mortos. Tia Luisa também adoeceu, mas conseguiu superá-la; já seu filho, não.

Quando nasci, minha mãe se sentiu terrivelmente culpada. Tinha uma menina bonita e saudável, enquanto a irmã havia perdido dois filhos. Tia Luisa reagiu de maneira inesperada. Decidiu que não queria mais ter filhos, deixou o passado para trás e começou a dedicar-se à beneficência. O fascismo a ajudou. Sua atividade não permaneceu privada nem ligada à paróquia, foi apreciada publicamente, ela foi recompensada e a intensificou. A dor pela morte dos filhos foi colocada de lado, como se pertencesse a outra vida, da qual preferia não falar. O trabalho e o empenho social a ocuparam por completo. Estava sempre atarefada, exceto quando estava comigo.

Tia Luisa sempre se ocupou de mim. Não como minha mãe que, como ela diz, tem de me educar. Simplesmente, ela sempre gostou da minha companhia. Mesmo quando eu era pequena e por certo não podia manter nenhuma conversa, ela falava comigo, levava-me para passear, contava-me histórias. De fato, contou-me muitas histórias. Uma mais bonita do que a outra. Seus presentes também sempre continham um relato. E foi ela quem me deu meu primeiro livro, os contos de fadas dos irmãos Grimm.

Minha mãe não diz abertamente, mas não aprova, sorri com ironia dos seus afazeres contínuos e, sobretudo, das suas dietas. Minha tia quer manter a linha e quase nunca come doces. Minha mãe tampouco aprova a força com a qual a irmã quis deixar para trás a dor pela morte dos filhos e, quando ela não está presente, chama-a de "pobre Luisa".

Para mim, minha tia não parece nada pobre, e fico feliz por ser sua preferida. Gosto dos seus casacos justos na cintura, das meias transparentes, do seu sobretudo com gola de raposa prateada, dos sapatos de salto e do fio de pérolas que ela nunca abandona; um dia vi em seu armário um vestido de noite e fiquei encantada: era tecido e bordado com fios de prata. Além disso, sempre traz um chapéu novo, geralmente de cor viva, como me fez notar minha mãe que, mais uma vez, tratou de criticar.

– Todo esse dinheiro jogado fora com roupas e chapéus – resmungou ela, que já não gasta quase nada, confecciona sozinha as próprias roupas com os retalhos da loja do meu pai e, somente nas ocasiões especiais, passa um pouco de pó de arroz.

Eu gostaria de ser como a tia Luisa, magra, elegante, com as mãos bem cuidadas, e não arruinadas pelos trabalhos domésticos, capaz de falar de tudo, não apenas das despesas e dos filhos; gosto quando me abraça e sussurra:

– Você e eu nos entendemos, não é, Marinha?

Não sei ao que está aludindo, mas fico feliz e, quando vem nos visitar, sento-me perto dela para sentir melhor seu perfume e não perder nem uma palavra do que ela diz. Minha mãe não pode dizer absolutamente nada sobre minha adoração por minha tia: talvez não goste, mas é irmã dela, não uma estranha, e é a mulher do tio Edgardo, que ela estima tanto.

Quando completei 11 anos e minha tia anunciou seu presente, minha mãe ficou boquiaberta: tia Luisa cuidaria do meu enxoval – disse –, que seria de luxo, com lençóis de linho, toalhas de mesa bordadas e roupa de banho. Mais para a frente, também robes e camisolas, colocaria tudo em um baú, assim, no momento do matrimônio, meus pais não teriam nenhuma preocupação.

Não me interessam muito lençóis e toalhas, nem entendo por que são tão importantes, mas aprecio o fato de tia Luisa ter pensado em mim como em uma filha, porque é o que eu gostaria de ser. Não apenas pelos vestidos, pelas pérolas e por todas as coisas que enumerei até agora – também por isso –, mas, sobretudo, porque ela dá importância aos meus estudos e é uma fascista de verdade, que trabalha todos os dias para o *Duce*; Nadia, que está sempre pronta a dar sua opinião, também a admira, pois minha tia faz parte dos *Fasci Femminili*[13] e é uma mulher importante. Há algum tempo, trabalha na Onmi[14] e se ocupa sobretudo

---

[13] Seção feminina do Partido Nacional Fascista. [N.T.]

[14] *Opera nazionale maternità e infanzia*: entidade assistencial italiana, fundada em 1925, para proteger e auxiliar mães e crianças em dificuldade. [N.T.]

dos órfãos. Um dia vai me levar com ela até lá porque tenho de saber o que o *Duce* faz por todas as mulheres, inclusive as do povo, e por seus filhos, que, do contrário, seriam abandonados.

– Eles também são italianos – disse –, eles também têm direito de crescer e engrandecer nosso País.

Durante o almoço, fala-nos de suas inúmeras atividades, e todos a ouvimos com atenção, a não ser aquela cretina da Anna, que só quer se levantar da mesa para ir brincar no pátio com suas amiguinhas; meu pai e tio Edgardo também prestam atenção, e até minha mãe ouve, embora finja não estar interessada e continue a pôr e a tirar a mesa ou a servir o café.

Tia Luisa conta com entusiasmo sobre os *Fasci Femminili*. Diz que são centenas de milhares as mulheres inscritas. Existem as Pequenas Italianas, as Jovens Italianas e as Jovens Fascistas. A elas se acrescentam as seções das *Massaie Rurali* e das *Operaie e Lavoranti a Domicilio*.[15] São elas que organizam as feiras beneficentes, os cursos de costura, bordado, economia doméstica, as visitas às famílias dos combatentes mortos na guerra, a distribuição de leite e enxovais para bebês, bem como a assistência aos médicos nos ambulatórios e o cuidado das crianças nas colônias de férias. Não para um minuto; mesmo assim, está sempre muito bonita. Até quando se lamenta de alguma coisa.

Não entende, por exemplo, por que as mulheres fascistas não podem tomar suas decisões sem esperar as ordens vindas de cima.

– Somos tão capazes e responsáveis quanto os homens – diz. – Ainda bem que existe o *Duce*. Ele tem muita consideração por nós. Antes, ninguém se dava conta do que fazíamos pela família e pelo País. Ele sabe muito bem que somos nós que educamos os jovens, os fascistas do futuro, e que de nós depende o destino de todos.

Tia Luisa olha para mim, eu a ouço com atenção, mas, de vez em quando, meus pensamentos vão para outro lugar. Hoje espero dela outra coisa. Confidenciei-lhe meus sonhos, disse-lhe que quero escrever romances e trabalhar, não sei exatamente onde, mas em um lugar que me permita escrever, e ela prometeu me ajudar. Tive de vencer a

---

[15] *Massaie Rurali* (donas de casa rurais) e *Operaie e Lavoranti a Domicilio* (operárias e trabalhadoras em domicílio) eram associações femininas fascistas. [N.T.]

vergonha quando lhe falei a respeito, porque era um segredo que, até então, tinha confiado apenas a Nadia. Vamos conversar sobre isso e esclarecer as ideias, respondeu-me, e esperei que, de um momento a outro, ela me desse o braço e me levasse para longe do restante da família para me sussurrar alguma coisa, mas o almoço terminou, já estamos na sobremesa, e ela ainda não me disse nada sobre o que é tão importante para mim. Depois do café, acende um cigarro e fala de outro assunto. Conta a respeito das próximas manifestações das mulheres, das cerimônias previstas para as mães. Gosto das cerimônias, com os hinos, as saudações, as bandeiras, e meu sonho é encontrar o *Duce*. O que eu lhe diria? Poderia tocá-lo? Desta vez, o tema não me interessa: tenho a impressão de que tia Luisa fala das mães prolíficas porque não tem intenção nenhuma de conversar comigo, não pensou no que eu lhe disse, e me vem um pouco de tristeza. Sinto-me abandonada.

Porém, no momento da despedida, ela me abraça, aproxima-se do meu ouvido e me sussurra:

– Não se preocupe, Mara, você é talentosa, e eu vou te ajudar. Precisa ter um pouco de paciência.

Meu coração dispara, o vazio que eu havia sentido até então é preenchido, tia Luisa não me decepcionou, pensou em mim, apenas adiou suas reflexões para um momento mais oportuno.

Antes de irem embora, os tios nos dão os presentes que sempre trazem quando vêm para o almoço: um pequeno chocalho de prata com um laço de cetim azul para Antonio, uma boneca com vestido cor-de-rosa e uma pequena grinalda de flores para Anna e um pacote também para mim.

– Abra-o depois – diz minha tia com um sorriso de cumplicidade.

Parece-me um livro. Pego-o e corro para o pátio.

Mulheres fascistas sem política

"**INSCREVA-SE** nos *Fasci di Combattimento*.[16] Convença seu marido a votar nos candidatos fascistas." O apelo, publicado no *Fascio* de 14 de maio de 1921 e destinado às mulheres, tem sucesso: os fascistas obtêm 35 deputados, e as organizações femininas aumentam rapidamente.

A julgar pelos números, a presença das mulheres no partido cresce ano após ano. Em junho de 1927, são 50.161 inscritas, que em 1937 se tornam 737.422 e, em 1943, 1.217.000. A elas se unem as *Massaie Rurali,* cuja organização, surgida em 1933, logo se torna a mais numerosa, até beirar dois milhões e meio de inscritas em 1942.

Quanto ao significado e ao valor dos números, não é difícil formar uma opinião. Em um regime totalitário, a carteira de afiliação não apenas é útil, mas indispensável. Um trabalho, um favor, uma promoção dependem do pertencimento ao partido.

Igualmente claras são as incumbências. De acordo com o Estatuto, os *Fasci Femminili* devem divulgar e manter acesa a ideia fascista também fora da esfera familiar, melhorar a preparação espiritual e cultural da mulher italiana, concorrer para realizar todas as atividades assistenciais, organizadas pelo Partido Nacional Fascista, colaborar com as várias atividades assistenciais do regime, desenvolver nos ambientes femininos

---

[16] Movimento fundado por Mussolini em 1919, em Milão, que serviu de base para a formação do Partido Nacional Fascista. [N.T.]

ações de propaganda para a defesa da raça, colaborar com as organizações sindicais e econômicas em prol da autarquia da nação.

Não tão claro ou, pelo menos, colocado de lado pela história escrita pelos homens, é o debate que, durante algum tempo, ocupa as mulheres fascistas, divide-as e, ao final, leva a uma conclusão com a qual não se contava. Os grupos femininos devem ser completamente submetidos ao controle do partido, sem nenhuma autonomia de decisão? Ou, no âmbito da linha do *Fascio*, podem ter alguma liberdade de iniciativa? São simples organismos de beneficência e propaganda ou têm a possibilidade de fazer escolhas? Trata-se de um debate que, nesses anos, também atravessa os partidos comunistas e socialistas. O mesmo percorrido pelo feminismo moderno.

Portanto, também nos primeiros anos do fascismo há quem reivindique a autonomia feminina. Mulheres que querem participar da vida pública e política, e não se limitar à beneficência e à assistência.

Autonomia. Para o regime, essa é uma palavra impronunciável. Inútil buscar a respeito dessa questão qualquer dúvida dos dirigentes do Partido Nacional Fascista ou discussões sobre o tema. Os homens são contrários, e os apelos das mulheres ao *duce* não dão nenhum resultado. Quem pretende mais do que foi concedido é derrotado. A ação política – conforme especificado no Estatuto – "destina-se apenas aos *Fasci*".

Entre as vítimas dessa escolha está Elisa Majer Rizzioli. Fascista convicta e de primeira hora, mulher respeitada e rica, ela é o símbolo da derrota das mulheres que reivindicam, mesmo na total adesão ao regime, uma migalha de liberdade.

Elisa se casa com um tabelião, mas em 1911 se torna enfermeira da Cruz Vermelha e, com outras 23 mulheres, embarca no navio *Memfi* para se unir aos soldados na Líbia. Organiza as legionárias de Fiume, inscreve-se no partido fascista, participa da campanha eleitoral de 1921 e da Marcha sobre Roma, funda na Lombardia os primeiros grupos femininos fascistas e a *Rassegna femminile italiana*. Esse boletim quinzenal exalta o papel materno, dedica grande atenção ao cuidado dos filhos, à higiene, à proteção e à educação das crianças das famílias necessitadas, luta para melhorar a lei sobre a maternidade e por uma maior tutela das mães operárias e do trabalho em domicílio.

Elisa Majer Rizzioli, que sem dúvida apoia o regime, tem uma ideia própria sobre a identidade ideal da mulher que não coincide completamente com a do fascismo. Para ela, a mulher deve dominar vários idiomas (italiano, francês, alemão e inglês), ter um físico robusto, saber nadar, patinar e dirigir automóvel. Ter dons especiais, como coragem e constância, e estar habituada ao sacrifício. A mulher fascista, diz, não é uma vestal nem uma politicante (como, no seu entendimento, são muitos homens), mas, sendo dotada de disciplina interna, deve viver, lutar e morrer para defender a pátria e seus ideais mais elevados.

Ela própria se adequou a esse modelo de força e respeitabilidade. Mas não consegue vencer a batalha mais importante. Nomeada inspetora-geral dos *Fasci Femminili* no final de 1924, entra em conflito com os dirigentes justamente sobre o ponto do Estatuto que prevê a total subordinação das mulheres às organizações do partido. Não está de acordo. A mulher fascista não deve dedicar-se apenas à beneficência e ser confinada em atividades assistenciais. Mesmo conservando seu posto de "rainha da casa", pode contribuir com o governo do país e exercer um protagonismo paritário e feminino. Elisa olha com desconfiança a campanha demográfica e ataca a grosseira incompetência masculina, que reduz a mulher a uma máquina reprodutora.

Não tem uma vida fácil. Em 1926, Roberto Farinacci, secretário do partido, suprime a figura de inspetora-geral dos *Fasci Femminili*, obrigando-a a demitir-se e a suspender a publicação de sua revista. É nomeada delegada-geral do *Consorzio Femminile Italiano*, um cargo tão pomposo quanto puramente formal. Sua última iniciativa ocorre em março de 1929, quando ela organiza a Mostra Feminina de Arte Pura, Decorativa e de Trabalho, primeira exposição inteiramente dedicada às obras das mulheres e inaugurada em 10 de março, no Castello Sforzesco, em Milão. Decepcionada e amargurada, morre em 2 de junho de 1930. Com ela se encerra toda ideia de autonomia das mulheres em relação aos homens do partido.

6
"Uma indômita chama em mim se abriga"

É tarde avançada, mas no pátio ainda há um pouco de luz. Mais tarde, vão acender as luzes, por enquanto tenho de me contentar com o que resta de um dia de inverno, mas iluminado. Desci porque não queria abrir o presente na frente dos outros. Sei que a tia Luisa me trouxe um livro, sei que, como todos os seus presentes, este também contém uma mensagem, e quero ouvi-la sozinha, sem perguntas nem comentários. É um livro de Ada Negri, escritora de quem minha tia sempre me fala. Li algumas de suas poesias na escola, como *Stella mattutina* (Estrela matutina). No interior do livro, tia Luisa escreveu alguns versos da poetisa.

> Não tenho nome.
> Sou a rústica filha
> Do úmido tugúrio;
> Plebe triste e condenada é minha família,
>   mas uma indômita chama em mim se abriga.

Em seguida, uma dedicatória: "A Mara, o ensinamento e a história de uma mulher que soube erguer-se e tornar-se grande. Com amor, tia Luisa".

Penso em adiar a leitura, em breve vai escurecer, mas não resisto, começo a ler em pé, perto do muro, e sou arrebatada já nas primeiras linhas.

"Esquelética, reta, ágil. Mas não posso dizer como é realmente seu rosto: porque na casa da menina há apenas um pequeno espelho, sabe-se lá de quantos anos, coberto por manchas pretas e esverdeadas; e a menina nunca pensa em pôr os olhos nele; e mais tarde não poderá se lembrar do próprio rosto de então."

É a história de Dinin, neta de uma porteira e filha de uma operária, uma moça pobre, mas que ama os grandes romances e consegue estudar. A história que estou lendo é não apenas a da pequena e imaginária Dinin, mas também a da própria escritora, de sua vida e de suas dificuldades. O rosto de Ada, que vi algumas vezes nos jornais, a pele pálida, os grandes olhos escuros e a massa de cabelos pretos e ondulados, tornam-se em minha cabeça os de Dinin. Ela também é neta de uma porteira e filha de uma operária da indústria têxtil, vive na pequena habitação da avó, em um edifício de gente rica, observa a vida dos moradores e todos os dias sofre humilhações. Dinin observa, imagina, julga. Sofre, mas não se rende.

Como sua Dinin, Ada quer estudar para se libertar da pobreza à qual são levadas a avó e a mãe, quer se tornar professora de escola elementar e o consegue, à custa de enormes sacrifícios. Tímida e amedrontada, vai lecionar longe de casa a pequenos maltrapilhos sem sapatos, que falam apenas dialeto. Sua vida é cansativa, mas ela consegue seguir adiante, torna-se professora, mas não renuncia a seus sonhos e os realiza: à noite, continua a escrever poesias, contos e romances. Começa com um artigo em um jornal, manda uma poesia para outro, que a publica. Depois, o reconhecimento final. O *Duce*, que é seu amigo, escreve uma crítica entusiasmada sobre seu livro no periódico *Popolo d'Italia* (Povo da Itália). E, em seguida, Ada recebe muitas outras recompensas, entre elas o tão desejado "Prêmio Mussolini".

Não me surpreendo, ela não podia deixar de agradar a quem, como o nosso *Duce*, sempre se preocupou com a sorte do povo e, portanto, dos mais pobres. Ela não narra a respeito de senhores ricos, de castelos e amores românticos; suas protagonistas não são as mulheres que já têm tudo e cuja vida se passa entre bailes e recepções, mas a existência dura de quem trabalha, de quem vai à fábrica, de quem mantém a família com pouco dinheiro e muito esforço. Justamente como Dinin e as protagonistas de outro livro, *Le solitarie* (As solitárias), que minha tia me havia emprestado e que me fizera chorar muito. Mulheres que se curvam, silenciam, sofrem, trabalham, mas permanecem sólidas, esculpidas na pedra. Também quando parecem perdedoras, são elas a reger a própria vida e a dos outros.

O pouco de sol invernal foi definitivamente embora. Eu gostaria de ficar mais no pátio, seguir adiante na leitura, debaixo da luz do poste que acabou de se acender, sentada no banco rústico no qual Nadia e eu nos refugiamos quando queremos conversar longe de ouvidos indiscretos. Mas está fazendo muito frio e, antes que me chamem, é melhor voltar para casa. Por sorte, minha mãe está atarefada e não me pede para ajudá-la; Antonio dorme e meu pai também cochila na poltrona, debaixo do retrato do *Duce*. Posso ocupar a outra poltrona e continuar a ler.

Levanto o olhar quando todas as luzes na rua já estão acesas e, do andar de baixo, do apartamento de Nadia, ouço o barulho do rádio. Giulio sempre o liga antes do jantar para ouvir as últimas notícias. Nossos vizinhos têm um rádio, nós ainda vamos comprá-lo, e meu pai, por um motivo ou por outro, adia a aquisição. Assim, descemos para ouvi-lo no andar de baixo, sobretudo quando Giulio, que sempre sabe tudo, nos diz que haverá uma transmissão importante, um anúncio do *Duce* ou o relato de uma cerimônia oficial. Então, Lina oferece aos homens um copo de vinho, e nos reunimos diante do aparelho. Minha mãe segura Antonio nos braços, Anna se põe em um canto com sua boneca e fica quieta por alguns minutos. Nadia, Giulio e eu aproximamos três cadeiras e não perdemos nem uma palavra. Às vezes também ouvimos os comentários políticos, que vêm depois do noticiário. Ficamos um pouco entediados, mas, desse modo, podemos prolongar nossa visita.

Depois do copioso almoço em homenagem aos tios, no jantar haverá apenas uma sopa leve. Estou tão farta de sopas leves que qualquer dia desses ainda vou para a cama sem jantar. Esta noite eu o faria de bom grado para terminar de ler meu livro. Como eu esperava, por meio da vida de Dinin e de Ada, tia Luisa respondeu às minhas perguntas. Não me fez promessas, não me deu ilusões, não me ofereceu uma ajuda incondicional; mandou-me uma mensagem positiva e sincera. Esta noite realmente vou renunciar à sopa leve, vou dizer à minha mãe que comi demais no almoço e, assim, ir direto para a cama. São bons esses momentos antes de adormecer, quando o dia se encerra. Ninguém interrompe o fluxo dos pensamentos que se movem livremente e, podendo vagar onde querem, alçam voo; às vezes me surpreendo, quero detê-los, e com frequência eles me dão momentos de alegria.

À noite, encolhida debaixo das cobertas, imagino-me em alguns anos, quando terei terminado o liceu e começarei a universidade e, depois, terei um trabalho. Não penso em uma vida como a de Dinin ou de Ada, em uma escola no campo, com alunos pobres e descalços. Gosto de me imaginar trabalhando em um escritório confortável e luxuoso, na cidade, ao qual me dirijo de manhã vestida com elegância, bem penteada, com os cabelos ondulados cobertos apenas por um pequeno chapéu. Claro que vou me esforçar, mas fazendo o que gosto, e conhecerei pessoas cultas, com as quais falarei de coisas importantes. Talvez meu local de trabalho seja a redação de um jornal. Existe uma não muito distante da minha casa. Todos os dias, da janela vejo entrar e sair homens pensativos, com jornais debaixo do braço e cigarro na boca. Também já vi algumas moças como eu gostaria de ser. Serei apreciada e admirada. Ou então serei escritora e publicarei a coletânea das minhas histórias. Todos me elogiarão. Eu também poderia escrever um romance, nunca tentei, mas amanhã vou redigir uma trama. Quando sou um pouco mais realista – raramente –, penso que poderia trabalhar em uma grande biblioteca, de tanto que gosto da companhia dos livros.

7
Lungotevere Ripa[17]

Clotilde trabalha na casa de uma família nobre e rica. É uma moça esforçada, trabalhadora, sonha em se casar, ter muitos filhos, e está apaixonada por um rapaz que trabalha como jardineiro. Nando diz que a ama e que quer se casar com ela. A coitada cede a seus pedidos insistentes e acaba engravidando.

A descoberta de estar esperando um filho a lança na angústia. Nando desaparece, e ela pensa em tirar a própria vida. Enquanto tenta chegar a uma ponte sob a qual correm as águas do Tibre, vê um cartaz: crianças brincando, mulheres tranquilas e sorridentes. Acima de todas, paterna e sorridente, a figura do *Duce*. Há também um nome desconhecido nesse cartaz, Onmi, que significa – como descobrirá mais tarde – *Opera nazionale maternità e infanzia*. E um endereço. Clotilde vai até o local; vê um edifício claro, com grandes janelas de canto à margem direita do Tibre. No início, sente-se intimidada, mas logo se tranquiliza, é acolhida com carinho e ouvida. Pode dar à luz seu filho, dizem-lhe; ele será assistido até os 5 anos. Depois do parto, ela poderá voltar a trabalhar. Clotilde se sente melhor ao retornar: arrependido da fraqueza demonstrada, Nando a espera, declara-lhe seu amor e está disposto a se casar com ela.

Intitula-se *Clotilde* o conto que escrevo de impulso após ter visitado uma sede da Onmi. Tia Luisa, que havia prometido considerar meu

---

[17] Trecho do Rio Tibre que une a Ponte Palatino ao porto de Ripa Grande, em Roma, no bairro Trastevere. [N.T.]

desejo de me tornar escritora e me levar para visitar o lugar onde ela trabalha, manteve os dois compromissos. Na primeira tarde, passou para me buscar.

— Temos de ir a Lungotevere Ripa, um belo passeio — disse, apertando-se no seu sobretudo de um fantástico azul-escuro —, podemos bater papo o quanto quisermos.

Às vezes acontece em Roma de a primavera chegar já em fevereiro, e caminhamos sob os plátanos que margeiam o rio, aquecidas por um sol primaveril; como duas amigas, ela passa o braço por baixo do meu e fala rapidamente, sem se interromper; eu fico quieta, mas sinto o coração na garganta. As palavras da minha tia podem decidir meu futuro. Se ela disser que o que tenho são ilusões, eu acreditaria nela sem duvidar, mas ficaria muito, muito infeliz. Minha tia fez uma longa introdução. Escrever é um ofício complicado, disse-me; é difícil que também seja rentável, "e você precisa ganhar dinheiro. Além do mais, você tem algumas vantagens, é jovem e pode aprender, corrigir os defeitos, aproveitar esses anos em que não é obrigada a ganhar a vida para melhorar".

Minha tia nunca leu nada meu, mas parecia tê-lo feito, pois foi direto ao ponto.

— Você vai ter vontade de escrever sobre aventuras, personagens fantásticos, de imitar os escritores que leu, a realidade vai te parecer mesquinha, e você vai querer viajar com a imaginação. Mas a imaginação sem a realidade torna-se artificial, desprovida de alma. Para serem verdadeiros, seus personagens têm de falar dentro de você; somente assim você poderá transmiti-los a outras pessoas.

Eu gostaria de discursos mais encorajadores, mas tive de admitir que ela estava certa. Enquanto ela falava, eu pensava nas minhas histórias, que por sorte ela ainda não havia lido: todas tinham os defeitos que ela acabara de elencar. Após as palavras da minha tia, os personagens, que eu achava ter descrito com cuidado, pareciam-me fantoches. Tinham rosto e corpo de homens e mulheres, mas eram de mentira. De fato, o mundo em que viviam tinha pouco a ver com a realidade.

— Seja como for, para fazer um julgamento, preciso ler alguma coisa — concluiu minha tia antes de entrar no grande edifício da Onmi. Prometi a ela que lhe levaria uma história escrita por mim.

Enquanto caminhávamos, eu esperava chegar a um lugar miserável, com muitos pobres e algumas senhoras elegantes trazendo doações e palavras de conforto. Como se lê nos romances.

A realidade é diferente: diante de mim, uma grande construção moderna, cheia de luz, um refeitório, faianças, mármore, equipamentos, uniformes brancos, máxima limpeza. Mulheres que ensinam a outras mulheres como dar banho nas crianças, como fazê-las engolir o xarope, como prender a fralda nos bebês. Tia Luisa percebe minha surpresa e, enquanto veste um jaleco, conta-me que ali se acolhem moças em dificuldade, ajudam-se mães pobres e cuida-se das crianças para que cresçam fortes e saudáveis. A Onmi é um presente, um grande presente que o *Duce* deu às italianas. E existe não apenas em Roma, mas também no interior e nos municípios, em toda parte, com médicos, obstetras, enfermeiras para assistir, tratar, ensinar normas de higiene, apoiar o aleitamento, distribuir comida e medicamentos. Eu não imaginava toda essa organização, as muitas mulheres que minha tia cumprimenta como amigas e que, como ela, depois de vestirem jalecos alvos, põem-se ao trabalho. A Onmi pode muito graças ao esforço voluntário das mulheres dos *Fasci*. A mortalidade infantil diminuiu, mas, sobretudo – continuou, orgulhosa –, por acolher também os filhos indesejados, os ilegítimos e aqueles que não têm família; haverá mais italianos, haverá uma estirpe mais forte e saudável, por ter sido mais cuidada, e que estará disposta a servir à Pátria.

Mais uma vez, o *Duce* enxergou longe.

Durante minha visita, vi muitas moças com o rosto marcado pelo cansaço, tímidas, inexperientes, mas tranquilas e com vontade de aprender. Imaginei a Clotilde da minha história como uma delas, e o filho como um dos muitos que mamavam avidamente entre os braços das mães.

Escrevo a história na mesma noite. Depois, tomo coragem e entrego as páginas à minha tia. Ela promete que vai ler as folhas com calma quando estiver sozinha, na poltrona, diante da janela.

– Vou te dizer o que penso com franqueza. Você sabe que sempre digo a verdade.

Depois, enquanto se prepara para ir jantar com alguns colegas do tio Edgardo – escolhe o vestido de noite, arruma os cabelos e põe atrás das orelhas e nos pulsos algumas gotas do seu perfume francês –, continua a falar:

– Casos como esse da sua Clotilde são comuns, sobretudo entre as moças mais humildes, as empregadas domésticas, as camponesas, mas pode acontecer com qualquer uma.

Conheço a história de Regina Terruzzi? Hoje é uma mulher importante, estimada por todos e, sobretudo, pelo *Duce*; é responsável pelas *Massaie Rurali* na seção dos *Fasci Femminili* que organiza as camponesas. Ela também engravidou de um homem que não queria se casar com ela. Regina decidiu ter seu filho, criou-o e educou-o com amor e conseguiu legitimá-lo. Era uma mulher forte que, depois de ficar órfã, trabalhou como operária, professora de escola elementar em uma cidadezinha da Calábria e bibliotecária em Nápoles; chegou muito alto, mas nunca se esqueceu da sua experiência como mãe solteira e conduziu uma batalha por todas as mulheres que se encontravam na sua condição com apelos e petições ao *Duce*. Era preciso apagar do registro civil a terrível designação de "filho de desconhecido", que marcava a vida de jovens inocentes; os filhos nascidos dentro ou fora do casamento tinham de ser iguais.

Tia Luisa ainda fala de Regina enquanto calça sapatos de salto alto.

– Lutou pelos direitos dos menores e das mulheres e conseguiu muitas coisas. Se no Instituto Técnico de Milão há uma seção feminina, é graças a Regina. Ela fundou a Escola Técnica Feminina de Turim.

Regina escreveu muito. Minha tia vai me dar alguns dos seus artigos e ensaios para eu ler. O primeiro está ao alcance da mão e é sobre o voto das mulheres. A autora havia sido socialista como muitos, mas se arrependeu, participou da reunião dos fascistas em San Sepolcro e, depois, da Marcha sobre Roma.

– Regina acredita no fascismo, mas não se esquece das pessoas. Sabe o que ela fez quando um ferroviário comunista foi morto durante os tumultos em Turim? Organizou um abaixo-assinado em favor da filha que ficou órfã. Não temeu escrever ao *Duce*: um povo que permanece indiferente à perseguição de uma menina inocente encaminha-se à barbárie obscura.

Minha tia tem razão: a vida e a realidade podem ser mais surpreendentes do que a imaginação mais desenfreada. Tenho de aprender a observá-las e a deixar-me inspirar pelo que vejo, como fiz com a história sobre Clotilde. Não sei se ela vai gostar. Já é diferente das outras; se estiver boa, vou poder escrever mais, fazer uma coletânea de histórias como a de Clotilde ou de Regina. Tia Luisa conhece muita gente nos jornais femininos e certamente poderia me ajudar a publicar alguma.

Rimos dos devaneios. Foi o que fiz durante todo o percurso, desde a Via Gregoriana, onde meus tios moram em um edifício de esquina, até o Largo di Torre Argentina. Na Piazza Venezia, minha cabeça estava tão nas nuvens que nem sequer levantei o olhar para a sacada.[18]

Chego ao portão de casa, e o mundo desaba em cima de mim. Giulio desce correndo, para um instante e, sorrindo, cumprimenta-me com um "Oi, Clotilde". Percebo que leu minha história, e isso não é o pior. Nando, o noivo desleal e arrependido, é exatamente como ele. Enquanto eu escrevia, a imagem me veio espontaneamente: olhos castanhos, cabelos louros, mãos grandes, sorriso raro, mas intenso, e até o pulôver preferido, cinza e de gola redonda. No final da história, quando beija Clotilde e lhe promete amá-la por toda a vida, eu havia imaginado o olhar e os lábios de Giulio. Com certeza ele entendeu isso. Sinto que vou morrer de vergonha. Tudo culpa daquela imbecil da Nadia, que deve ter deixado as folhas ao alcance da mão. Agora minha amiga vai dizer – tenho certeza – para eu não fazer uma tragédia, que seu irmão só estava brincando, não queria zombar de mim. Ela não notou a semelhança com Nando, mas Giulio certamente sim. Enrubesço. Ele retoma sua corrida, e eu entro em casa.

---

[18] Referência à sacada do Palazzo Venezia, de onde Mussolini discursava para a multidão em ocasiões importantes. [N.T.]

Mães em falta

Vim de Ventimiglia
para pagar o celibato
cem liras me restaram
cem liras me restaram
nunca mais vou me casar

A cançoneta popular e satírica fala de um jovem que, para pagar a taxa que o regime impôs aos solteiros, não tem mais dinheiro para o matrimônio.

São os anos em que a diretriz é clara: casar-se e fazer filhos, muitos filhos.

Em 26 de maio de 1927, Mussolini afirma na Câmara: "Vamos falar claramente: o que são 40 milhões de italianos diante de 90 milhões de alemães e 200 milhões de eslavos? Voltemo-nos para o Ocidente: o que são 40 milhões de italianos diante de 40 milhões de franceses, mais de 90 milhões de habitantes das colônias, ou diante de 46 milhões de ingleses e dos mais de 450 milhões que estão nas colônias?".

Em resumo, os italianos devem ser pelos menos 60 milhões, e para alcançar esse objetivo, o fascismo não se preocupa com as despesas.

Cria a *Opera nazionale maternità e infanzia*. Concede licenças obrigatórias para o aleitamento, abonos para a maternidade, auxílios fiscais para famílias numerosas, concessões de empréstimos de nupcialidade e natalidade aos funcionários públicos, dá prioridade aos pais de prole numerosa nas obras de construção civil e nos cargos burocráticos, além de medalhas de honra e recompensas às mães com mais de sete filhos.

Aos operários que se casam até os 25 anos de idade, entrega um abono nupcial de 700 liras, que se torna mil para os assalariados. Institui um empréstimo restituível após seis meses, com juros mínimos, que é suspenso e reduzido com o nascimento dos filhos. Enfim, faz-se um grande esforço para alcançar o objetivo de aumentar a taxa de natalidade.

Mesmo assim.

Mesmo assim, durante os anos do fascismo, a natalidade não cresce; ao contrário, diminui. Os esforços do regime não convencem. As italianas, sobretudo as que vivem nas grandes cidades e no Norte, não estão dispostas a ter mais de dois ou três filhos. Quatro já são demais. Em 1939, nascem na Itália 23,4 crianças por mil habitantes. Dez anos antes, nasciam 28.

Em um artigo anônimo, publicado em 1937 no *Popolo d'Italia (Povo da Itália)*, jornal fundado por Benito Mussolini, aparece o balanço. "Cabe perguntar-se", lemos no texto, "se a política demográfica do regime, iniciada com o discurso de 1926 e concretizada em um complexo e imponente conjunto de medidas de ordem material e moral, pode ser considerada praticamente falida. Isso porque não se retornou a patamares mais elevados, e talvez fosse muita pretensão esperar algo do gênero! Não apenas não se deteve o declínio, como também se viu que ele assumiu uma velocidade catastrófica e a natalidade caiu a coeficientes tão baixos que, daqui a pouco, estarão no mesmo nível dos franceses. As causas desse fenômeno são de natureza exclusivamente moral".

É fácil descobrir a identidade do autor, pois, naqueles anos, o *Popolo d'Italia* costumava receber textos de Mussolini de forma anônima. Também é fácil entender quem são os culpados. Lisonjeadas e aduladas, as mulheres não obedeceram.

8
O sonho da praça

Carinha preta, bela abissínia,
espera e tem esperança, que a hora já se aproxima...

Nadia a canta enquanto vem me chamar; meu pai a assobia enquanto faz a barba; ontem, o professor de matemática tamborilava seu ritmo no registro de classe enquanto aguardava entregarmos a tarefa.

"Faccetta nera" (Carinha preta) é a canção da primavera de 1935; é ouvida em toda parte, a rádio a transmite a toda hora. Parece despertar o bom humor. Já o meu humor anda péssimo; pela enésima vez pedi para minha mãe e meu pai me deixarem cortar a trança e, mais uma vez, recebi um belo não. Não aguento mais esses cabelos longos, que tenho de escovar e prender todas as manhãs e que estão tão fora da moda. Minhas colegas de escola cortaram os delas e estão mais bonitas: têm cabelos bem curtos, estilo Joãozinho, ou pouco acima dos ombros, ondulados, que saem das boinas e se encrespam na testa e nas laterais do rosto, movem-se, caem nos olhos, e é bonito levantá-los, liberar a testa com um gesto decidido da cabeça. Eu queria ser como elas, como essas moças que aparecem nas revistas e têm o olhar seguro de quem se sente bonita. Eu me sinto horrível.

– Você tem uma trança densa e espessa, de causar inveja em muitas meninas – respondem minha mãe e meu pai ao meu pedido, ou então fazem promessas vagas: – Quando você for maior, vai fazer o que quiser.

Aos 15 anos, tenho a impressão de já ser grande; no próximo verão – minha mãe prometeu –, vamos ao balneário de Ostia, tomar banho de mar. O que faço com essa trança longa?

*Carinha preta,
serás romana...*

O rapaz que nos ultrapassa de bicicleta enquanto vamos à escola a entoa a plenos pulmões. O bedel que espera para fechar o portão a cantarola em voz baixa. Não me surpreenderia se o professor de italiano, que nunca vi sorrir, também começasse a cantá-la.

Parece que todos querem libertar as pobres moças negras, escravas na Abissínia. No dia anterior, meu pai e Vincenzo também falavam a respeito. Vincenzo é pai de Nadia e Giulio, trabalha nos Correios e, como Giulio, é um atento leitor de jornal. Ele e meu pai pegaram o hábito de ouvir juntos o jornal da rádio e comentar as notícias. Quase sempre concordam e, nesse momento, de modo particular: mais cedo ou mais tarde será preciso intervir na Etiópia.

– Melhor mais cedo – disse Vincenzo. – As fronteiras com a Somália não são seguras.

Meu pai também gostaria de uma intervenção imediata, mas por outros motivos. Pensa que somente construindo um império a Itália sairá da crise econômica, as pessoas voltarão a comprar e nos tornaremos novamente ricos como quando a loja ia bem.

– A Inglaterra e a França – diz – são potências porque se ampliaram na África e na Ásia. E nós, o que temos? Pouco em comparação com eles...

No dia anterior, Giulio também opinou:

– É preciso ir à Etiópia porque não é mais admissível que existam lugares no mundo completamente fora da civilização, onde mulheres, homens e crianças são reduzidos à escravidão pelo Negus e pelos rás[19] locais. O *Duce* não pode permitir uma coisa dessas.

Minha mãe não disse nada, não intervém quando se fala de política.

---

[19] Negus: título do soberano da Abissínia; rás: chefe etíope. [N.T.]

– É assunto de homens, entendo pouco dessas coisas.

Já Lina, a mãe de Nadia, manifestou-se. Lina é uma mulher silenciosa, até um pouco melancólica, sempre preocupada com a insolente alegria da filha ou com os silêncios de Giulio. Foi marcada por muito sofrimento: seu pai tombou na guerra, e sua mãe morreu alguns meses depois, deixando-a sozinha com uma irmã mais nova. Foi criada pelos tios, teve uma vida dura, pouco dinheiro e poucos afetos, até que conheceu Vincenzo e se casou. Agora vive no temor de que suas certezas possam desabar. Ao ouvir as conversas ao redor do rádio, murmura poucas palavras em voz baixa:

– A guerra... nunca se sabe como acaba...

Acho que vai acabar bem. O *Duce* não pensaria em fazê-la se não fosse útil para os italianos. Já a raiva de Nadia concentra-se inteiramente contra as nações que – segundo dizem –, em caso de guerra, pensam em aplicar sanções ao nosso País. Enquanto ouvimos a rádio, ela se levanta de repente e caminha pela sala, passando a mão entre os cabelos.

– Ainda não entenderam do que somos capazes, ainda não entenderam o *Duce*; não somos mais a Itália de alguns anos atrás, de depois da guerra, quando fizeram o que bem entenderam – sibila.

Como eu, Nadia ainda não tinha nascido no final da guerra, em 1918, mas conhece a injustiça dos acordos de paz, quando os Estados Unidos e as potências europeias não nos deram o que nos era devido.

Anunciaram que o *Duce* vai fazer um discurso na Piazza Venezia; ele sempre o faz quando tem coisas importantes a nos dizer. Será transmitido pela rádio, mas a sua sacada, de onde fala, fica a poucas centenas de metros de casa. Para ir do Largo di Torre Argentina até a Piazza Venezia, bastam cinco minutos. Não posso, não podemos ouvi-lo sentados em uma cadeira quando temos a possibilidade de estar ali. Assim, à tarde, precipito-me para fora com Nadia e Giulio e, embora estejamos adiantados, começamos a correr. Queremos chegar logo, ouvi-lo de um bom lugar, não perder nem uma palavra sequer. Conseguir ver seu rosto majestoso e solene. Muitos correm como nós.

Nas ruas ao redor da Piazza Venezia há um fluxo contínuo, veloz, festivo. As pessoas vêm de todos os bairros de Roma, com bandeiras, faixas e cartazes. À direita da sacada, de trás do Campidoglio, chegam de San Giovanni e do Coliseu; a Via del Corso é invadida pelos moradores do Flaminio; das ruas que margeiam a Via delle Botteghe Oscure confluem os moradores do Ghetto. Como nós, em toda Roma pensaram que o *Duce* está para dizer algo importante. Será ouvido nas praças de toda a Itália. Nadia ainda conseguiu vestir o uniforme de Jovem Italiana e, embora já estejamos em outubro, anda de saia, camisa branca e casaquinho. Pega meu braço, não quer me perder em meio à confusão; Giulio se mantém por perto. Assumiu um comportamento protetor, certamente Lina deve ter lhe recomendado para não nos perder de vista.

A Piazza Venezia se enche em um piscar de olhos. É o que sempre acontece quando o *Duce* discursa, mas, desta vez, o ar está mais tenso; os semblantes, mais agitados; lenços são abanados e chapéus são lançados no ar. Vejo um grupo vindo de Trastevere, eles também cantam: "Carinha preta, bela abissínia...".

Quando aparece, antes ainda de começar a falar, é longamente aclamado. A voz é forte, ressoa como metal; as palavras são escandidas. *"Uma hora solene está para soar na história da Pátria."*

Todos na praça sabemos que é verdade e esperamos com ansiedade e confiança.

"Esperamos por treze anos. Nesse período, o cerco do egoísmo que sufoca nossa vitalidade se estreitou ainda mais. Com a Etiópia, esperamos por quarenta anos. Agora chega!"

A multidão grita, move-se, ondula como se fosse percorrida por um calafrio, os aplausos não param. Ao meu lado, Nadia estremece e me abraça.

"Às sanções econômicas, oporemos a nossa disciplina, a nossa sobriedade, o nosso espírito de sacrifício.

"Às sanções militares, responderemos com medidas militares.

"Aos atos de guerra, responderemos com atos de guerra."

Já não vejo Nadia. Em meio ao entusiasmo, ela deve ter avançado ou sido empurrada pela multidão. Ergo-me na ponta dos pés, busco-a com o olhar, mas não a encontro. Onde será que se meteu? Por sorte, Giulio ainda está perto. Nadia conhece o caminho de casa, diz ao meu ouvido e pega minha mão.

Nesse momento, o *Duce* grita.

"Itália proletária e fascista. Itália de Vittorio Veneto[20] e da revolução! Em pé! Faça com que o grito da sua decisão preencha o céu, conforte os soldados que esperam na África e sirva de estímulo aos amigos e de advertência aos inimigos em todas as partes do mundo: grito de justiça! Grito de vitória!"

A emoção é forte e sobe à minha garganta. Não sei direito se é pelo discurso do *Duce*, que anunciou a glória e o Império, ou pela mão de Giulio, que segura a minha. Gostaria que ela ficasse ali mais um pouco, mas dura apenas alguns segundos. O discurso termina, nossas mãos aplaudem, Nadia reaparece de repente, não tinha ido longe, só havia sido escondida por uma faixa. Está com o rosto vermelho, salta e grita:

– Vamos à Etiópia, vamos à Etiópia!

Sim, vamos à Etiópia. O sonho da praça se realizou. Após o último e impetuoso aplauso, Ele entrou em seu escritório. Saímos lentamente do meio da multidão. Nadia continua a falar, Giulio e eu caminhamos próximos, sem nos olharmos. Eu gostaria de prolongar ao máximo a sensação maravilhosa da sua mão apertando a minha. De vez em quando, olho para ele. Voltou à sua expressão séria e taciturna, diz para nos apressarmos, quer chegar cedo em casa, precisa terminar de ler um livro difícil. Fico desconcertada, decepcionada e irritada. Nas próximas noites, não vou descer para ouvir as notícias da rádio, vou dizer que estou cansada, que tenho de estudar. Queria que ele sentisse a minha falta.

---

[20] Cidade da região do Vêneto que foi palco da batalha de mesmo nome, na qual os italianos conseguiram derrotar os austro-húngaros durante a Primeira Guerra Mundial. [N.T.]

A previsão de Margherita

DEBRUÇADA NO EDIFÍCIO das *Assicurazioni Generali*[21] da Piazza Venezia, diante da sacada de onde fala Benito Mussolini, encontra-se Margherita Sarfatti.

É a mulher mais poderosa do regime. Bonita, rica, intelectual, crítica de arte, criadora e promotora de cultura, amante e mulher de confiança do *duce*, de quem escreveu uma biografia, *Dux*, difundida em todo o mundo. Conhece Mussolini melhor do que muitos outros.

– É o princípio do fim – comenta Margherita bruscamente ao final do triunfal discurso de anúncio da guerra. Quem está com ela se surpreende. Teme a derrota? – Infelizmente – responde Margherita –, creio que venceremos, e ele perderá a cabeça.

---

[21] Maior companhia de seguros da Itália. [N.T.]

9
Temos um Império

Estamos em maio, um esplêndido e quente maio, com as sacadas floridas, o ar perfumado, os crepúsculos dourados, as andorinhas voando baixo e as tardes longas, que dão vontade de passear. De manhã, embora eu não esteja atrasada, vou à escola correndo para desafogar a energia que tenho por dentro. Sinto-me viva, pronta para acolher mudanças.

Temos um Império. Arrancamos a Etiópia do Negus, triunfamos sobre quem queria que fôssemos um País pobre e sem futuro. O *Duce* anunciou o que esperávamos. Suas palavras foram diretamente ao coração de todos nós. "A Itália finalmente tem seu Império, Império fascista, pois carrega os sinais indestrutíveis da vontade e da potência do litório romano, pois essa é a meta para a qual, durante quatorze anos, foram solicitadas as energias impetuosas e disciplinadas das jovens e vigorosas gerações romanas. Império de paz porque a Itália quer a paz para si e para todos e se decide pela guerra somente quando é forçada por imperiosas e incoercíveis necessidades da vida. Império de civilização para todas as populações da Etiópia."

Desde o fim da tarde, da janela de casa que dá para o Largo di Torre Argentina vi centenas de pessoas dirigirem-se à sacada, à espera do discurso já anunciado pela rádio. Não fui e fiquei chateada. É sempre bom estar debaixo da sacada, sabendo que o olhar dele pousa sobre nós, que muitos, todos juntos, em muitas praças, em muitas cidades, o ouvimos. Minha mãe não quis que eu saísse, eram quase 10 da noite, tarde demais para duas moças como Nadia e eu, mesmo acompanhadas por Giulio.

— Vocês podem ouvir o *Duce* pelo rádio, como todo mundo.

Não protestei até porque Giulio, que podia ir à Piazza Venezia, mostrou-se solidário e decidiu ficar conosco. Pareceu-me uma mensagem afetuosa e – sei lá por quê – dirigida a mim. Aqueceu meu coração, e a frieza que eu havia decidido ter em relação a ele desapareceu. Que tola.

Assim, ficamos todos em casa, ouvindo a rádio e imaginando a multidão empolgada a algumas centenas de metros, iluminada pelos refletores, a pequena sacada na qual sobressaía a sua figura, o grito "*Duce*! *Duce*!", o entusiasmo dos semblantes e dos gestos.

Mais uma vez, o *Duce* demonstrou merecer a nossa confiança e o nosso amor. Sim, isso mesmo, amor. Impossível não sentir fervor e um sentimento intenso de devoção por quem nos protege, nos guia e se preocupa tanto com nosso bem-estar e nossa felicidade. O rei também pensa que ele tem méritos enormes. No dia anterior – Nadia me mostrou as fotos no jornal –, entregou-lhe a Grande Cruz da Ordem Militar de Saboia. "Ministro das Forças Armadas", disse, justificando a máxima condecoração militar do reino, "preparou, conduziu e venceu a maior guerra colonial de que a história se recorda".

É verdade: bastaram sete meses; em apenas sete meses, vencemos, demos uma lição nos rás, no Negus, na Liga das Nações e em suas sanções. Agora, os territórios que pertenciam ao Império da Etiópia junto com a Somália e a Eritreia estão sob a soberania do Reino da Itália. África Oriental Italiana. O rei e seus sucessores são imperadores. Quando o *Duce* anunciou *"o ressurgimento do Império nas colinas predestinadas de Roma"* e perguntou na praça: *"Sereis dignos?"*, nós também – Nadia, Giulio e eu –, sentados ao lado do rádio, levantamo-nos e, tal como a multidão na Piazza Venezia, gritamos nosso sim.

Na pequena sala da família Mangelli, estamos todos contentes. Lina está aliviada porque a guerra acabou.

— Eu não estava nem um pouco segura de que daria certo – confessa.

Meu pai e Vincenzo estão orgulhosos. Um império! O papel da Itália mudará e veremos os resultados também na nossa vida. Muitos italianos trabalharão para civilizar as terras africanas, ficarão ricos, e haverá consequências positivas para todos. Houve mortos, mas a guerra é assim, e as perdas foram sobretudo do inimigo. Nadia está eufórica e não consegue ficar parada. Abre a janela e, agitando um lenço, saúda quem, ao deixar a Piazza Venezia, passa debaixo do nosso edifício. Após alguns minutos, envolve também a mim e Giulio. Desta vez, ele não foi chamado a lutar, "mas da próxima...", disse. Sou invadida pela esperança. A guerra acabou, estamos no início do verão, que, após a vitória, só poderá ser uma estação feliz. Iremos à praia. Minha mãe fez as contas, a passagem de trem de ida e volta para Ostia custa quatro liras, também alugaremos uma cabine junto com a família Mangelli, porque é muito cara, e levaremos o almoço de casa. No dia anterior, tia Luisa me disse que vai me dar de presente um dos seus maiôs.

Essa noite, a vitória na Etiópia pertence a todos nós, que estamos reunidos ao redor do rádio. Também a Antonio, que dorme tranquilamente nos braços da minha mãe, e a Anna, que parece menos indiferente do que de costume.

– Nossos soldados se saíram muito bem – disse minha mãe –, mas quem ficou em casa também fez sacrifícios.

Sete meses antes, às 7 da manhã de uma quarta-feira chuvosa, minha mãe já estava pronta, com seu novo sobretudo cinza e o chapeuzinho na mesma cor, que ela coloca apenas em ocasiões importantes. Também Lina, que esperava minha mãe junto ao portão, estava com o sobretudo mais bonito, escuro e com gola de veludo. No último momento chegou Sara, a mãe dos três meninos barulhentos, que jogam bola em nossa cabeça. Vi as três saírem e atravessarem a praça, conversando, alegres. Até aquele dia, tinham ouvido apenas na rádio ou lido em algum jornal a respeito do *Duce* e daquilo que estava fazendo por todos nós.

– Não temos tempo de ir aos encontros do partido.

Não eram experientes como Nadia e eu.

Naquela quarta-feira, 18 de dezembro, estavam emocionadas, temiam passar vexame. Na Piazza Venezia, colocaram-se em fila com muitas outras, vindas de toda Roma, decididas a doar a aliança de casamento à Pátria, a privar-se do pequeno aro de ouro, símbolo da dedicação ao marido e à família, para que a Itália arrecadasse recursos para lutar na Etiópia e se opusesse às "iníquas sanções" determinadas pela Liga das Nações. Ouro para a Pátria. O olhar de todos – contaram depois a Nadia e a mim – não estava voltado à sacada do *Duce*, mas ao Altar da Pátria; às 8h30, as fanfarras anunciaram o início da cerimônia, havia uma grande tocha acesa, os trípodes colocados nas laterais. Não era fácil distinguir o que ocorria além dos degraus que levam ao túmulo do Soldado Desconhecido, mas viram a rainha Elena, que, toda vestida de preto, proferiu um discurso e foi a primeira a entregar sua aliança. Também estava presente *Donna* Rachele. Lina e minha mãe gostaram muito da esposa do *Duce*, uma mulher pragmática, e embora seu marido seja o homem mais importante do País, o poder não lhe subiu à cabeça.

– Deu a ele cinco filhos, uma bela família que é inteiramente mérito seu.

Quando tio Edgardo lhe deu a entender que o *Duce* tem outras mulheres, minha mãe não se mostrou desconcertada.

– Todo mundo sabe como são os homens, e deve haver muitas mulheres correndo atrás dele. O importante é que permaneça com a mulher e os filhos. E ele, sim, é ligado à família. O resto passa.

As mulheres que seguem o gesto da rainha e de Rachele Mussolini estão vestidas de preto, usam véu, desfilam lentamente e com ar solene deixam cair seu anel em um cesto. São as mães e as viúvas dos mortos na guerra.

Também estão presentes as mulheres dos *Fasci*, de uniforme, com ar sério e orgulhoso.

– Com certeza tia Luisa também estava lá – conta ainda minha mãe.

Ela, Lina e Sara são parte de algo do qual, até aquele momento, tinham ouvido na rádio ou visto nos filmes do Istituto Luce, nas raras vezes que iam ao cinema. Minha mãe tem muito ciúme das suas pequenas joias, e eu nunca poderia acreditar que renunciaria à sua aliança. Na volta, Lina nos disse:

– O que fizemos foi pouco perto do sacrifício de tantos mortos na guerra, de suas mães e de suas esposas.

Descobri que até mesmo a velha Assunta contribuiu com a arrecadação e tirou do pescoço a medalhinha de Nossa Senhora. Entregou-a ao pároco, dom Rino, que foi de casa em casa pedir doações.

– A Igreja – precisou, olhando fixamente para mim – está arrecadando ouro e metais, em todas as paróquias. Os bispos e os cardeais foram os primeiros, renunciaram às suas belas cruzes de ouro.

Nesse dia, Assunta dirigiu um sorriso a mim e a Nadia.

Apenas Giulio não teve êxito em seu sacrifício. Queria doar os gêmeos de ouro, única herança do avô morto na guerra, mas Lina se opôs.

– O vovô sacrificou a vida pela Pátria – disse –, e essa é a única recordação que temos dele.

Seja como for, a mais contente nos dias da arrecadação do ouro pela Pátria era tia Luisa.
– Vai ser o sacrifício das mulheres a nos fazer vencer a guerra – repetia. Ela era incansável. – É uma ideia muito bonita. É justo que todos sejam envolvidos, que todos possam fazer alguma coisa.
Nadia e eu nos oferecemos para acompanhá-la em uma escola onde havia um centro para a arrecadação dos metais. A Itália precisava não apenas de ouro, explicou-nos, mas também de prata, ferro, cobre e chumbo, que, após as sanções, as outras nações não nos dariam mais. Na entrada de uma escola, vimos crianças trazendo seu triciclo, idosos com antigas ferramentas de trabalho, mulheres colocando panelas, camas, redes de ferro, mesas de metal, baldes, estufas, portões e cabides no caminhão. Alguns passos mais adiante, as professoras arrecadavam medalhinhas, pulseiras e lembranças da primeira comunhão diretamente das mãos das meninas. O caminhão na rua era carregado e partia entre aplausos.
– Até um pedaço de ferro pode se tornar uma baioneta – disse o motorista a uma velhinha que caminhava, hesitante, e timidamente havia oferecido um balde. Tudo era controlado pelas mulheres dos *Fasci*, que haviam organizado a arrecadação e nesse momento ajudavam, colocavam as crianças em filas e agradeciam aos idosos.
Depois da arrecadação, minha tia levou Nadia e eu para um café. Merecíamos um pedaço de bolo.
– Desta vez, mostramos que sabemos preparar não apenas feiras beneficentes. Fomos nós, as mulheres dos *Fasci*, que organizamos tudo, e foram as mães e as esposas, com seu sacrifício, a dar o exemplo de amor pela Pátria.
No final da tarde, eu estava tão contente que me esqueci de lhe pedir para interceder junto aos meus pais para que me deixassem cortar os cabelos. Não quiseram me dar esse presente pelos meus 15 anos. O Natal estava próximo, quem sabe desta vez eu conseguisse. Não foi o que aconteceu. E foi uma sorte.

Bela abissínia

A RÁDIO já não transmite "Faccetta nera", e a canção foi explicitamente proibida.

Vi muitos postais, desenhos, imagens e fotos de mulheres etíopes. Corpos femininos pretos e selvagens, seios altos e bem à mostra, traseiros mal cobertos, olhares insinuantes. Sempre disponíveis para os italianos, homens guerreiros à conquista do império.

A bela abissínia, à qual se dará "um novo *duce* e um novo rei", é primitiva, um animal ainda mais sedutor porque desejoso de ter um dono, de entregar-se a ele sem pedir nem exigir nada em troca. É a presa desejada e garantida, o prêmio prometido pelo regime. Com ela, os guerreiros serão homens até o fim, colocando de lado as poucas conveniências e formalidades que, no entanto, sempre devem ter com as mulheres de seu país. Ela não faz parte da civilização nem da humanidade.

Lido Cipriani, nome ilustre de *La difesa della razza (A defesa da raça)*, escreve: "Nas raças negras, muitas vezes a inferioridade mental da mulher beira uma verdadeira deficiência, ou melhor, pelo menos na África, alguns comportamentos femininos chegam a perder muito do caráter humano para se aproximarem em grande medida daquele dos animais".

Assim, os "respeitáveis" e "patriotas" se tornam homens conquistadores com todas as consequências: estupros, violência, prostituição forçada, casas reduzidas a bordéis, menores obrigadas a manter relações sexuais (aos 12 anos, as mulheres negras já são maduras, repetia-se), relações impostas.

Até a instituição do "madamato". Assim se chama a relação entre um italiano e uma etíope quando ela vive com o homem e, pelo tempo de permanência dele, faz as funções de esposa, amante e escrava. A "madama".[22]

Em seguida, as leis raciais.

O regime decide que, para os italianos, as relações sexuais com uma raça inferior como a negra são inoportunas e perigosas. Uma veleidade pensar em evitá-las completamente, mas, para tanto, existem os bordéis. Já as relações conjugais e extraconjugais entre raças diferentes são proibidas e punidas. Os italianos não podem ter filhos com mulheres indígenas e, de todo modo, é proibida a legitimação e a adoção. O madamato também é severamente proibido. O filho mestiço, fruto de contaminação, é um perigo, herdeiro das taras das quais as raças inferiores são portadoras.

Já não se canta "Faccetta nera".

---

[22] Concubina africana de um homem branco. [N.T.]

10
La Piccola Italiana

À noite, no jantar, quase sempre há sopa de aletria, feita com caldo em cubo, alguma massa que sobrou e é reaproveitada, um ovo e uma fruta. No almoço, massa ou legumes. As batatas são preparadas de todas as maneiras. Há alguns dias, foi a vez de experimentar uma nova sopa. Minha mãe a fez com as cascas das ervilhas que havia colocado no arroz no dia anterior, e a temperou com alho e um pedaço de toucinho. Ficou deliciosa.

Nesses meses, fizemos muitas economias. Comemos carne uma vez por semana e sempre de coelho; proibiram-nos qualquer desperdício, até o menor pedaço de pão que sobra é guardado em uma caixa para ser reutilizado no jantar. Os biscoitos para o café da manhã foram eliminados e substituídos por pão dormido e geleia feita em casa. O óleo é vertido na salada com a colher de chá. Quando minha mãe cozinha, para economizar, põe uma panela sobre a outra. Quanto às roupas, avisou que, nesse verão, vai readaptar as do ano passado. Viu em uma revista como encompridá-las com barras bordadas.

Meu pai também apertou bem o cinto. Felizmente manteve o dinheiro para o cinema de domingo e para o sorvete. Quanto ao restante, temos de renunciar a algumas coisas. Nada de luvas novas, Anna vai usar as minhas, e eu, um par da minha mãe. Os sapatos de verniz com um pouco de salto, que eu tanto queria, ficaram para o próximo ano. Puxa vida! O aparelho de rádio, tantas vezes prometido, vai ter de esperar. Além do mais, nossos vizinhos têm um, podemos ir à casa deles para ouvir as notícias.

Economias, sempre economias. Nesses meses, meu pai teve seus problemas. Os belos tecidos de lã inglesa já não eram vendidos, os clientes não queriam mais saber deles; após as sanções, não podemos importar nada da Inglaterra. Temos nossa lã extraída do leite, mas, segundo meu pai, é difícil vendê-la porque acaba cedendo quando molhada. Por sorte, o verão está próximo, e a Itália produz muito linho e muita seda. O problema é que seus clientes preferem virar os velhos trajes do avesso a comprar tecido para fazer roupas novas. Enfim, a loja também sofreu os danos da austeridade e dos sacrifícios impostos pela guerra. No entanto, meu pai, tão crítico com quem não gasta em tecidos, é um defensor convicto da luta contra o desperdício e nos repete:

— Se cada italiano desperdiçar seis centavos por dia, isso representa uma perda de um bilhão de liras ao ano para o País.

Na escola, Antonio aprendeu uma canção que canta a plenos pulmões quando quer seu lanche:

> A batata e o tomate
> têm tanta vitamina!
> Felizes, cantamos em coro
> a Inglaterra não nos mina.

Ninguém se lamenta dos incômodos nem das restrições, ninguém reclama. De resto, é impossível queixar-se quando se alcançam resultados tão importantes e se ouve na rádio a voz clara e firme do *Duce* anunciando o fim da guerra e o início do Império.

Consola-me o fato de o *Duce* ter entendido nossos sacrifícios.

Há alguns dias, ouvi um discurso voltado às mulheres italianas, às Mães e viúvas dos mortos em combate. Ele disse que somos "a vanguarda desse exército feminino italiano, ao qual o regime confiou a missão de reagir com método, energia e inflexibilidade contra o ignominioso assédio econômico que cerca a Itália...".

"Desse modo, o Partido e o regime", disse, "contam convosco, com vossa sensibilidade, com vossa paciência, com vossa tenacidade, e contam, sobretudo, com aquele espírito de ardente patriotismo que vibra no coração de todas as mulheres italianas."

Portanto, estamos salvando a Pátria. Quando penso nisso, minhas tristezas passam. E se eu acrescentar uma gola de renda e um cinto ao meu velho vestido azul, ele parecerá novo.

Por uma extraordinária coincidência, justamente nos dias em que estávamos contentes com o Império, houve uma mudança na minha vida.

Na escola, durante a aula de História, fui chamada pelo diretor. Fui até sua sala com certo temor. Geralmente, quando o diretor chama, ou é porque as notícias não são boas, ou é para dar alguma reprimenda. Não me parecia ter feito nada de errado e, antes de entrar, verifiquei se meu avental preto estava bem fechado na frente e se os sapatos estavam engraxados. No entanto, a notícia que ele tinha a me dar era boa: minha redação "A Pátria em guerra: esperanças, temores e fé" havia sido selecionada entre muitas outras pela revista *La Piccola Italiana* (A pequena italiana) e seria publicada. A professora de italiano, que me elogiava e lia para o restante da classe o que eu escrevia, enviara o texto sem me avisar. O diretor da escola também me disse que o diretor da revista havia pedido informações a meu respeito, queria saber quem eu era, sobre meu empenho na escola, nos encontros e nas atividades das Jovens Italianas.

– Vão entrar em contato com você. Querem que escreva uma redação sobre nossos soldados em guerra. Dizem que você tem talento. – Estava visivelmente satisfeito. Graças a mim, a escola também tinha causado boa impressão. – Senhorita Carucci, você promoveu a honra da escola. Continue assim. A Itália precisa de mulheres e mães como você.

Quando saí da diretoria, tive a impressão de que ia explodir. Havia torcido muito pela publicação de uma história minha, confiado na ajuda da tia Luisa; depois, acabei me resignando e decidi seguir seu conselho e esperar mais alguns anos antes de tentar com um jornal ou um editor. No entanto, tudo aconteceu muito antes do que eu esperava e sem nenhum esforço da minha parte. Eu conhecia *La Piccola Italiana*, semanário de orientação e cultura para as mais jovens. Quando Nadia e eu juntávamos cinquenta centavos, nós o comprávamos e o líamos por inteiro. Gostávamos das respostas de Nonna Nicoletta, das histórias, das poesias e dos conselhos de economia doméstica, que depois passávamos às nossas mães. Eu também havia pensado em mandar uma história, tinha visto que as publicavam, mas me faltava a coragem. Depois das palavras do diretor, comecei a sonhar; realmente não consigo manter os pés no chão: mandaria ao diretor algumas das redações já escritas, reunidas em um caderno, ou então escreveria uma nova, que já tinha na cabeça, falava de um soldado nosso que arriscava a vida para salvar uma mulher etíope e seus filhos. Em alguns dias, eu conheceria o diretor da revista, talvez fosse até convidada para ir à redação. Eu tinha de causar uma boa impressão. Como deveria me vestir? Na escola, o avental preto era obrigatório, mas e se eu o encontrasse em outro lugar? Não via a hora de contar a novidade à minha mãe e ao meu pai; depois, à tarde, daria a notícia à tia Luisa.

Desta vez, também fiz correndo o caminho de volta. Quando cheguei, meu pai já estava pronto para sentar-se à mesa: na pressa, entrei na cozinha batendo contra a minha mãe, que segurava a sopeira na qual tinha acabado de temperar a massa. Disse tudo de um só fôlego:

– Vão publicar minha redação na *Piccola Italiana*. Foi o diretor da escola que me disse. O diretor da revista quer me conhecer.

Eu sabia que ficariam contentes, mas não esperava uma reação tão entusiasmada. Abraçaram-me, e minha mãe disse justamente o que eu não esperava naquele momento:

– A Mara pode até cortar os cabelos, não pode? Ela merece esse prêmio.

Meu pai consentiu, e decidimos marcar uma hora no cabeleireiro em um dos próximos dias. – Se é para você cortar os cabelos – acrescentou minha mãe, aludindo ao corte selvagem de Nadia –, é melhor que seja bem-feito.

Ao anoitecer, quando terminei as lições, desci até o apartamento da minha amiga para lhe falar da redação, mas sobretudo do presente inesperado: cabelos curtos como os que se veem nas revistas. Que corte ela me aconselhava? Curtíssimo ou médio e ondulado? Com franja? Parei quando Giulio entrou para ligar o rádio; Nadia quis colocá-lo a par das novidades, mas ele nos disse que já tinha ouvido tudo, de tanto que gritávamos! Agora, por favor, um pouco de silêncio, queria ouvir as notícias. Para Giulio, o momento do radiojornal é sagrado. Assim, nós duas também nos sentamos ao lado do aparelho até Lina chamar Nadia para pôr a mesa. Giulio e eu ficamos sozinhos. Ultimamente, quando fico sozinha com ele, já não me sinto desenvolta como antes. Ele, por sua vez, parece tranquilo, desliga o rádio, senta-se em uma poltrona e olha para mim.

– Eu também tenho de ir, minha mãe está me esperando.

Depois, gritei um "tchau, até amanhã" para Nadia e me encaminhei para a porta. Então, Giulio se levantou, parou-me e, olhando-me fixamente, disse-me:

– Não corte os cabelos. Você tem uma trança linda.

Sem voto

MEADOS DOS ANOS 1930. O regime pede às mulheres participação na batalha pela autarquia. É o momento em que o papel feminino é mais exaltado, e o apoio à causa, mais convicto. Quando as reivindicações de igualdade, que muitas haviam defendido no início do vintênio, são esquecidas. Entre elas está a do voto, que, justamente nesses anos, foi alcançado na Áustria, na Grã-Bretanha, nos Estados Unidos, na Suécia, no Canadá e na União Soviética.

As italianas também se empenharam pelo voto, e não apenas quem pertencia aos partidos de esquerda. Mussolini o propusera em 1919 na Piazza San Sepolcro, em Milão, no programa do movimento nascente.

Na histórica assembleia havia apenas nove mulheres: Regina Terruzzi e Giselda Brebbia, que, como Mussolini, haviam sido socialistas; Luisa Rosaria Dentici, que vinha do sindicalismo revolucionário e, algum tempo depois, teria participado do assalto à sede do *Avanti*;[23] Maria Bianchi Nascimbeni, Fernanda Guelfi Pejrani, Paolina Piolti de' Bianchi, Cornelia Mastrangelo Stefanini, Ines Norsa Tedeschi e Gina Tozzi, nacionalistas e intervencionistas[24] convictas. Todas sufragistas, empenhadas na batalha pelo reconhecimento do divórcio e do direito de busca da paternidade natural.

---

[23] Jornal socialista, fundado em Roma em 1896. [N.T.]

[24] Favoráveis à entrada da Itália na Primeira Guerra Mundial. [N.T.]

Em 1923, o *duce* promete novamente o voto durante o Congresso da Aliança Internacional pelo Sufrágio Feminino diante do comitê promotor, do qual fazem parte Regina Terruzzi, Grazia Deledda, Maria Montessori e Margherita Sarfatti, e das representantes delegadas de quarenta países. Assegura que, salvo ocorrências imprevisíveis, o governo fascista se empenha em concedê-lo a muitas categorias de mulheres, a começar pelas eleições administrativas.

As congressistas estrangeiras se mostram satisfeitas, tal como haviam se mostrado as nove mulheres presentes em San Sepolcro. Chegaram com certa desconfiança em relação ao governo italiano – afinal, apenas alguns meses antes ocorrera a Marcha sobre Roma, e a Itália havia sido atingida pela violência esquadrista. O comportamento do *duce* faz pensar que não há temores quanto à democracia. Mussolini, que somente um ano antes dissera a um jornalista francês: "Não darei o voto às mulheres... a mulher deve obedecer", evidentemente mudou de ideia; nesse momento está atento às reivindicações delas e até se mostra disposto a uma reforma. Assim, em 1925, a Câmara discute a lei sobre o sufrágio feminino, ainda que limitado pelo patrimônio e pelo grau de instrução, mas em um clima de forte hostilidade. Os deputados não querem saber dele. Para tranquilizá-los, Mussolini intervém. "Alguém acredita", diz, "que a extensão do voto às mulheres provocará catástrofes. Nego-o... Não deveis acreditar que a vida da mulher será dominada por esse episódio. A vida da mulher sempre será dominada pelo amor pelos filhos ou por um homem. Se a mulher ama seu marido, vota por ele e pelo seu partido. Se não o ama, já votou contra ele."

Com essa base política, a proposta é aprovada e comemorada pelas mulheres que nela acreditaram. Em seguida, com a reforma *podestarile*,[25] o regime elimina o direito de voto para todos. A ilusão durou apenas dois anos, e as italianas têm de esperar até 1946 para exercer o voto.

---

[25] Em 1926, instituiu-se na administração dos municípios italianos a figura do *podestà*, que passou a acumular todas as funções até então atribuídas aos prefeitos, às Câmaras Municipais e aos Conselhos Municipais e não era eleito pelo povo, mas pelo governo. [N.T.]

11
O sol em um sorriso

— Ondina! Ondina!
Desta vez, sou eu que desço correndo os dois lances de escada e toco a campainha. Um grito de júbilo durante o radiojornal das 8, um grito que havia rompido a rósea sonolência do entardecer romano; eu não tinha conseguido entender o motivo, e esse nome foi gritado várias vezes.

Não chego em tempo de pedir explicações. Nadia abre a porta, abraça-me, continua a gritar:

– Ondina! Ondina! – e me empurra para a frente do aparelho de rádio. O jornal vespertino está transmitindo os resultados das competições olímpicas de Berlim. Às 17h30 daquela tarde, Ondina Valla, 20 anos, bolonhesa, venceu os 80 metros com barreiras, superando, ainda que por pouco, a alemã Anni Steuer e a canadense Elisabeth Taylor. – Medalha de ouro, medalha de ouro! – grita Nadia.

Sua emoção me contagia. Eu também a abraço. A primeira medalha de ouro feminina nas Olimpíadas realmente merece gritos e entusiasmo. Para a Itália, é uma vitória extraordinária; para as mulheres, um exemplo inimaginável de força competitiva. A empolgação nos faz gritar, movemo-nos de um lado a outro da sala. Giulio, que saiu do seu quarto, olha para nós com perplexidade, mas sorridente. Aproxima-se do aparelho e aumenta o volume.

A rádio continua a transmitir notícias do Olympiastadion. A atleta italiana –paradas por um instante, ouvimos o locutor narrar de Berlim

– subiu no degrau mais alto do pódio, recebeu o ouro e esticou o braço na saudação romana.

Não parecia que Ondina pudesse mesmo vencer. A favorita era, quando muito, outra italiana, Claudia Testoni, também bolonhesa; de fato, para Ondina a corrida havia começado muito mal – alguma coisa parecia detê-la –, mas, após 40 metros, ganhou vantagem e, no *sprint* final, cortou o fio de lã frações de segundo antes das outras. Sua vitória foi vista com clareza também a olho nu e confirmada pela *Zielzeitkamera*.[26] A italiana venceu mesmo não estando nas melhores condições físicas. Suas pernas pareciam rígidas, e naquele 6 de agosto fazia tanto frio em Berlim que, antes da competição, ela teve de ingerir açúcar embebido em conhaque.

Ondina é uma de nós, começou na escola, participou dos campeonatos interescolares tanto no ensino elementar quanto no médio. Era boa em tudo, salto em altura, salto a distância, corrida e barreiras. Sempre foi um exemplo para os jovens italianos e, nesse momento, tornava-se um exemplo para o mundo.

Nadia começa a falar sem conseguir parar, as mãos sempre penteando os cabelos encaracolados e louros. Amanhã, tenho certeza, vai recortar as fotos de Ondina dos jornais. Por enquanto, fala sem tomar fôlego e nos inunda de informações. Sabíamos – pergunta a mim e a seu irmão – que, na realidade, Ondina se chamava Trebisonda, como uma cidade turca de que seu pai gostava muito? Que nome engraçado! E que era a quinta filha, única mulher depois de quatro irmãos? Ela a vira em uma fotografia: morena, esbelta, com grandes olhos escuros.

Giulio não gosta de excessos, sempre tenta moderar os entusiasmos da irmã, mas desta vez nem sequer tenta. Nadia tem razão. Um ouro para a Itália e para uma mulher jovem!

– Tudo bem, tudo bem, vocês, mulheres, podem vencer! Mas isso eu já sabia – grita-nos, tentando superar a voz da rádio e a de sua irmã.

Não há o que fazer: Nadia o envolve em um passo de dança, Giulio se deixa arrastar e abraça minha cintura. Assim, parecemos três bêbados.

Depois, Nadia continua com suas informações entusiasmadas.

---

[26] Tecnologia que reproduz a imagem da linha de chegada e ajuda a identificar o vencedor. [N.T.]

– Ondina já podia ter ganhado essa medalha quatro anos atrás, nas Olimpíadas de Los Angeles. Não quiseram mandá-la porque seria a única mulher em uma equipe de homens. Diziam que não era decente para uma moça fazer uma viagem tão longa.

Pio XI em pessoa havia intervindo para que as atletas não participassem das competições olímpicas. Ondina teve de esperar, mas agora que conseguiu, ninguém mais poderá dizer que as mulheres não podem competir. Demonstrou ao mundo do que as fascistas são capazes. Nadia tem certeza: também o *Duce* a receberá e a parabenizará. E em quatro anos ela vencerá de novo em Tóquio.

A rádio continua a transmitir notícias. Os jornalistas já lhe deram um apelido: Ondina é "o sol em um sorriso". Giulio desata a rir quando a irmã o convida para ser o árbitro em uma competição. Entre ela e mim, quem chegará primeiro ao andar de baixo para dar a notícia da vitória esportiva de uma mulher à velha Assunta?

Melhor robusta e com os quadris largos

MILHARES DE IMAGENS falam claramente. O fascismo encoraja o esporte feminino. Favorece-o apesar da oposição da Igreja. "Vemos muitas mulheres e meninas se dedicarem com paixão desmesurada a modalidades esportivas que, em todos os aspectos, são incompatíveis com a dignidade e o pudor a elas convenientes. Esse desejo excessivo de praticar todo tipo de esporte expõe as mulheres a perigos morais, hábitos de vida e comportamentos em nada condizentes com a missão da mulher na família e na sociedade", afirmara em 1925 a conferência dos bispos a esse respeito.

Contudo, a certa altura, também o regime se preocupa. As imagens de mulheres felizes, com o corpo livre e ágil, passam a incomodar. O esporte – começa-se a pensar – pode influir no caráter, modificar e prejudicar um corpo que deve ser, antes de tudo, materno. Falam médicos e especialistas, reuniões após reuniões, levanta-se um turbilhão de hipóteses. Sugestões para moderar a paixão esportiva feminina. Mas o estrago já está feito. Após alguns anos, milhares de mulheres consideram normal exibir-se em exercícios esportivos e de ginástica. Então, o comitê olímpico tenta rever a atividade feminina, determinando a área de atuação e os limites: "Deve ser evitado", afirma, "quando puder desviar a mulher de sua missão fundamental: a maternidade". Portanto, não proibição, mas controle e vigilância com uma precaução: melhor manter as mulheres longe das competições esportivas que possam prejudicar o cânone estético feminino. As italianas devem ser robustas e ter quadris largos. As medalhas devem ser obtidas pelo número de filhos, e não pelas competições de atletismo.

E eis que Renato Ricci, chefe da Obra Nacional Balilla,[27] insiste para que a representação do sexo frágil seja eliminada das Olimpíadas: "Parece-me ridículo que, para defender os valores de uma nação poderosa e civil como a nossa, de vez em quando deva ser convocado um grupo de mulheres mais ou menos interessantes e inteligentes".

Em seguida, Achille Starace, presidente do Comitê Olímpico Nacional Italiano (Coni): "Sempre fui da opinião de que a mulher deve ser eliminada das competições esportivas". Em 1936, a vitória de Ondina, a medalha de ouro, a recepção no Palazzo Venezia, e o *duce* que a quer ao seu lado para a foto de recordação. Desta vez, Starace afirma: "O esporte feminino é um terreno no qual se pode caminhar com total segurança... E a nós se dirigem os olhos das mulheres fascistas, que com muita facilidade adquirem uma competência muito evidente em matéria esportiva".

---

[27] Organização juvenil, fundada em 1926, que reunia meninos de 8 a 14 anos. Em 1937, foi absorvida pela Juventude italiana do litório, seção juvenil do Partido Nacional Fascista. [N.T.]

A DÚVIDA
1938-1943

Há quem melhor do que os outros realiza sua vida.
Tudo está em ordem dentro dele e ao seu redor.
Para tudo ele tem métodos e respostas.
É rápido ao adivinhar o quem o como o onde
e com que fim.
Carimba verdades absolutas,
lança os fatos supérfluos na fragmentadora de papel
e as pessoas desconhecidas
nos fichários apropriados.
Pensa o necessário,
nem um segundo a mais,
pois atrás desse segundo a dúvida está à espreita.
E quando é demitido da vida,
deixa o posto
pela porta prescrita.
Às vezes chego a invejá-lo
– por sorte a inveja passa.

Wisława Szymborska, *Há quem*

12
Não podemos

Lembro-me muito bem do Natal de 1938, da alegria da noite da véspera, do bom humor. Finalmente tínhamos um rádio. De madeira clara e reluzente, com grandes botões, era o presente do meu pai para todos nós.

– Custou mais de 500 liras – comunicou com um sorriso –, mas dividi em trinta parcelas.

O rádio nos imporia outras economias, mas finalmente estava ali, na mesinha, perto das poltronas, bem debaixo do retrato do *Duce*; minha mãe o ligaria de manhã, enquanto cuidava dos seus afazeres; Anna ouviria as canções de que tanto gostava; o rouxinol nos indicaria o início dos programas vespertinos e, depois do jantar, acompanharíamos uma peça teatral.

Já não desceríamos ao andar de baixo, e isso me desagradava um pouco. Era um modo para ver Giulio.

Tenho poucas ocasiões de encontrá-lo: quando ele não vai para a universidade, fica fechado em seu quarto, estudando, tem pressa. Um advogado de idade avançada, com escritório bem no Largo di Torre Argentina, propôs-lhe um estágio, e ele não quer perder a oportunidade.

Quando descíamos para ouvir a rádio, ele se sentava ao meu lado, comentava as notícias em voz baixa, e suas palavras me pareciam mensagens íntimas e secretas.

– Você viu? Londres foi obrigada a reconhecer a anexação da Etiópia; na Espanha os comunistas estão perdendo, vamos vencer lá também.

Para a véspera desse Natal, minha mãe havia preparado bolinhos de chuva, uma delícia que ela raramente faz, pois consome muito óleo.

– Desta vez também usei banha de porco, e deu muito certo – anunciou, triunfante.

Assim, comemoramos o Natal com os vizinhos e convidamos também a velha Assunta, que trouxe seu "menino Jesus".

– Dom Rino acabou de benzê-lo, e à meia-noite vamos colocá-lo no estábulo, entre José e Maria.

Também queríamos ter convidado a família Piperno. São judeus, têm festas diferentes das nossas, com nomes impronunciáveis, mas são bons vizinhos e nos damos bem com eles. Antonio costuma brincar com os três meninos. Sara, baixa, morena e sempre com ar de atarefada, se dá bem com a minha mãe; seu marido, Bruno Piperno, é um reservado bancário que sempre carrega uma bolsa repleta de papéis e livros. Minha mãe o chama de "Professor" por causa da barba, da severidade e da precisão. É tão pontual que, quando sai, é possível ajustar os relógios. Se ela percebe que Anna e eu estamos atrasadas para a escola, grita:

– O senhor Piperno já saiu.

Significa que já são quase 8 horas.

No entanto, a família Piperno partiu para a Argentina. Aqui ficou apenas Chisciotta,[28] uma vira-lata cor de mel e com grandes olhos escuros e bons. Seu nome foi ideia do pai, Bruno, pois, embora pequena, lançava-se em empreitadas heroicas e rosnava para cães que poderiam feri-la com uma mordida. Não podiam fazê-la enfrentar uma longa viagem e a deixaram com Antonio, que tem mais ou menos a mesma idade do segundo filho dos Piperno e é apaixonado por Chisciotta. Meu irmão ficou contente de poder ficar com ela só para si; minha mãe, nem tanto, mas não teve coragem de recusar um favor aos Piperno, até porque Anna (milagre!) disse:

– Vou levá-la para passear todos os dias.

Nossos amigos decidiram deixar casa, trabalho e hábitos. Reconstruirão a vida em Buenos Aires, onde vive um irmão de Bruno, que abriu uma empresa de chapéus. Os negócios vão bem, e o Professor vai cuidar da administração. Não queriam mais viver em Roma ou, como

---

[28] Referência feminina a *Don Chisciotte*, ou seja, Dom Quixote. [N.T.]

dizia o Professor, estavam indo embora "porque na Itália os judeus não eram mais bem-vindos".

Eu queria entender melhor o que havia acontecido e colocado em polvorosa toda a comunidade hebraica – moramos a poucos metros do Ghetto, conhecemos muitos deles –, mas não me foi possível. Tio Edgardo e tia Luisa, que em geral sabem mais do que nós e do que os jornais, partiram há muitos meses para a Etiópia e voltarão apenas no início do novo ano. Nossas informações vêm dos jornais, da rádio e, naturalmente, da família Piperno, que, por intermédio dos judeus do Ghetto, soube antes o que estava acontecendo em seu pequeno mundo.

No mês de julho, *Il giornale d'Italia* (O jornal da Itália) havia publicado o "Manifesto da raça" para esclarecer – assim estava escrito – a posição do fascismo sobre a questão racial. Meu pai havia deixado o jornal na poltrona; li o texto, e a coisa não me pareceu tão preocupante como sustentava Bruno Piperno. Havia boas razões nesse manifesto: não somos todos iguais, e é óbvio distinguir as raças, sobretudo após a guerra da Abissínia, na qual os italianos entraram em contato com povos diversos. Certamente os judeus não são como os etíopes, mas é justo não fazer confusão, distinguir. No manifesto, assinado pela fina flor dos cientistas, afirmava-se apenas que "os judeus não pertencem à raça italiana", e essa me pareceu uma declaração científica, com princípio e bom senso.

Um dia, Sara nos anunciou a partida. Desceu à tarde e se sentou à mesa da cozinha, onde Anna e eu fazíamos nossas lições. Minha mãe começou a moer o café para lhe oferecer uma xícara. Com o rosto contraído e os olhos reluzentes, Sara estava mesmo precisando. A partida havia sido decidida pelo marido, de repente, alguns dias antes.

– Bruno quer ir embora, tem muita pressa; me disse para começar a fazer as malas, preciso me livrar de alguns móveis, das panelas... Tem aquela cômoda... Se vocês quiserem.

Minha mãe achou a decisão um pouco precipitada, mas o Professor, disse Sara, "prefere não adiar. Mussolini começou a imitar Hitler, quer a pureza da raça e quer expulsar os judeus. Vocês vão ver: primeiro, vai tomar a riqueza deles. Antissemitismo? Sim, antissemitismo, mas também inveja, muita inveja. Os que podem vão embora, e nós ainda podemos ir. Daqui a alguns meses, seremos obrigados a fazer a mesma escolha em condições mais difíceis". Desse modo, havia entrado em contato com seu irmão, e a família partiria em quinze dias, o tempo certo de embalar algumas coisas, fazer as malas e comprar as passagens de navio.

Após o manifesto dos cientistas, houve outro: em 5 de setembro, o rei assinou um decreto que ordenava a exclusão dos judeus das escolas italianas. Para os Piperno, foi um duro golpe, o primogênito Emilio teve de abandonar seus colegas e professores, fazer o exame da quinta série elementar em uma sala separada e ir para uma escola particular. O menino entrou em desespero.

– Eu o ouvi chorar à noite na cama... Tentei consolá-lo, mas ele continuava a repetir: "Por quê? Por quê?".

Paolo, o segundo, também mudou de escola, mas encarou melhor a situação. Logo depois, mais uma proibição. Os judeus não podiam trabalhar na administração pública. O Professor, estimado bancário e ainda jovem, ficaria sem salário; a família não sabia como seguir adiante.

– Eu lhe disse que nossos parentes nos ajudariam, que ele encontraria outro trabalho, que há escolas da comunidade. Sabe como são as crianças, depois de um primeiro momento, fariam novos amigos e ficariam bem.

Além do mais – Sara chora –, essas leis são fruto de exageros e mal-entendidos. Eles são italianos.

– Você se lembra, Rosa, quando fomos doar nossas alianças para a Pátria?

Claro que se lembrava, e agora ouvia petrificada. Havia parado de moer o café.

– Bruno não quis saber – concluiu nossa vizinha.

Para convencê-la e evitar discussões, que na sua opinião eram "inúteis", entregou-lhe uma folha na qual havia elencado com precisão todas as proibições que tornariam a vida deles impossível. Sara nos mostrou. Uma folha quadriculada, arrancada de um caderno escolar: no topo, o Professor havia escrito em letra de forma: "NÃO PODEMOS". Depois, com caligrafia miúda, as proibições, que Sara lê para nós, uma por uma. Os judeus não podem: lecionar; estudar em escolas públicas; entrar em bibliotecas; ter aparelho de rádio; casar-se com italianos; ser tabeliães, arquitetos, médicos, farmacêuticos, oculistas, químicos, saltimbancos, agrônomos, peritos industriais, peritos agrários, taxistas, pilotos de aeronave, proprietários e gestores de empresas, porteiros; trabalhar na administração pública, nos bancos e nas seguradoras; publicar necrológios.

Na rádio e nos teatros, não podem ser autores, atores, diretores, cenógrafos nem músicos. Nas mostras não podem expor seus quadros nem suas fotografias. Não podem vender objetos de arte, livros nem material de escritório e armas; não podem ser guias turísticos nem alugar quartos. Não podem possuir cavalos nem pombos. Não podem frequentar lugares de veraneio.

Sara leu a lista palavra por palavra, em voz alta, e ao chegar ao último item, o de veraneio, as lágrimas lhe vieram aos olhos.

– Com aquele retalho de algodão que você me deu – contou à minha mãe –, eu estava costurando roupas de banho para os meninos. Nesse verão iríamos para Ostia. Agora lá tem um estabelecimento para os funcionários do banco. Íamos aproveitar a praia.

Não sabíamos o que dizer. Minha mãe se recompôs e buscou palavras de consolo: eles voltariam, aquelas medidas eram injustas, mas o *Duce*, provavelmente, tinha de se defender de alguns inimigos e, como se sabe, em alguns casos, inocentes acabam sendo envolvidos; depois, tudo se arranjaria. Não era a primeira vez que Ele tinha de intervir para corrigir os erros dos dirigentes do partido. Sara tinha razão em querer esperar mais alguns meses; desta vez, o Professor tinha se precipitado um pouco. Eu concordava com a minha mãe.

– Até o melhor governo pode cometer erros... que depois são reparados. Eu sei, seu marido está pensando na Alemanha, mas os italianos não são alemães, não somos como eles.

Eu não estava inteiramente convencida do que dizia. Sara não enxugava as lágrimas, chorava em silêncio, sem dar sinal de parar. Pensei no choro de Emilio, humilhado na escola na qual acreditava; em Paolo e Davide. Culpados? Do quê? O que eu tinha lido me parecia impossível. Qual era seu sentido? O que a família Piperno tinha feito de tão grave para merecer aquelas punições?

– Somos italianos como vocês – continua a repetir Sara.

Claro que são. Nenhum de nós jamais pensou o contrário.

Permaneço em silêncio, algo na boca do estômago quase me impede de respirar. Evito olhar para minha mãe, engulo as lágrimas.

Anna levantou a cabeça dos livros, tinha permanecido atenta e muito séria. Pediu a Sara para lhe dar a lista das proibições e a fitou por um bom tempo. Depois, devolveu-lhe a folha sem dizer nada. Quando nossa vizinha foi embora, Anna se virou para mim com um olhar rancoroso.

– E você queria que eu fosse à parada quando Hitler veio a Roma.

Desta vez ela estava exagerando, e eu não deixaria barato; gritei com toda a maldade que tinha no corpo o que pensava dela, de seus comportamentos insolentes e negativos, da sua falta de compromisso. Era uma egoísta, presunçosa, que não dava importância à sua família, nem ao *Duce*, nem à Pátria. Eu me lembrava muito bem da ocasião em maio, quando havia fingido uma grande dor no tornozelo para não ir à parada em homenagem a Hitler. E como me lembrava! Eu tinha percebido que era uma desculpa, ainda mais grave porque, graças às suas tranças espessas e escuras e à sua carinha angelical, ela havia sido escolhida para oferecer flores ao *Führer*. Quantas meninas não teriam desejado a mesma sorte! Mas ela dissera que não podia, estava mancando; no entanto, isso não a impedira de participar de uma festa com seus amigos no dia seguinte.

– O que tem a ver a visita de um aliado com o que Sara acabou de nos contar? – gritei-lhe. – O *Duce* não segue os passos de Hitler, pensa com a própria cabeça... Se tomou uma decisão... deve ter suas razões. O que você sabe disso? Por que fala sem saber? Eu também sinto muito pelos Piperno, me parece horrível e injusto o que são obrigados a fazer, mas o que sabemos a respeito, o que sabemos dos motivos verdadeiros? Você não pensa, você critica. Assim, pode se lamentar de tudo, sentir-se desculpada se não estuda, não ajuda em casa, se não faz seu dever de fascista.

Anna bateu na mesa da cozinha a lista das proibições esquecida por Sara e saiu.

– Quero tomar ar – disse-me –, estou sufocando aqui dentro.

Péssimo humor. Minhas brigas com Anna se tornam cada vez mais frequentes. Geralmente minha mãe me dá razão. Desta vez, não disse nem uma palavra.

Não deixa de ser judia

EM 1938, com as leis raciais, Margherita Sarfatti deixa a Itália pela Argentina. Ela também é judia.

Durante e depois do fascismo, foi rudemente definida como "a amante de Mussolini" e, de fato, entre os dois houve uma longa a apaixonada relação, iniciada quando o *duce* ainda era diretor do *Avanti*, e Margherita Sarfatti, crítica de arte. Ela, bonita, rica, fascinante, culta, independente, moderna. Ele, audacioso, arrebatador, com um profundo instinto político, porém, tosco e sem muita cultura. Um homem a ser inteiramente construído.

O amor é verdadeiro; a paixão, irresistível. É o que testemunham as cartas, o entusiasmo recíproco, as visitas assíduas.

Contudo, para o *duce*, Margherita Sarfatti é muito mais do que uma amante. Alguém disse que ela "inventou" Mussolini. Uma afirmação excessiva que, como todos os exageros, contém uma parte de verdade. Seguindo-o do Partido Socialista para a aventura fascista, é ela quem o educa, quem o introduz na sociedade, orienta-o nas leituras e revisa seus textos. Depois, constrói os movimentos culturais que acompanham o nascimento e o crescimento do regime. Para começar, o grupo Novecento, com Leonardo Dudreville, Achille Funi, Gianluigi Malerba, Piero Marussig, Ubaldo Oppi, Anselmo Bucci e Mario Sironi, aos quais se juntam De Chirico, Campigli, Casorati, Guidi, Licini, Morandi e Severini. Pintores italianos tradicionalistas, defensores daquele classicismo moderno que é a marca da arte italiana do século e que Margherita Sarfatti exporta para o mundo.

Depois de conhecê-la, Renzo De Felice, importante historiador do fascismo, pergunta-se quanto do mito da romanidade seria ideia de Mussolini, e não fruto da influência de Sarfatti. "Porque nunca na vida conheci uma pessoa como ela, obcecada por romanidade", afirma. Poderosa e temida, conta mais do que um ministro, mais do que um alto dirigente do Partido Nacional Fascista. Contudo, é judia, olha com desconfiança para as relações de Mussolini com Hitler, não aprova a guerra colonial. E é odiada como apenas uma mulher poderosa consegue sê-lo por homens que contam menos e podem permitir-se menor autonomia.

Depois, o amor acaba. Existem as leis raciais. Margherita Sarfatti também tem de deixar a Itália pela Argentina. Antes, passa por Paris.

Alma Mahler – a fascinante austríaca que havia suscitado a paixão de Gustav Klimt, sido esposa de Gustav Mahler, objeto do amor louco e nunca aplacado de Oskar Kokoschka, tido uma relação clandestina e, em seguida, um segundo matrimônio com Walter Gropius e um terceiro com Franz Werfel, igualmente judeu e perseguido – encontra Margherita Sarfatti na capital francesa e dela faz um retrato impiedoso e verdadeiro: "Quando a vi pela primeira vez, era a rainha da Itália sem coroa. Agora, é a mendiga coroada do exílio. Corajosa, inteligente, mas repleta de amargura. Sua amizade com Mussolini se transformou em uma hostilidade sem freios".

Seja como for, Margherita Sarfatti se salva e, ao final do regime, poderá voltar ao seu país. Não terão a mesma sorte milhares de judeus italianos.

13
O silêncio

Naquela tarde de sábado, meu pai não iria à loja nem ao *dopolavoro*. Renunciou até mesmo ao torneio de *briscola*. Sentia-se cansado, com dor de cabeça e mal conseguia se mexer. Talvez estivesse no início de uma gripe, que andava infectando muita gente. Passaria a tarde na sua poltrona, lendo o *Domenica del Corriere*, ouvindo a rádio e cochilando.

– Só preciso descansar meia hora para me recuperar – repetia sempre depois do almoço e, de fato, após meia hora de sono na poltrona, levantava-se, enxaguava o rosto com água fresca e já estava pronto para sair de novo.

Ficou contente que fôssemos todos ao encontro no Foro Mussolini; a casa finalmente ficaria em silêncio. Antonio também iria conosco. Com seu novo uniforme de Balilla, recém-costurado pela minha mãe, ele estava todo orgulhoso do novo traje, sobretudo depois de ter ganhado um mosquete de madeira.

– Também vou ficar em casa, tenho de terminar de encomprir a saia de Anna – disse-nos minha mãe.

Meu pai tinha se sentado na poltrona, ligado o rádio e aumentado o volume para que minha mãe também ouvisse da cozinha. Naqueles dias, acompanhávamos as informações sobre a Espanha, onde milhares dos nossos legionários lutavam contra os comunistas. Poucos dias antes, havia chegado a notícia de que as tropas de Franco tinham tomado Barcelona. Esperávamos a rendição dos bolcheviques em Madri a qualquer momento; meu pai tinha certeza – assim dissera durante o almoço – de que a cidade seria conquistada em um mês, e os nossos voltariam para casa. Deveríamos estar orgulhosos. Tínhamos vencido de novo.

O som do rádio fazia as vezes de pano de fundo para uma tarde tranquila e de total descanso, quando minha mãe ouviu algo, que em seu relato não consegue definir: uma respiração mais profunda, um grito sufocado, um estertor, um pedido de ajuda. Nem mesmo tinha certeza de que esse ruído viesse da sala ao lado, talvez do rádio, talvez da rua. Chama:

– Luigi, está precisando de alguma coisa?

Não recebe resposta e vai até a sala. Meu pai está imóvel na poltrona, com os olhos abertos e a cabeça apoiada no encosto. Ela se aproxima, chama-o, sacode-o. Depois grita, abre a porta e pede socorro.

Quando voltei para casa com Nadia, Anna e Antonio, vi uma ambulância saindo, com a sirene desligada. Devia ter havido um engano ou, quem a chamara, não precisava mais de ajuda. Será que a velha Assunta se sentiu mal e se recuperou? Isso já havia acontecido uma vez, e foi nosso primeiro pensamento.

– Essa bruxa é forte – comentou Nadia. A porta do apartamento de Assunta estava aberta, mas ela não estava lá. Também estava escancarada a porta do andar de cima, do apartamento de Giulio e Nadia. Da nossa casa, no segundo andar, vinha um silêncio estranho, artificial, interrompido por alguns soluços. Giulio apareceu à porta, pegou a mão de Antonio e o entregou a Nadia.

– Desça com ele e lhe dê o lanche – disse.

Nadia logo entendeu que havia acontecido algo grave e obedeceu. Em seguida, Giulio pôs os braços sobre os meus ombros e os de Anna e nos fez entrar.

O silêncio vinha do corpo do meu pai, imóvel e já distante. Os soluços, incrédulos e desesperados, da minha mãe, ajoelhada no chão e debruçada na poltrona. Lina e Vincenzo em pé, atrás dela, levantaram o olhar quando entramos e vieram até nós.

Corri até minha mãe e a abracei. Depois, abracei Anna, que estava curvada, muda, como se não entendesse. Eu não conseguia dizer nem uma palavra, estava imóvel e sem lágrimas, em um mundo que não conhecia. Permaneci à espera, por uma eternidade. Foram os outros a se moverem, minha mãe me puxou para si, Lina acariciou a cabeça de Anna e a minha. Palavras murmuradas, incompreensíveis, o sussurro de uma prece. Assim conheci a morte: não fazia barulho, era discreta, até delicada. No entanto, todos ao redor da poltrona em que estava meu pai sabiam que era intransigente.

– Chamamos a ambulância – explicou-me Vincenzo –, mas não puderam fazer nada... não adiantaria levá-lo ao hospital; foi enfarte ou derrame.

Nas horas seguintes, a dor de cada um buscou a dos outros. Quando minha mãe finalmente se levantou, com os olhos inchados e vermelhos, abraçou a mim, depois Anna, e não quis mais se separar dela.

– Filhas – murmurava –, o papai se foi, agora estamos sozinhas.

Ao lado delas, Lina e Assunta diziam palavras de incredulidade e consolo. Minha mãe e Anna pareciam as mais frágeis, precisavam de um conforto imediato para que a dor não se transformasse em desespero. Giulio conseguiu avisar tia Luisa e tio Edgardo, que tinham acabado de voltar da África. Em um canto da sala, perto da janela, conversavam em voz baixa com Vincenzo. Alguém tinha de cumprir os gestos necessários que acompanham o pranto, tinha de tomar as decisões mais imediatas, das quais é custoso falar, mas que não podem ser adiadas. Depois de ter dado um abraço forte em todas nós, minha tia se separou do grupo que se formara ao redor da minha mãe, tirou o sobretudo e o chapéu e foi até o quarto. Logo percebeu o que tinha de fazer, e sua missão superou a surpresa. Cabia a ela tirar os lençóis da gaveta e preparar a cama para nela colocar o corpo do meu pai.

Vi-me sozinha no centro físico da casa e da sua dor. Giulio olhava para mim, sem dizer nada. Os outros se aproximavam de mim, sussurrando perguntas, informações e pedidos, depois se afastavam. Minha tia queria uma sugestão sobre as roupas a serem colocadas no meu pai; meu tio e Vincenzo me consultaram sobre a organização do funeral; Assunta me perguntou se podia chamar dom Rino para a bênção. Lina me pediu uma coberta: minha mãe estava tremendo. Anna se afastou da poltrona na qual ainda estava meu pai para me dar um abraço apertado e murmurar em meu ouvido:

– Você nunca vai me deixar, não é?

Em poucos minutos, percebi que eu não era mais a mesma. Já não existia aquela Mara estudiosa e dedicada aos deveres da família e da Pátria, mas que não deixava de ser alegre; aquela jovem protegida pela mãe em seus sonhos, tutelada pelo pai nas pequenas adversidades, amiga despreocupada de Nadia, sobrinha que adorava tia Luisa, aspirante a escritora e sonhadora obstinada. Já não existia a moça confiante, que contava com uma robusta rede de proteção. Os comportamentos, os gestos, as palavras de quem havia acorrido à sala já se dirigiam a outra Mara. Os imperceptíveis mas concretos equilíbrios que regulavam as relações e os sentimentos tinham se modificado. A morte permanecia delicada, mas produzia mudanças rápidas.

Uma calma até então desconhecida penetrou em mim. Eu respondia a todos com gentileza e firmeza. "A coberta de lá? Melhor aquela que minha mãe usava nos joelhos à noite, quando ouvíamos a rádio; deve estar em uma cadeira no quarto." "Claro, dona Assunta, pode chamar dom Rino. Obrigada por ter pensado nisso." "Tio Edgardo, cuide do funeral. Com certeza não podemos pedir isso à minha mãe." "Anna, você precisa ser forte; ficaremos sempre juntas, nunca vou te deixar sozinha. Mas agora fique perto da mamãe." Preparo para todos uma xícara de café; claro que não é muito, o racionamento já começou, mas deve dar para todo mundo.

Giulio continua a me olhar, fumando um cigarro após o outro. Depois, ele também se dirige a mim. Atravessa a sala:

— Mara, só você pode contar para o Antonio. Venha, vamos pegá-lo.

Desci lentamente, com sua mão no ombro, abracei Antonio com força, busquei e encontrei as palavras certas.

— O papai – disse-lhe – estava muito cansado e decidiu dormir por um bom tempo. Estamos tristes porque gostávamos de ficar com ele, mas temos de respeitar a sua vontade.

Antonio ficou surpreso, arregalou os olhos, cheios de medo, mas pegou minha mão com confiança e se deixou levar até minha mãe. Enquanto eu subia as escadas, entendi que já não era uma filha. Tinha me tornado o sustento da minha família.

Em casa, não

"**A GERAÇÃO** das mulheres italianas que alcançou a maturidade nos anos 1930 era barulhenta, ingênua e triste; embora fosse extremamente consciente de si mesma, não sabia que era obrigada a submeter-se às imposições mais absurdas." Entre as imposições mais absurdas de que fala Irene Brin, jornalista e escritora, uma das mais perspicazes observadoras das épocas e do universo feminino, certamente estão as leis sobre o trabalho.

Imposição absurda o fato de o salário das mulheres ser, por lei, metade do masculino, mesmo no desempenho de funções idênticas. De que nas indústrias têxteis a remuneração diária de uma operária passe de vinte a sete liras. Absurdo o fato de que as mulheres não possam ensinar Italiano, Letras Clássicas nem Filosofia nas escolas superiores. De que na administração pública as contratações femininas sejam limitadas e não possam superar um nível definido. De que as mulheres não possam participar dos concursos para a diretoria de institutos e escolas de ensino médio e técnico. De que os chefes de família sejam automaticamente preferidos nas contratações e nas promoções de carreira. De que o lugar da mulher tenha de permanecer no degrau mais baixo da hierarquia de trabalho. Podem ser apenas datilógrafas, secretárias, telefonistas, operadoras de caixa e vendedoras. Em 1938, chega-se a estabelecer o limite de 10% para seu emprego em cargos públicos e privados e a excluí-las por completo dos setores e das empresas com menos de dez funcionários.

Diante da lei de 1938, que pode expulsar milhares delas das repartições públicas, as mulheres não permanecem caladas. Protestam, enviam cartas ao duce, assinam petições. Pensam e dizem que estão sofrendo uma grande injustiça. Entre as inúmeras cartas está a indignada de Regina Terruzzi, que tem com Mussolini uma relação forte e privilegiada e foi a responsável pela organização das *Massaie Rurali*, a maior dentre as organizações femininas do regime. "*Duce*", escreve, "a lei referente ao porcentual de mulheres empregadas não pode ser retroativa, sob o risco de cometer uma injustiça grave e até desumana. A mulher, cujo emprego lhe dá o pão suado, mas honesto, não deve ser reduzida à indigência. Para obter esse emprego, ela frequentou escolas régias por oito anos, se for contadora, e por quatro, se parou na Licença Técnica ou de formação profissional. E agora o Estado, justamente o Estado, a trai apenas porque é mulher, porque não encontrou um homem que constitua um lar e trabalhe por ela. Sem vigor nem ânimo, envelhecida na função que fez prosperar e que cumpre de forma honrada, agora é obrigada a deixá-la. Não se aprende um ofício em dois tempos, e antes que seja possível viver dele, são necessários vários anos. Mas e enquanto isso? A mulher demitida não pode nem mesmo seguir pelo mesmo caminho das jovens e bonitas, ainda que tenha perdido a fé no trabalho e na virtude. Confio em Vosso sentimento de boa justiça: nada mais tenho a acrescentar. Saudações fascistas."

O regime que quer proteger as mães é firme e impiedoso com as trabalhadoras. Porém, não consegue cumprir totalmente o objetivo de mandá-las para casa. A diminuição da ocupação feminina durante os vinte anos fascistas é modesta. Em 1937, 27% da força de trabalho é constituída por mulheres. De 1921 a 1936, o percentual na indústria cai de 39 para 33%, mas apenas em razão da crise na indústria têxtil. Com efeito, a presença feminina aumenta no setor terciário, passando de 38,5 para 42,8%. A indústria, a começar pela têxtil, contrata mulheres justamente porque seu salário é inferior ao dos homens. Se forem acrescentadas as camponesas, cujo trabalho não é considerado pelas estatísticas, chega-se a percentuais consideráveis.

Quanto ao decreto de 1938, nunca chegou a ser aplicado em sua essência. A guerra eclode e, com os soldados na linha de frente, o trabalho das mulheres é mais do que necessário. Na queda de braço não declarada entre o regime e o trabalho feminino, a vitória do primeiro é muito mais frágil do que parece.

14
O odor de mostarda e alho

Nasci às 12 em ponto do dia 21 de abril, dia do aniversário de Roma. Fico orgulhosa por ter essa data em comum com a minha cidade, sempre me pareceu um sinal positivo. Meus pais tinham pensado em me chamar de Romana, mas minha avó, mãe do meu pai, interveio: a primogênita do seu filho deveria ter seu nome, e ela se chamava Mara.

Minha avó mora na Toscana, em Maremma, nunca veio a Roma, nem mesmo quando fui batizada com o nome por ela imposto. Vamos visitá-la quando possível, a última vez foi alguns meses depois do nascimento de Antonio. Meu pai queria muito que ela conhecesse os netos; já ela nunca manifestou grande afeto, era rude, falava pouco, uma camponesa com lenço na cabeça, habituada a passar muitas horas por dia na lavoura.

Durante nossa estadia no campo, todas as manhãs dava a mim e a Anna um ovo fresco.

– Bebam, vocês estão pálidas – dizia.

Quando íamos embora, enchia duas sacolas com verdura e azeite, mas evitava abraços longos. Gostava de Anna (a sua preferida) porque ela a acompanhava quando ia para a horta, queria trabalhar na lavoura e, como ela, adorava as galinhas. Minha avó as chamava pelo nome, distribuía os farelos com cuidado, mas, quando queria fazer um caldo, sentava-se na cadeira e rapidamente torcia o pescoço de uma delas. Se em alguma rara conversa alguém pronunciasse a palavra "Roma", ela sempre pedia notícias "daquele lá". "O que aquele lá anda fazendo?" "Vocês ainda gostam daquele lá?" "Ainda está causando estragos, aquele lá?" "Aquele lá" era o *Duce*, de quem ela não gostava. Não falava mal dele, mas dava para perceber que ela não o achava simpático. Meu pai via a hostilidade da minha avó como a extravagância de uma mulher idosa que se confunde com as coisas. Na realidade, ela tinha um motivo para não ir com a cara "daquele lá". Não havia gostado da campanha pelo grão, que a obrigara a modificar o cultivo de sua pequena propriedade, a reduzir a horta e a renunciar às árvores frutíferas. Não o perdoou por isso.

Seja como for, por culpa sua não fui Romana, mas Mara, aliás, Mara Romana Carucci, porque minha mãe quis escolher pelo menos meu segundo nome.

Meu aniversário é triste, meu pai morreu há um mês, minha mãe se arrasta a custo pela casa, esforça-se apenas na frente do pequeno Antonio, que mantém intacta sua vontade de brincar. Anna está mais séria, mas após um primeiro momento de abatimento, no qual se manteve o mais próximo possível da minha mãe, voltou a ficar intratável. Alguns dias atrás, disse-me, irritada:

– Lembre-se de que tenho 15 anos.

Eu só tinha lhe pedido para voltar logo da escola, para não se demorar com as colegas, pois minha mãe andava ansiosa e se preocupava até quando atrasávamos um minuto. Anna sabe muito bem que o papel de chefe de família cabe a mim e não engole isso; assim, não perde a ocasião de dizer que tem idade para fazer o que bem entende. Não suporta os encontros promovidos pelo partido, detesta os uniformes. Tento fingir que não percebo.

Seja como for, nesse ano, nada de bolo, velinhas nem de presentes. De resto, eu nem teria vontade de tudo isso. De manhã, minha mãe me fez um carinho, queria me dar os parabéns, mas desatou a chorar. Tia Luisa se lembrou do meu aniversário e me convidou para ir com ela à tarde no Caffè Aragno, na Piazza Colonna. Gosta de sua atmosfera elegante, dos espelhos grandes com molduras douradas e das paredes cor de tabaco, mas sobretudo porque por suas salas passam pintores e poetas que ela aprecia e jornalistas bem-informados.

– Vamos comer um pedaço de bolo juntas em meio às pessoas, vai nos fazer bem.

Tinha razão, gosto de ficar algumas horas fora de casa, levantar a cabeça dos livros. Depois da morte do meu pai, passo mais tempo estudando; isso me conforta, me isola da dor que ainda sinto pesar dentro de mim e ao meu redor. Além do mais, nesse ano tenho as provas finais e quero fazê-las da melhor maneira, para tirar as notas mais altas.

Minha tia está mais carinhosa do que o habitual. Tem um presente para mim e, como sempre, surpreende-me. Um colar de pérolas pequenas, mas brilhantes, com um fecho de esmeralda.

– São adequadas para uma moça – diz. Também tem uma boa notícia. – Tio Edgardo conversou com um velho amigo, um funcionário importante do Ministério da Educação Nacional: você vai ter um trabalho. Não sei qual, mas vai ter.

O tom é leve, mas ela está sem graça. Sabe que meus planos para o futuro eram outros, que eu tinha esperado algo diferente, provavelmente é o que queria me dizer. Eu tinha pensado em frequentar a universidade, já tinha escolhido os cursos em que gostaria de me inscrever. Queria estudar latim. Adorava Virgílio, Horácio, Catulo. Sobretudo Virgílio. Sabia de cor trechos inteiros da *Eneida*, a grande história de Roma. Quando passo pela Via dell'Impero, que o *Duce* quis construir para unir a Roma fascista à cidade antiga, cantada pelos poetas, vejo as lajes de mármore, as estátuas, os altares, as decorações, os muros que finalmente tornaram a ver a luz: paro e, para a grande alegria de Nadia, recito seus versos.

Terei de dizer adeus a Virgílio? Esquecerei os versos que tanto amei? Até alguns meses antes, se me tivessem dito isso, eu teria entrado em desespero. Havia lutado para fazer o liceu clássico, tinha conseguido, no entanto... Tudo bem, torno a prometer a mim mesma que não esquecerei nada. Vou guardar os livros de latim, continuar a decorar meus poetas e tentar escrever histórias. O emprego no Ministério é apenas um intervalo na minha vida. Não estava entre os meus sonhos ser funcionária pública, mas esse não é o momento para sonhos; a questão mais urgente, já que terei de ser datilógrafa – não creio que me darão um cargo mais elevado –, é frequentar um curso para aprender a bater nas teclas.

Penso no alívio que verei no rosto da minha mãe, na tranquilidade que minha remuneração trará ao orçamento familiar. Na alegria de Antonio quando eu lhe comprar um doce de creme com meu primeiro salário. E, por enquanto, isso me basta.

Orçamento familiar. Em poucas palavras, um desastre. A loja do meu pai foi vendida a um atacadista das proximidades, no Corso Vittorio, que há algum tempo apostava em nossas dificuldades para aumentar seu negócio. Com o pouco que obtivemos – não muito, havia dívidas a pagar –, conseguiremos viver por algum tempo apertando muito o cinto; depois, como disse minha mãe, daremos um jeito. O que isso significa, eu não sei: com certeza meu salário não apenas será útil, mas também necessário.

Há muita gente no Caffè Aragno, mulheres elegantes, homens importantes; eu gostaria de observá-los um por um, mas não tiro os olhos de tia Luisa. Está sempre bonita – o casaco primaveril azul-acinzentado lhe cai bem, o pequeno chapéu, um *cloche* preto que cobre quase toda a sua testa, é realmente chique – e é particularmente afetuosa. Pega minha mão, acaricia meus cabelos, pergunta-me a respeito da escola, dos livros que estou lendo, pede informações sobre as atividades das Jovens Fascistas.

– Lamento ter ficado fora tanto tempo – diz –, mas vou recuperar esse período. A partir de amanhã, vou trabalhar duro para a manifestação do dia 28 de maio; será a maior de todas, haverá 70 mil mulheres em Roma pelos vinte anos do surgimento dos *Fasci di Combattimento*. Não te peço ajuda porque sei que você tem muito que fazer.

Conto à minha tia sobre a última manifestação da qual ela não participou porque tinha ido para a Etiópia. O *Duce* havia elogiado as mulheres italianas, e todas nos sentimos orgulhosas. Reproduzo seu discurso na sacada, palavra por palavra. Eu o havia relido tantas vezes nos jornais que já o sabia de cor: *"Durante esses quinze anos, duros e magníficos, as mulheres italianas deram infinitas provas de coragem e abnegação: foram a alma da Resistência contra o ignominioso assédio de Genebra, deram seus anéis à Pátria, aceitaram os sacrifícios necessários para a obtenção da vitória com aquele orgulho e aquela dor contida que fazem parte das tradições das heroicas mães italianas"*. Havia prosseguido com uma pergunta: *"Para as obras de amanhã, que desejamos serem pacíficas, o regime poderá contar sempre convosco? Com vossa disciplina? Com vossa fé?".*

– Você precisava ter ouvido, tia; todas gritamos "sim", com todo o fôlego que tínhamos na garganta, e Ele ficou satisfeito conosco.

"Então, digo que não haverá mais obstáculos na marcha triunfal do povo italiano", concluiu.

Minha tia presta atenção ao meu relato. Quer voltar à nossa conversa. Quer dar ao nosso encontro um tom de leveza e normalidade, e consegue. Muita dor, muito luto nessas semanas. Quer me fazer esquecer tudo isso por um instante, e realmente temos muito o que nos dizer.

Nos últimos tempos, ficamos distantes; tio Edgardo havia sido chamado para construir uma das tantas estradas que devem deixar mais moderno o País que conquistamos. Embora muitos a tenham desaconselhado, ela quis acompanhá-lo. A quem a alertava, ela repetia que "as mulheres também devem fazer sua parte... Em um País selvagem, onde os homens são poucos e têm muito que fazer, apenas as mulheres podem levar organização e civilidade".

Escrevera-me muitas cartas, pelo menos uma vez por semana, em um lindo papel azul-claro, contando-me sobre sua vida: a casa onde viviam, as dificuldades para instruir os serviçais, as tentativas de introduzir normas de higiene e educação. E as recepções, os jantares elegantes. A comunidade italiana na Etiópia tinha uma vida menos difícil do que eu imaginava. Pelos seus relatos, parecia fácil e festiva.

A morte do meu pai, ocorrida alguns dias depois do retorno de ambos, o transtorno, as preocupações que se seguiram, além das inúmeras questões práticas, que tio Edgardo e tia Luisa ajudaram muito a resolver, haviam-nos impedido de conversar por mais tempo e da maneira que gostamos. No Caffè Aragno, é a primeira vez que me vejo sozinha com ela, e decidi deixar do lado de fora a dor e a ansiedade.

Faz meses que não como doce, a fatia de bolo com creme e chantili me dá uma alegria infantil, o chá – deveria ser proibido, mas ainda o servem no Caffè Aragno – tem um perfume intenso, estou disposta a me deixar levar à hora de serenidade que minha tia quis me dar de presente, mas algo que isso aconteça. Tia Luisa mal experimenta o bolo, bebe o chá – bastante açucarado, como ela gosta – em pequenos goles, de vez em quando cumprimenta algum conhecido com um aceno de cabeça. Parece a de sempre, mas não o é; por trás da normalidade dos gestos, há algo que mantém sob controle; de vez em quando, o olhar se ofusca, o tom da voz se torna menos resoluto, às vezes se altera; surpreendo-me com alguns silêncios repentinos, com a sombra de distração que atravessa seus olhos.

– Dizem que a vida tem de seguir adiante mesmo depois da morte, mesmo depois que ocorrem coisas terríveis. É verdade, a vida segue em frente, mas... vai adiante de outro modo – diz a certa altura, e percebo que suas palavras não se referem apenas à morte do meu pai, ela está querendo dizer alguma coisa, mas não sabe direito por onde começar.

No café entra um homem grisalho, elegante, quando nos vê, não se limita a um aceno de cabeça, aproxima-se e beija a mão da minha tia com deferência:

– Que prazer revê-la depois de tanto tempo, cara Luisa! – e me cumprimenta com uma gentileza cordial.

– É um amigo do tio Edgardo, um arquiteto – ainda teve tempo de dizer minha tia enquanto ele se aproximava.

– Soube que vocês voltaram há pouco tempo do paraíso africano – continua ele com um sorriso cúmplice e brincalhão –, e talvez agora já estejam de partida para a Albânia. Lá também Edgardo vai ter muito o que fazer.

Nossas tropas já entraram em Tirana. Acompanhei pouco as notícias do radiojornal, mas sei que foi uma ação rápida, que a população teve um comportamento tranquilo e cordial e que o governo albanês já deixou a capital.

– Não creio – responde tia Luisa –, agora há muito o que fazer aqui também.

É educada, como sempre, mas considera o encontro encerrado.

– Sabe o que é iperite? – pergunta-me à queima-roupa assim que o amigo de tio Edgardo se afasta. Não, não sei. Enquanto despedaça e esmigalha sua fatia de bolo sem a comer, explica-me com palavras precisas, pronunciadas lentamente. – É um gás com odor de mostarda e alho. É colocado nas bombas e lançado dos aviões. Penetra na pele e a queima, provocando chagas e feridas profundas. Não há como se proteger contra ele. Quem é atingido não consegue respirar, morre de um sofrimento atroz; quem sobrevive carregará pela vida inteira cicatrizes que deformam o corpo e o rosto.

Não entendo. Por que minha tia está me falando do iperite, interrompendo o clima de íntima celebração do meu aniversário que havia construído até aquele momento? Fico surpresa: seu rosto está imóvel, seus olhos fitam um ponto distante, o bolo no prato está reduzido a migalhas. Eu gostaria de lhe perguntar, mas não sei o quê, ela já me explicou o que é iperite. E continua:

– Na Etiópia, eu recebia visitas todas as quintas-feiras. Um jantar italiano para quem estava longe da Pátria, trabalhando e lutando pelo Império; havia os colegas do tio Edgardo, às vezes também apareciam oficiais. Um deles, um coronel da aviação, me falou a respeito das bombas de iperite, dos efeitos nas pessoas, das vítimas e do terror que provocavam. Atingiam as aldeias, mulheres e crianças. Dizia que o terror era inevitável para se obter logo a rendição e reduzir os tempos da guerra. Tinha certeza de que haviam lançado mil, disse, a ordem tinha partido do general Badoglio. – Tia Luisa balança a cabeça. – Vi as consequências dessas bombas. São terríveis. Não consigo esquecê-las. Talvez o *Duce*... – Olha para mim, quase espantada por suas palavras e se interrompe: – Quer mais um pedaço de bolo?

Não é um império para mulheres

TAMBÉM AS MULHERES – pensam o *duce* e os dirigentes do partido – devem ir para as terras do império. Também nesses lugares distantes e selvagens podem desenvolver funções importantes. Em primeiro lugar, apoiar os homens, criar famílias, reunificar aquelas divididas pela guerra, aumentar a população italiana justamente onde há mais necessidade, evitando que a raça itálica seja poluída pela mestiçagem. Somente elas podem introduzir elementos de civilidade, moral e bom comportamento, que os homens, abandonados a si mesmos, já esqueceram.

Convencer as italianas a partir não é tarefa fácil nem mesmo para os entusiasmados colonizadores do fascismo triunfante. As mulheres não têm o preparo adequado às dificuldades da vida colonial. Educadas para serem protegidas no papel de esposas e mães, isso não significa que estejam prontas para aceitar riscos e perigos dos quais, até então, o regime havia declarado que queria protegê-las.

Mesmo assim, o fascismo tenta. Institui campos "pré-coloniais", nos quais as mulheres recebem uma educação adequada à vida nessas terras distantes. Cursos práticos de higiene, medicina, mas também lições sobre temas gerais e políticos: a importância da expansão na economia italiana, o perigo da mestiçagem, os problemas da raça.

A operação não tem sucesso.

Em 1940, as mulheres no império são cerca de 12 mil, apenas um quarto dos homens presentes nas colônias. Muito poucas para as missões a elas confiadas. É evidente que as italianas não têm nenhuma vontade de se tornarem objetos da enésima operação demográfica do regime.

Ou talvez não queiram abandonar a segurança e a tranquilidade dos papéis que o fascismo havia feito de tudo para reforçar. Desse modo, silenciosas, desobedecem.

15
Venceremos

Venceremos. Sim, venceremos. Lina não tem motivo para deixar que as lágrimas lhe subam aos olhos quando se fala da guerra; minha mãe não vai precisar guardar farinha e azeite porque nunca se sabe o que pode acontecer nos próximos meses, que, segundo ela, serão muito mais difíceis do que os anteriores. Mas é tia Luisa quem tem razão. A guerra vai durar pouco, alguns meses, como já aconteceu com a da Etiópia; talvez menos. Nossos aliados já estão chegando em Paris, é uma questão de dias, e a capital francesa cairá nas mãos dos alemães; em poucos meses, Hitler ocupou a Dinamarca, a Noruega, depois a Holanda, a Bélgica e Luxemburgo. Logo será a vez da Grã-Bretanha – os soldados ingleses já se retiraram, atravessaram o mar até Dunquerque –, e a rendição será total. O *Duce* mostrou que enxerga longe. Esperou alguns meses e, no momento propício, entrou em guerra ao lado do aliado – mais um sacrifício e haverá vitória; então, negociaremos de verdade, a partir de posições de força; seremos um País vitorioso e potente, receberemos o que nos cabe.

Alguns dias antes, Nadia me escreveu da Academia de Orvieto, parecendo satisfeita: trabalha, estuda e se prepara para se tornar professora de Educação Física. No entanto, sente falta de não poder ouvir diretamente as palavras do *Duce*, como sempre fizemos nos anos anteriores; não estará comigo na Piazza Venezia para o anúncio da guerra. "Nos próximos dias", escreveu, "Ele vai falar de novo e nos dar uma mensagem importante. Leve à praça minha saudação e minha esperança de servir à Pátria."

A Nadia também chegaram os rumores da guerra iminente. De resto, qualquer um – qualquer um mesmo – pode facilmente supor que ela ocorrerá; afinal, a cidade está coberta de cartazes, a rádio não fala de outra coisa, assim como os jornais. Quando fui ao Ministério nessa manhã, vi o último anúncio, afixado durante a noite. Um soldado marcha segurando uma corrente rompida. "A Itália rompe as correntes que a sufocam em seu mar."

Eu soube da guerra antes que a notícia se tornasse de domínio público. Há quase um ano trabalho no Ministério da Educação Nacional, e já há algumas semanas foi tomada uma decisão que, em um primeiro momento, não entendi e ninguém me explicou. Sou secretária, bato à máquina disposições e circulares, nenhum dos meus superiores me deve explicações, são muito precavidos, já é muito se me cumprimentam quando entram na sala. Ao ler os documentos que me deram para datilografar, vi que nesse ano as escolas fechariam as portas no dia 31 de maio, e não na metade de junho, e que os estudantes não fariam provas, teriam apenas uma avaliação do seu aproveitamento. Uma decisão necessária – depois ficou claro para mim –, tendo-se em vista a declaração de guerra.

O anúncio oficial foi feito às 18 horas pelos alto-falantes das praças italianas e preparado pela rádio durante toda a manhã. O *Duce* falou da sacada de seu escritório, em uniforme preto, aquele de cabo honorário da milícia, disse-me alguém que é mais entendido no assunto do que eu. Sua voz era segura e vibrante, e as palavras pareciam ondas que batiam com força na praça lotada. Uma organização perfeita, uma ordem meticulosa, cada grupo do partido estava disposto em um local preciso da ampla praça para a qual dá a sacada: os Balilla, os Vanguardistas, as Pequenas e as Jovens Italianas, os grupos vindos dos ministérios, dos círculos do *dopolavoro*, das fábricas. Às 3 da tarde, muitos já estavam debaixo de sua sacada: quando saí da repartição, juntei-me às Jovens Fascistas. À minha frente, uma faixa. "*Duce*, a frente feminina está às suas ordens." Esperamos o *Duce* por mais de uma hora e, emocionadas, cantamos o *Hino a Roma*.

> Salve, Deusa Roma! Resplandece em tua fronte
> o sol que nasce sobre a nova História.
> Fúlgida em armas, no último horizonte,
> está a Vitória.

Não poderia haver palavras mais adequadas e mais fortes para nós, que esperávamos a grande notícia na praça enquanto o sol se punha atrás do Campidoglio. *"A nossa consciência está absolutamente tranquila. Convosco, o mundo inteiro é testemunha de que a Itália do litório fez o que era humanamente possível para evitar a tormenta que abala a Europa; mas tudo foi em vão"*, começou o *Duce*. Nos limites do que me era permitido – eu tinha de permanecer em fila –, olhei ao redor: naquela praça, sob o sol já estivo, realmente estava Roma inteira; pensei que muitas daquelas pessoas, mulheres jovens, crianças, operários e funcionários, partiriam de férias para outras localidades nas próximas semanas, lotariam o trenzinho até os estabelecimentos de Ostia ou na colina, nos Castelli Romani. Mesmo assim, com a notícia de que a declaração de guerra já havia sido entregue aos embaixadores da Grã-Bretanha e da França, dezenas de milhares gritaram com convicção: "Guerra! Guerra!".

"Pela terceira vez, a Itália proletária está em pé, forte, orgulhosa e compacta como nunca. A palavra de ordem é uma só, categórica e vinculante para todos. Ela já alçou voo e acende os corações desde os Alpes até o Oceano Índico: vencer!".

Tenho certeza, Ele tem razão, vamos vencer. Ao voltar para casa, senti-me mais forte, pronta para enfrentar um período difícil. Não sou ingênua, não me iludo, haverá muitas dificuldades, e é preciso ter coragem e espírito de sacrifício, mas não adianta se apavorar, pois o medo só causa danos. Por isso, fiquei incomodada com os olhos úmidos de Lina quando a encontrei de saída junto ao portão, depois de ter ouvido as palavras do *Duce* na rádio, e fiquei irritada com o ar desconsolado da minha mãe, que me cumprimentou distraidamente enquanto costurava e não me perguntou nada sobre o que tinha acontecido na praça; ao contrário, como costuma ocorrer nesses dias – e realmente não aguento mais –, falou-me do açougue, justamente do açougue, aquele depois da esquina. Faz três dias que está fechado, não se pode comprar carne, essa também é uma medida que tem a guerra em vista. Não é um grande problema, quando dá, comemos carne uma vez por semana, mas desde que começou o racionamento parece que minha mãe não pensa em outra coisa; dias antes planeja o que comprar, fica remoendo essa questão, consulta-nos, depois, com ar de guerreira, pechincha 300 gramas de carne moída, alguns ossos para o caldo e, quando volta para casa, ainda conta tudo, palavra por palavra, e reclama. É isso que me deixa com raiva, minha mãe e Lina também já sabiam, todos já sabiam que a guerra era inevitável, que deveríamos nos colocar ao lado de um aliado poderoso como Hitler. *"Quando se tem um amigo, caminha-se com ele até o fim"*, disse o *Duce* na praça.

Dizem que concordam, mas algo mudou, é o que vejo nos olhos, nos gestos e nos suspiros. Lembro-me bem do entusiasmo e da emoção com os quais, apenas alguns anos antes, deram a própria aliança de casamento à Pátria. Desta vez, quando se tratou de sacrificar algumas frigideiras e um caldeirão de cobre, tiveram um ímpeto de rebelião, e embora tenha havido uma ordem precisa, uma lei que pedia para que se entregassem objetos de cobre – e, entre outras coisas, que se demolissem os portões de ferro, pois esses metais são úteis para a produção de armas –, não quiseram saber. Não renunciariam às frigideiras, disseram.

– Para irem à guerra vão precisar da minha forma de pudim? – protestou minha mãe.

Eu poderia tê-la lembrado de que não comemos pudim há um bom tempo, mas preferi ficar calada.

Depois da morte do meu pai, nossa vida ficou tão complicada que realmente não é o caso de se opor nem de brigar. Também evito entrar em atrito com Anna, que já tem 16 anos, está insuportável e se queixa de tudo: porque não temos dinheiro; porque a escola é maçante e ela preferiria trabalhar; porque a rádio quase só transmite cantos e hinos de guerra em vez de programas divertidos e belas canções. Com um comportamento provocador, ela continua a cantar as canções da moda de manhã, assim que acorda.

– Se eu pudesse ter mil liras por mês...[29]

---

[29] Verso da canção "Mille lire al mese", escrita em 1938 por Carlo Innocenzi e Alessandro Sopranzi para o filme homônimo de 1939. [N.T.]

Anda irritada, não sei com quem, mas anda irritada, e a culpa é apenas sua. Não gosta dos encontros das Jovens Italianas, que eu apreciava e aprecio tanto; vai apenas porque é obrigada e sempre volta emburrada. Lê somente romances de amor – Liala é sua autora preferida –, e isso, aos 16 anos, parece-me realmente algo tolo. Tentar fazer com que leia algo mais sério é perda de tempo. Para entender os motivos de sua paixão, também li alguns. Em um texto de uma tal de Mura, uma médica deixa o trabalho porque entende que só pode realizar-se e ser feliz no papel de esposa e mãe. "Você não vai mais para a clínica, prometa-me, agora vai ser realmente minha", pede-lhe seu amado. E ela responde apaixonadamente "sim", sempre e apenas "sim". Anna não me parece ser do tipo que responde sempre "sim"; no entanto, ficou toda entusiasmada com o livro.

Em outro, nem me lembro do título, a protagonista Laura está distante – assim a descreve a autora – de um mundo feminino que se esforça para alcançar a emancipação, o voto, a glória, e está convencida de que "a força mais presente da mulher é sua própria fraqueza, suas armas mais poderosas estão em sua dedicação submissa... a felicidade só pode vir da maternidade". Essa Laura também não tem nada a ver com Anna. Nem comigo.

Os dois livros me bastaram. Mais ou menos a mesma coisa. Histórias extraordinárias e inverossímeis, nas quais as protagonistas – em geral, bonitas, ricas e elegantes – sacrificam-se ao máximo por um grande, impetuoso e difícil amor. Depois, casam-se e vivem felizes.

– Você não gosta porque falam de mulheres ricas, elegantes, fascinantes, que frequentam bailes e amam quem querem. Sabia que seu D'Annunzio também gostava de Liala e que foi ele a lhe dizer para assinar seus livros apenas com esse nome?

Anna realmente está aborrecida comigo e com a minha mãe porque ela não a deixa ir a todas as festinhas organizadas por seus amigos, parece que fazem ao menos duas por semana; desata a chorar sempre que algo lhe é proibido e não quer cuidar de Antonio, que já tem 7 anos e é um menino tranquilo e obediente. Enfim, é inquieta, insatisfeita e torna ainda mais tensa uma situação que já é sombria.

Nesses anos, também me dei conta de que as restrições aumentaram e redimensionei meus sonhos. Eu queria ser escritora, jornalista, imaginava uma vida bem diferente da que estou vivendo há um ano. Todas as manhãs, vou ao Ministério da Educação Nacional, onde bato à máquina, corrijo – sim, corrijo – os erros de ortografia de documentos, disposições e circulares porque, como descobri, muitos funcionários não sabem bem italiano. Todas as manhãs, saio a pé do Largo Arenula, atravesso a Ponte Garibaldi e entro no Viale del Re, e à tarde volto para a casa, cansada. Não visto, como havia imaginado, vestidos elegantes e da moda; no inverno passado, usei o sobretudo da minha mãe, aquele cinza que ela sempre usava em festas e arrumou para mim, acrescentando uma gola de pele de coelho. No verão é diferente, tenho alguns vestidos que minha tia me passa, e muitas vezes uso uniforme. Ou melhor, agora o uso sempre, é uma ordem precisa; por isso, comprei mais duas camisas brancas. Passo o dia inteiro no Ministério, trabalho muito porque sou despachada e confiam em mim para que os documentos sejam realmente corrigidos, mas o salário é baixo. Há também quem me olhe torto e pense que o dinheiro que recebo todo mês é um luxo com o qual compro batons e meias de seda. Todos me repetem que tive sorte. Era quase impossível admitir mulheres na administração pública, e consegui esse emprego imediatamente após meu diploma graças ao tio Edgardo, que é amigo de um dos mais importantes funcionários ministeriais. Fui apresentada diretamente por meu tio, que falou sobre meu empenho como Jovem Fascista e sobre meus méritos escolares.

O professor Aldo Bonaiuti não é velho, mas tem os cabelos brancos, sempre um charuto apagado na boca e um ar astuto e prudente de quem já viu de tudo, e devo ter lhe causado boa impressão com a minha trança, o uniforme em ordem e o aspecto de boa moça, pelo qual Nadia sempre zomba de mim. Assim, comecei. O professor logo entendeu que eu poderia ir além das minhas funções. No início, eu corrigia timidamente os erros nas folhas que me davam para bater à máquina, esperando que não percebessem. Ele me exortou a continuar a fazê-lo.

– Muitos dos meus colaboradores são ocupados demais para cuidar da ortografia – disse com um sorriso distraído. – Há alguns dias, depois de ter examinado um dos tantos documentos nos quais eu havia feito muitas correções, comentou: – É uma pena que as datilógrafas não possam se tornar arquivistas; a senhorita faria carreira rapidamente.

Pois é, uma pena, pois um aumento seria uma mão na roda. É verdade, tenho sorte, sem meu salário não teríamos do que viver, mas com o que ganho no Ministério mal chegamos ao final do mês.

Nesses últimos anos, muitas coisas mudaram. Eu mudei. Apenas a minha confiança no *Duce* permaneceu intacta.

Uma censura recusada

EM 1938, enquanto são promulgadas as leis raciais, Arnoldo Mondadori publica *Nessuno torna indietro*,[30] primeiro romance de Alba de Céspedes, escritora progressista e antifascista, protagonista da literatura do século XX. O romance narra a história de oito moças de diferentes classes sociais e proveniências culturais que frequentam a universidade e moram em um pensionato de freiras em Roma. As oito estudantes não são meninas tímidas que esperam por uma proposta de casamento, não aspiram a se tornar mães amorosas e severas nem donas de casa parcimoniosas e autárquicas. As moças de Alba de Céspedes vivem o amor, o sexo, querem sucesso e afirmação social e profissional. Em resumo, sua imagem é muito diferente daquela feminina proposta pelo fascismo. Portanto, não é de surpreender que o romance não tenha agradado ao regime e ao Ministério da Cultura Popular, que tenham anulado o Prêmio Viareggio recebido por Alba de Céspedes ao lado de Vincenzo Cardarelli e tentado censurá-lo pedindo ao editor a apreensão das cópias.

No entanto, o Minculpop não obtém nenhum sucesso. Arnoldo Mondadori, que tinha relações bastante estreitas com o regime, mas também era amigo de Alba e a estimava, mantém-se firme. O romance é publicado e distribuído, torna-se um *best-seller* e é traduzido em 22 línguas. Em 1943, torna-se um filme dirigido por Alessandro Blasetti e, em 1987, uma série televisiva dirigida por Franco Giraldi.

---

[30] *Ninguém volta atrás*. Tradução de Augusto de Souza. Rio de Janeiro, Civilização Brasileira, 1962. [N.T.]

16
O salto

Não sei como pôde acontecer. Final de setembro. O verão estava cedendo o lugar aos belos dias de outubro em Roma, o ar estava fresco, e o sol, ainda quente. Mas eu estava triste. Quando voltava do trabalho, sentia falta do meu pai mais do que em outros momentos. Se ele ainda estivesse ali, eu pensava, não seria obrigada a levar uma vida da qual não gostava. Nesse dia, eu me sentia tão baixo-astral que me deitei na cama sem nem mesmo tirar a camisa branca do uniforme – sempre faço isso para não a sujar ou para lavá-la imediatamente –, e fiquei olhando para o teto. Estava com a garganta seca, mas não fui até a cozinha beber um copo d'água para evitar encontrar minha irmã, que estava estudando e com certeza diria algo irritante. Apenas cumprimentei minha mãe, que tricotava um pulôver com duas sobras de lã de diferentes tonalidades de marrom. Foi então, ao olhar para o teto, que meus olhos se encheram de lágrimas. Silenciosas, sem soluços, irrefreáveis e tantas como nunca me havia acontecido. Eu não tinha chorado desse modo no funeral do meu pai nem quando, após os primeiros dias de trabalho, entendera que a minha vida na repartição do Ministério seria miserável e que todos os meus sonhos haviam chegado ao fim da linha. Deitada sobre a colcha, eu via à minha frente uma parede alta, cinza, intransponível. No topo havia uma rachadura; havia também um raio de sol que conseguia atravessá-la, mas eu não podia alcançá-la. Para derrubar esse muro, eu teria de demoli-lo a golpes de picareta, e me faltava a força para tanto. Se Nadia estivesse presente, ela o deitaria abaixo sem nenhuma ferramenta, mas estava distante, e eu não tinha outra amiga com quem desabafar.

Pensei no treino de ginástica do próximo sábado no Foro Mussolini. Seríamos centenas, e eu tinha me preparado com zelo, pensando justamente nela, que não me pedira outra coisa. "Digo a todo mundo", escrevera-me, "que tenho uma amiga brilhante e fascista até a medula, que vai se tornar uma grande escritora. No sábado, dê o melhor de si e depois me conte como foi, embora eu já saiba os resultados. Você faz tudo bem." Sim, tentarei me sair bem, mas por enquanto nem mesmo a ideia do treino consegue frear meu choro. Vai passar, eu me repetia, e as lágrimas continuavam a cair.

Desde que comecei a trabalhar, as reuniões e os encontros promovidos pelo partido me parecem mais cansativos; agora que é obrigatório no Ministério, o uniforme que eu gostava de usar aos sábados – a saia escura me cai bem, o casaco adere perfeitamente ao corpo – me causa melancolia. Tenho alguns vestidos bonitos, e de vez em quando gostaria de usá-los. Além do mais, aborrece-me o fato de todos controlarem se respeito o sábado fascista e se meu uniforme está em ordem. Claro que está em ordem, claro que gosto de sair aos sábados para os encontros e fico feliz por estar com tantas jovens como eu, que acreditam no que fazem. E os aplausos, os elogios. Mas não gosto de ser observada e julgada.

Sinto-me humilhada com os olhares que indagam o que faço tão jovem em uma repartição ministerial, mortificada com as alusões maldosas; alguém percebeu que corrijo os textos que deveria me limitar a datilografar.

– Professora, aqui está o documento.

É o que dizem quando me trazem as folhas a serem batidas à máquina.

– Não seja muito severa, por favor.

Os funcionários ficaram incomodados com a benevolência do professor Bonaiuti, que me deslocou para uma sala ao lado da sua. Quer que eu sempre revise os textos, inclusive os que não datilografei, antes de serem submetidos aos outros dirigentes e ao ministro.

Esta manhã, a gota que fez o copo transbordar. Fazia um sol maravilhoso, um contínuo a quem eu devia entregar algumas folhas a serem levadas à secretaria do ministro me perguntou, com um ar de sonso que não me agradou nem um pouco, por que eu estava ali, trabalhando, em um dia como aquele. Eu não tinha um namorado que me levasse para passear?

– Uma moça bonita como você – disse, medindo-me da cabeça aos pés e detendo-se um pouco nos seios, que, no entanto, estavam bem cobertos pela camisa e pelo casaco.

– Não tenho – respondi secamente, sufocando as palavras que me vieram espontaneamente, ou seja, de que ele não tinha nada com isso e de que eu tinha de trabalhar como ele porque meu salário era necessário.

– Que pena! Na sua idade, deveria formar família, ter quatro ou cinco filhos em vez de passar o dia inteiro na repartição... tirando o trabalho de um pai de família.

Entreguei-lhe as folhas com um gesto brusco e me despedi fazendo a saudação romana. Eu queria colocá-lo no seu devido lugar. Ele ficou sem graça, e bem que mereceu, mas eu fiquei com a raiva no corpo.

Choro, choro sem me conter. Porque me sinto sozinha, porque meu pai não está mais aqui, porque aquele entregador foi arrogante, porque no Ministério me consideram uma intrusa, porque minha mãe está sempre muito deprimida, porque nesse ano também não vou poder comprar um par de sapatos novos, porque não consigo escrever minhas histórias, porque nos últimos tempos Antonio adoece com frequência, e da última vez tivemos dificuldade para juntar dinheiro e comprar os remédios. Levanto-me da cama, com o rosto coberto de lágrimas e fungando, sem nem mesmo pegar um lenço, abro a porta de casa, desço correndo e toco a campainha. Giulio abre a porta, e eu, sem dizer nada, lanço-me em seus braços. Nunca o havia abraçado, mas não me importa, nem sequer me pergunto se ele deseja ser abraçado, quero agarrá-lo, quero que esteja perto de mim, bem perto. Ainda estou chorando, aperto-o com força, soluço. O abraço de Giulio é até mais forte do que o meu, ele também não quer me soltar. Acaricia meus cabelos, sussurra meu nome. Não está surpreso, não me faz perguntas, não me consola. Aperta-me contra ele, e isso me basta. Em um instante, tudo muda, e agora o mundo já está girando em outra direção. Com um salto, escalei o muro cinza, alcancei a rachadura no alto e estou do lado de fora.

A entrada está na penumbra, mas a porta do quarto de Giulio está aberta, e um pouco de luz vem da luminária sobre a escrivaninha.

Leva-me para lá, para o seu quarto, ainda me abraçando, e é lá que diz as palavras que eu desejava.

— Estou aqui, estou sempre aqui, nunca vou te deixar, agora vai melhorar, você vai ver, vai melhorar.

Na casa silenciosa, permanecemos próximos por alguns minutos, sentados em sua cama, até ele erguer o rosto e começar a me beijar. Não há palavras, apenas as mãos, os rostos, os corpos que se encontram e se reconhecem. Uma calma infinita desce por dentro, enxuga as lágrimas, apaga o sofrimento. Ao pensar novamente nesse momento, perguntei-me o que teria feito se tivesse sido Lina ou Vincenzo a abrir a porta, se um deles estivesse em casa. Teria procurado Giulio do mesmo modo ou voltado correndo para casa?

Ouço a voz da minha mãe, chamando-me do andar de cima; deixei a porta aberta, não disse nada, e ela não faz ideia de onde fui parar. Giulio beija meus olhos ainda úmidos.

— Agora vá; te procuro mais tarde.

Subo e digo simplesmente:

— Lina não está, e Giulio está estudando.

Ela não me pergunta nada; desde que meu pai morreu, vive em um mundo próprio, feito de recordações silenciosas e incumbências domésticas obsessivas. Vou até a cozinha, enxáguo o rosto na pia e começo a descascar quatro batatas para o jantar. Penso no meu pai e, pela primeira vez, ele me parece próximo de novo. Não está mais presente, mas ainda me protege. Não permitirá que eu seja infeliz. Anna levanta a cabeça dos livros e me sorri.

Tipo três

APESAR DE TUDO, os homens têm medo das mulheres. Temem sua inevitável evolução, as consequências que ela teria sobre a vida familiar e social. Intuem, veem que nem tudo é como o regime quer ou havia imaginado. Um divertido livrinho, escrito por Umberto Notari e intitulado La donna di "Tipo tre" *(A mulher de "tipo três"),* dá voz aos temores.

Umberto Notari é um intelectual conhecido. Escritor, jornalista, editor, militante do movimento futurista e signatário do Manifesto da raça; adora surpreender e escandalizar. Assim, em seu livro – irônico e desesperado –, fala com espanto e terror do surgimento de um novo tipo feminino na sociedade italiana: a mulher de tipo três.

Quem é a mulher de tipo três? Não é a mãe, a esposa, a filha, dedicada à casa e à família... submissa moral e economicamente ao homem, chefe da casa e da família. Essa seria a de tipo um.

Tampouco é a mulher zoológica, a mulher do homem, sem lei e fora da lei, "que assim permaneceu ou assim permanece para o seu e para o prazer do outro". Ou seja, a de tipo dois.

A mulher de tipo três que Notari, em desespero, vê surgir e se difundir, é absolutamente diferente daquelas já conhecidas. Trabalha, é independente, sem preconceitos, com pouco senso de maternidade. É desprovida de ternura e romantismo, mas rica em senso estético e capacidade de cálculo econômico, inclinada à dedicação profissional, consumidora de cigarros, filmes, sapatos de dança e maquiagem. Adora as duras provas esportivas e (infelizmente) é completamente ignorante no método de fazer um caldo límpido e apetitoso ou qualquer outro produto culinário comestível, com exceção de dois ovos fritos na manteiga.

Sob a influência do tipo três, também as de tipo um, conforme anuncia com tristeza o escritor, tomaram o mesmo caminho. Assim, enquanto a mulher aparece em todos os cantos e avança em todas as direções "com seus batalhões de tipo três frescos, ágeis, sorridentes, argutos, flexíveis, perspicazes, jovens, intrépidos", o grande astro masculino "pende lentamente para o ocaso, mesmo enviando clarões de extrema potência que douram a ponta das chaminés de suas gigantescas oficinas, deslizam nos mastros de seus fervilhantes campos esportivos e se quebram nos vidros dos edifícios de seus bancos arrogantes".

Temores de um homem fascista que vê os fantasmas da liberdade feminina mesmo quando não existem? Pode ser. Porém, alguns anos mais tarde, *L'almanacco della donna italiana (Almanaque da mulher italiana)*, revista alinhada às posições oficiais do regime e que se dirige a um público feminino burguês, emancipado e interessado em temas políticos, culturais e sociais, publica uma pesquisa sobre as ambições, as propensões e os desejos das jovens que acaba causando muita preocupação.

Descobre-se que apenas 10% das moças entrevistadas se interessam pelo trabalho doméstico, e 27% afirmam ter aversão a ele. A aspiração à família, mesmo entre as noivas – admitem os editores –, mostra-se vaga e não muito entusiasmada. Nesse momento, as jovens que vivem sob um regime que quer transformá-las em esposas e mães preferem falar de bailes e romances a se dedicarem ao canto e à puericultura. Pouquíssimas desejam ter filhos. Um, no máximo dois.

17
O jogo do quando

"A pobre Mara." Para minha mãe, para Lina, para Assunta, para o padeiro, para a dona do armarinho, tornei-me a coitada, cujo noivo partiu para a linha de frente. Até o carteiro, quando me entrega as cartas de Giulio, olha para mim com compaixão. Não suporto isso. Não quero ser "a pobre Mara". Meu amor está na linha de frente, e daí? A guerra vai acabar, e vai ser em breve. Mais alguns meses, no máximo, e Giulio vai retornar, vamos nos casar. Voltarei a escrever e encontrarei um trabalho que me agrade mais do que esse, que sou obrigada a fazer no momento a fim de trazer algum dinheiro para casa. É só uma questão de ter paciência, de não se lamentar nem se esquecer de que lutar na Grécia era necessário, pois nossa honra estava em jogo. Continuo a repetir isso a Lina, que desatou a chorar quando Giulio partiu. E que desde esse dia perambula com ar triste e me abraça murmurando: "Tomara, tomara".

Já no Ministério, quando o anúncio da decisão do *Duce* chegou em outubro, uma extraordinária euforia se espalhou. Esperamos até demais – dizia-se nas salas dos funcionários – para uma operação fácil e evidente. Nesse momento, restava apenas concluí-la às pressas. Mussolini transferiria seu quartel-general para Grottaglie, e os ministros e os dirigentes do partido iriam para a nova linha de frente. Todos na Grécia. Mobilização total e rápida; em alguns dias, o bombardeio de Tessalônica decidiria inequivocamente o destino da guerra.

– Não será uma invasão – dissera-me o professor Bonaiuti, que havia notado meu interesse pelas notícias sobre a guerra. – Os gregos são nossos amigos, nos admiram, pensam como nós e ficarão felizes por se livrarem do seu governo e do rei.

Além do mais, diante das dificuldades, que de todo modo devem ser levadas em conta, havia as palavras do *Duce*, suas promessas de dizer sempre a verdade ao povo, mesmo quando ela é desagradável. Em novembro, no quinto aniversário da data em que a Liga das Nações havia decidido aplicar sanções contra a Itália, ele convocou em Roma, na Piazza Venezia, os dirigentes do partido nas províncias e pronunciou palavras inequívocas. *"Após uma longa espera, arrancamos a máscara de um País apoiado pela Grã-Bretanha, um inimigo dissimulado: a Grécia. Uma conta que aguardava ser liquidada... Eu disse que acabaríamos com o Negus. Agora, com a mesma certeza absoluta, repito, absoluta, digo-vos que acabaremos com a Grécia!"*

No entanto, todos se lamentam. Em casa, respira-se medo do futuro e descontentamento com o presente. Minha mãe sempre tem um motivo para se lamuriar. Já começa de manhã.

– Antigamente, uma xícara de café me levantava, agora, nem isso.

É verdade, não há mais café, apenas cevada, temos de nos contentar com ela ou com chicória. Nem mesmo os homens mais importantes do regime bebem mais café na Itália. Foi o que li no jornal. Se eles fazem esse sacrifício, nós também podemos fazê-lo, é inútil repetir a mesma ladainha. Irritei-me com a minha mãe, e ela ficou triste. Não esperava uma reação tão dura; desde que meu pai morreu, eu a protejo e faço o possível para substituí-la nas tarefas domésticas mais ingratas. Arrependi-me no mesmo instante.

Anna faz exigências contínuas e me considera responsável por todas as suas privações. Se não pode ter uma juventude confortável, a culpa parece ser toda minha. Tem apenas dois vestidos – continua a me repetir –, e embora eu lhe tenha dito que pode usar os meus, pois usamos o mesmo tamanho e estou quase sempre de uniforme, ela fica de mau humor.

– Eu queria um vestido novo, não usado.

– Os meus também já são usados, são da mamãe ou da tia Luisa – respondi-lhe.

Não adianta, ela sempre tem do que reclamar. Não gosto dos seus hábitos, não gosto que aos domingos vá dançar na casa de amigos, aconteça o que acontecer. Não gosto dos seus amigos. Há algumas tardes, ao voltar para casa, encontrei-a junto com uma colega de escola, as duas olhavam a foto do *Duce*. Davam risada.

– Ele me parece gordo – disse a amiga. – Não faz ginástica?

– Manda os outros fazerem. Por isso envia todos para a guerra – respondeu Anna com ironia.

Minha mãe, que estava sentada tricotando, deixou escapar um sorriso.

No Ministério, a vida não é alegre. O trabalho é repetitivo e maçante. Tenho de bater à máquina dezenas de circulares, diretrizes e, se fosse só isso, eu até suportaria, mas esses documentos são escritos de modo descuidado e retórico, e me são passados sem nenhuma gentileza, muitas vezes com arrogância. "Não se esqueça, é urgente." "Esse documento não pode esperar, trate de se apressar." Pego as folhas e começo a trabalhar – obviamente não posso me comportar de outra forma –, mas o silêncio e a disciplina que me impõem não conseguem esconder por completo meu desgosto por ver a língua italiana tão maltratada nem minha antipatia pelos funcionários presunçosos, pelos empregados maldizentes e preocupados em fazer a saudação romana apenas quando passa alguém importante.

– Trabalham em um lugar onde se decide a respeito da vida e da educação dos jovens, mas parece que se importam apenas em fazer carreira e cair nas graças do ministro e do *Fascio* – disse eu certo dia à minha mãe.

– Você leu romances demais – respondeu-me.

Ela não parece impressionada com o ambiente em que vivo, com a mediocridade das pessoas com as quais sou obrigada a conviver nem com as frustrações e humilhações que sofro. Já é muito importante ter um salário, diz, e tenho de ser grata a quem me deu essa possibilidade. Ela pode até ter razão, talvez eu seja ingênua e até ingrata, mas quando saio do edifício opressor onde passei tantas horas, sinto-me abatida, exaurida de toda energia. Apenas o ar fresco do Viale del Re me consola, fico feliz quando o vento sopra um pouco e penso com alívio que não vou colocar os pés de novo naquelas salas até o dia seguinte.

Depois das compras e de alguns afazeres domésticos, sobram-me algumas horas para escrever. Mas é só um pensamento. A alegria da escrita se consumiu nas horas transcorridas datilografando longos documentos. Faz um bom tempo que não pego o caderno preto com minhas histórias nem aquele, ainda novo, no qual eu havia pensado em escrever um romance. Todos os dias digo a mim mesma que tenho de recomeçar, que essa é a minha verdadeira vida, que se trata de esperar; depois, com o final da guerra, vou poder olhar ao redor e procurar um trabalho em um jornal ou em uma editora, como eu sonhava. Já nem me lembro da trama do romance que eu queria escrever, os pensamentos já não fluem com a impetuosidade de antes.

Disseram-me que, para escrever, é preciso ser infeliz, que os grandes escritores tinham angústias, dores, dívidas, problemas. Da dor nasce a vontade de narrar a vida dos outros; dos acontecimentos tristes da própria existência alçam voo a criatividade e a genialidade. Se fosse assim, eu seria uma grande escritora. Na minha vida não faltam dissabores. Mas, para mim, não é assim. Para escrever, preciso ter energia, confiança nos outros, não deve haver dúvidas, tristezas nem rancores. Para escrever, preciso de felicidade. No entanto, estou ansiosa, começo a ficar desconfiada, mal-humorada. Com frequência cada vez maior, descubro-me irritada.

Resta-me o prazer de organizar as recordações e lembrar com precisão as circunstâncias e os pormenores do meu amor por Giulio. Já se passaram oito meses desde aquela tarde de outono na qual me joguei em seus braços e tudo entre nós se tornou luminoso e forte. Nós nos amávamos, estava claro, tínhamos apenas de viver nosso amor. A felicidade me arrebatou com a mesma força com a qual, nos meses anteriores, eu havia sido arrebatada pela tristeza. As cores se tornaram vivazes, a vida se inundou com uma luz clara. Nem mesmo o medo da partida de Giulio para a guerra, que eu sabia ser iminente, conseguia ofuscar essa alegria. Tudo era perfeito. A naturalidade com a qual minha mãe e Lina receberam a notícia do nosso noivado. Lina, com algumas lágrimas, é claro. A carta contente de Nadia. O abraço alegre de Anna. O rosto de Giulio.

Sempre tínhamos vontade de nos beijar e dávamos um jeito de conseguir. Na escada, no quarto dele, na cozinha, quando ele vinha me buscar, à noite no Lungotevere. Depois, quando ele subia até meu apartamento para ouvir a rádio e minha mãe se afastava por um instante. De manhã, quando eu saía para ir ao Ministério, ele aparecia junto ao portão, para o beijo de bom-dia, dizia. Agora que está distante, continuo a pensar naqueles meses e nos anos anteriores. Quando percebi que o que sentia pelo irmão intratável da minha melhor amiga não era apenas afeto? Acho que sempre amei Giulio. Quando ficou claro para mim que ele também me amava?

As lembranças me fazem companhia e aquecem meu coração nesses meses de inverno, o primeiro da guerra; por isso, quero que sejam numerosas, precisas, incontestáveis. Se eu reconstruir as datas com certeza, se detalhes que me escaparam retornarem à minha memória, se eu der uma resposta precisa aos tantos "quando" que se aglomeram em minha mente, então saberei que Giulio está presente, que me ama, embora esteja distante, e suportarei melhor o restante da vida. Chamo isso de "o jogo do quando" e descobri que me saio melhor sempre que atravesso a ponte que liga Trastevere ao Largo di Torre Argentina – 120 metros, cerca de duzentos passos – no meu percurso de casa ao Ministério, ida e volta.

Deve ser porque os passos dados sobre uma ponte são diferentes dos outros, uma vez que estão suspensos e o olhar vai de uma margem à outra do rio, a memória se torna mais livre, novas lembranças afloram, e as antigas se enriquecem com detalhes até então escondidos. Há alguns dias, enquanto eu olhava da ponte as águas calmas do Rio Tibre, que depois se tornam impetuosas antes da Ponte Rotto da Ilha Tiberina, lembrei-me com precisão da cor da camisa que Giulio estava vestindo debaixo do pulôver quando me disse que ia partir. Azul-escuro como o céu alguns minutos antes de a noite cair definitivamente. E, de repente, veio-me à cabeça aquela vez – eu a tinha esquecido por completo – em que, ao me encontrar na escada, em vez de me abraçar, como eu esperava, ele desgrenhou meus cabelos e riu da minha surpresa.

Meu jogo termina na escada da imponente sede do Ministério da Educação Nacional ou na frente do portão de casa. Ainda penso em Giulio – estou sempre pensando nele –, mas com pesar, nostalgia, às vezes com raiva por causa da separação que a guerra nos impõe. No "jogo do quando", a ternura regressa, e até mesmo alguns momentos de felicidade imprevista.

18
Preto e duro

Acordei duas horas mais cedo por causa da fila da padaria. Já havia uma centena de mulheres. Pacientes, silenciosas, resignadas, esperavam sua vez. Levei uma hora e meia para comprar os quatro pães aos quais tinha direito. Cada um com cento e cinquenta gramas, realmente é pouco. Se pelo menos fosse bom! Preto e duro, com farelo e milho. Se sobra, só dá para comê-lo bem embebido no leite ou no caldo, desde que também se consiga tê-los. Pão bom, branco, ainda há, mas apenas no mercado clandestino e custa muito caro, dez vezes mais do que o do cartão de racionamento. A massa também se tornou um luxo; já o arroz é mais fácil de encontrar, e minha mãe o cozinha com frequência. E pensar que antigamente o comíamos com um pouco de manteiga apenas quando ficávamos doentes, e nos parecia um castigo. Agora, nem manteiga se encontra mais.

Na família, temos quatro cartões de racionamento, um para cada um, de cores diferentes e com selos diferentes, para o leite, o pão, os ovos, o sabão e o restante. Tudo é racionado: a carne, o leite e o azeite; a massa, quando encontrada, parece cola; o açúcar só é fornecido em uma quantidade mínima. As duas lojas no térreo do meu edifício tentam satisfazer a todos, mas suas provisões também são escassas. Longas filas se formam, os retardatários voltam para casa de mãos vazias e precisam tentar em outras lojas. Conosco também aconteceu isso, ficamos dois dias sem leite, e Lina nos deu um copo para Antonio.

Minha mãe fica com todos os cartões.

— Se deixar com vocês, sabe-se lá onde vão parar – disse para mim e para Anna. Assim, colocou-os em um envelope, que embrulhou em um jornal e escondeu tudo debaixo do colchão. – Se se perderem ou alguém os roubar, não vamos ter o que comer; aqui vão estar em segurança.

Tem as suas estratégias. No começo, dependendo da necessidade, destacava os selos a serem utilizados e deixava o restante debaixo do colchão. Mais tarde, decidiu proceder de outro modo. Descobriu que muitas vezes era impossível encontrar os gêneros alimentícios previstos pelo cartão; então, no início de cada mês, compra tudo o que pode, depois o divide com severidade. Um suplício. Se já é difícil ter pouca comida, mais difícil ainda é saber que ela está ali, mas bem fechada em uma gaveta e que não pode ser tocada, senão, no dia seguinte, fica-se de estômago vazio e, no final do mês, já não se sabe a que santo apelar. Antonio protesta, uma hora depois do almoço já quer lanchar, e minha mãe não come sua porção de pão para dá-la a ele com um pouco de geleia.

A boa notícia é que Nadia voltou. Está mais bonita, com os cabelos bem curtos, os olhos luminosos, a expressão sempre decidida. Abraçou-me.

— Como você está magra! – disse.

Certamente, nesses meses as *orvietine*[31] tiveram mais sorte do que nós quanto à alimentação. Por isso, Lina, que havia chorado quando Nadia partira, agora chora porque ela voltou.

— Estava melhor em Orvieto. Agora vai ter de passar fome conosco... Com essa guerra, sabe-se lá o que ela vai querer fazer – repete.

— Não é justo – dissera-me minha amiga assim que pôs os pés em casa – que apenas os homens sejam chamados para defender a Pátria. Eu também posso enfrentar o sofrimento e o sacrifício, você sabe disso melhor do que ninguém. Agora que estou em Roma, vou falar com os responsáveis.

Quando Nadia põe uma coisa na cabeça, realmente é capaz de arrumar encrenca.

---

[31] Forma como eram conhecidas as alunas da Academia Feminina Fascista de Educação Física de Orvieto. [N.T.]

No entanto, está decidida a não morrer de fome e me envolve em seus planos. Pediu duas bicicletas emprestadas, e com elas saímos de Roma aos domingos. Onde a cidade já é periferia e começa a se tornar campo, encontramos pequenas lojas, camponesas vendendo verdura em suas carroças, rapazes com pequenos e preciosos saquinhos de farinha branca. "Vamos levar dois pacotes de farinha, por quanto você faz?" "No próximo domingo, voltamos a te procurar, você vai ganhar dinheiro conosco, não quer nos dar um ovo de brinde?" "Tudo isso por um pedacinho de toucinho? Você também sabe que está caro. Olhe que assim não vai conseguir vender; se fizer um bom preço para nós, levamos metade." Nadia não facilita na hora de pechinchar, mas o faz com bom humor. Ou então tenta fazer trocas. No último domingo, levou a gola de raposa do seu sobretudo e a trocou por meio frango.

– Você vai sentir frio nesse inverno – disse-lhe eu –, sua mãe vai ficar chateada.

– Esse inverno! Vamos pensar em comer agora, minha mãe vai ter de se habituar a coisas bem diferentes.

Ninguém mais acredita que a guerra terminará em breve. O ano e meio que se passou nos tirou a ilusão, mas há quem aposte na próxima primavera. Enquanto isso, é preciso se virar. É inútil manter em casa muitas coisas desnecessárias.

– O conjunto de xícaras de café da sua mãe. Dá para trocar rapidinho! Ninguém mais toma café mesmo; acho que conseguimos levar para casa um bom pedaço de carne de porco; Antonio precisa comer carne de vez em quando.

Para meu espanto, minha mãe concorda. Uma camponesa que vinha de Frascati nos deu um bom pedaço de carne e, graças à barganha de Nadia, também um quilo de batatas.

Depois desse dia, sempre levamos alguma coisa para trocar. Um belo cachecol azul, feito pela minha mãe, em troca de uma peça de salame, muito pequena, mas boa. Um lenço de seda e as luvas de veludo de Lina por meio litro de azeite, uma riqueza. Quanto às nossas pequenas joias – as pulseiras da primeira comunhão, a correntinha com a medalha de Nossa Senhora do Rosário de Pompeia da minha mãe, o relógio do meu pai –, essas já foram levadas ao Monte di

Pietà.³² Minha mãe queria guardar essa quantia para as emergências, não se esquece do sufoco que passou quando temeu não ter o suficiente para comprar os remédios de Antonio, mas sei que esse dinheiro está quase no fim. Eu não quis empenhar o pequeno colar de pérolas que tia Luisa me deu de presente. Por enquanto, fico com ele. Mas duvido que conseguirei guardá-lo por muito tempo. Sempre o coloco quando vou visitar minha tia, e ela parece contente. Se não empenhei o colar – pensa –, é porque temos do que viver. Em sua casa ainda se respira um ar de bem-estar, ela continua elegante, mas nem mesmo tio Edgardo está bem de vida, seu trabalho já não vai de vento em popa como antes. Por certo, a guerra não facilita as grandes obras que o *Duce* queria para a Itália. Em outubro foi inaugurada a estação Ostiense, mas as obras para o novo bairro que deveria surgir entre as Termas de Caracalla e o mar e que deveria estar pronto para a Exposição Universal de 1942 estão paradas.

Quando vou embora, minha tia tenta me dar alguma coisa, sabe que minha mãe é muito orgulhosa e não lhe pede nada, mas ela sempre consegue me entregar uma sacola. "Encontrei maçãs, peguei a mais, lembrei que Antonio gosta muito." "Uma camponesa trouxe cenouras e batatas; para nós é muito, pegue algumas." Da última vez, ela quis me dar os selos do seu cartão de racionamento. "Não consumimos, o tio Edgardo não consegue digerir aquele pão tão duro."

Sou grata a ela pelos presentes e pelo bom humor que tenta manter. Apenas uma ruga mais profunda em sua testa demonstra alguma preocupação. Mostrou-me o jornal *Il Messaggero*. Nossos soldados foram para a Rússia, abriu-se outra linha de frente. O *Führer* e o *Duce* preveem que a guerra se encerrará antes do final do verão, diz. Os êxitos existem e são narrados nas manchetes: a *Wehrmacht*³³ está se dirigindo rapidamente para a capital, Moscou vai capitular, assim como Leningrado. Os bolcheviques não vão conseguir resistir à supremacia alemã nem à coragem dos italianos. Os comunistas já perderam milhões de homens.

– Por isso, temos de resistir, não podemos nos deixar abater – conclui.

---

³² Instituição financeira destinada a conceder empréstimos em condições favoráveis em troca de penhores. [N.T.]

³³ Forças Armadas da Alemanha nazista. [N.T.]

Minha tia continua sua atividade nos *Fasci Femminili*, os soldados na linha de frente recebem apoio e, mais uma vez, essa é uma tarefa das mulheres. Mandam a eles pacotes com alimentos, roupas, medicamentos, gêneros de primeira necessidade. Ainda o fazem com energia e decisão, mas tudo é mais difícil. As mulheres carregam novos fardos. Trabalham no lugar dos homens que foram para a guerra, continuam a cuidar dos filhos e ainda precisam arranjar o que comer.

Em casa, as contas mal fecham. Se ainda temos o que comer no almoço e no jantar é mérito da minha mãe, que agora está ganhando alguma coisa. É boa no tricô e confecciona roupas, casaquinhos, calças para crianças. Uma amiga de Lina que tem uma loja na Via del Corso comprou algumas peças e encomendou outras. Com alguns retalhos que guardou da loja do meu pai, começou a produzir suas invenções com um discreto sucesso. Compra novelos de lã colorida em um antigo armarinho do Ghetto, com os quais cria pulôveres em cores vivas. À noite, em sua poltrona, diante daquela que meu pai havia colocado ao lado do rádio, tricota e costura até tarde. Há alguns dias, Lina começou a ajudá-la. Ela também se sai bem com as agulhas de tricô. Assim, juntam vestidinhos, malhas pesadas, coletes, chapeuzinhos e cachecóis, que me mostram com orgulho quando volto do trabalho. Agora Lina tem menos tempo para remoer suas preocupações, e minha mãe reclama menos. Seu olhar está mais seguro; quando sai para entregar seu trabalho, veste-se com esmero e aproveita o passeio até a Via del Corso.

Um cabide de bronze

EM WHITEHALL, Londres, entre Westminster e Downing Street, há um monumento dedicado às mulheres que participaram da Segunda Guerra Mundial. Criado por John W. Mills e inaugurado pela rainha Elizabeth em 2005, não representa, como era de esperar, mães desesperadas nem combatentes corajosas.

No cubo de bronze de sete metros de altura estão dependurados – também em bronze – dezessete peças de roupa, chapéus, uniformes e bolsas que as mulheres usaram no trabalho realizado durante a guerra, quando substituíram os homens que haviam partido para a linha de frente. Ao final do conflito, quando pais, maridos e irmãos retomaram seus postos, as roupas de trabalho voltaram para os cabides.

A Grã-Bretanha recorda desse modo a contribuição fundamental das mulheres para a economia da nação e seu sacrifício quando, com a paz, foram colocadas de lado e mandadas de volta para casa, para dar lugar aos soldados que haviam regressado. Sem nenhum reconhecimento nem agradecimento pelo que haviam feito. Ao contrário, passaram a ser vistas com a hostilidade reservada a quem poderia pretender o que não lhe cabia. Elas tornaram a dependurar as roupas de trabalho. Mas não se esqueceram.

Na Itália, já com a Grande Guerra, haviam substituído os homens nas fábricas mecânicas e metalúrgicas, bem como nos transportes. E se tornaram telegrafistas, datilógrafas, carteiras, varredoras, funcionárias nas repartições públicas.

O roteiro se repete com a Segunda Guerra Mundial. Na ausência de maridos e pais, as mulheres assumem na vida cotidiana as tarefas e responsabilidades das quais, até então, haviam sido exoneradas. Não era esse o futuro que o regime lhes havia prometido, mas o fascismo é obrigado a mudar os planos. Como havia acontecido algumas décadas antes, as mulheres voltam a ocupar o posto dos homens.

A cinco dias da entrada na guerra, o Conselho de Ministros, que alguns meses antes aprovara uma lei que limitava a 10% a ocupação feminina nas repartições públicas, promulga outra lei que permite a substituição da equipe masculina pela feminina. Em Pane nero (Pão preto), de Miriam Mafai, Adriana conta que finalmente, graças à guerra, ganhava 700 liras por mês. "Tive a impressão de que estava tocando o céu com o dedo. De repente, trabalhando, conquistei o direito de sair sozinha."

A relação paradoxal entre a guerra e as mulheres se repete. A guerra causa danos, desestabiliza, mas também é um momento de emancipação. As mulheres sofrem, suportam, mas saem de casa e, embora depois sejam obrigadas a voltar, não se esquecerão da experiência de liberdade e tentarão continuá-la.

> Londres, 1947
> Em 7 de janeiro é transmitido o anúncio de que quinhentas mulheres da London Transport devem abandonar seu trabalho. Voltarão para casa. Nos seis meses seguintes, todas as condutoras de ônibus e bondes de Londres serão demitidas. Dez mil no total. Os homens voltaram.

19
Grécia amarga

Estou no trem; de Roma a Grosseto são quatro horas de viagem, vou encontrar nessa cidade um primo da minha avó que me levará até a casa dela de carroça; mais uma hora. Amanhã, de novo para Roma. Trago uma mala vazia, espero voltar com ela cheia.

Desde que meu pai morreu, o relacionamento com a minha avó se tornou mais afetuoso. Ela, que é analfabeta, consegue até nos mandar notícias suas por intermédio do primo Giovanni, o mesmo que vem me buscar de carroça. Minha mãe lhe escreveu, contando sobre nossas dificuldades, e lhe perguntou se conseguiria arranjar alguma coisa no campo. E cá estou eu para ir buscar o que ela preparou para nós. Contamos com isso para seguir em frente.

Nesse momento, meu trabalho no Ministério está garantido, os homens estão na linha de frente, e as mulheres fazem todo tipo de serviço. São muitas também nas repartições públicas, onde até pouco tempo atrás tinham de ser em número limitado. Ontem vi uma carteira, nunca havia acontecido isso. Depois, uma cobradora em um bonde. Quando vou para a fila da padaria, são apressadas. Há um trabalho que as espera. As fábricas ao redor de Roma estão contratando operárias. Foi Anna que me disse; ela queria tentar procurar um trabalho. Minha mãe a fulminou com uma repreensão:

– Você continua a estudar; por enquanto, trabalhamos Mara e eu.

As coisas também mudaram para mim, e – parece incrível – para melhor. Ninguém torce a boca se vou além das minhas funções. Na sala ao lado daquela do professor Bonaiuti, não me limito a datilografar. Faço um trabalho de controle, de secretaria, de arquivamento, pesquisas na biblioteca, ponho no papel as propostas mais interessantes dos colaboradores do ministro, verifico os documentos, mantenho contato com os especialistas. O professor pede minha opinião com frequência, ouve minhas observações. Por ele passam os documentos mais importantes, os projetos de reforma escolar. O ministro quer mudar muitas coisas.

– Se não a atrapalharem – resmunga o professor Bonaiuti –, a escola italiana responderá melhor aos tempos modernos, às exigências do Estado fascista.

Da janela do trem vejo o mar, estamos em Civitavecchia. Está encrespado e cinzento, já com ar de outono. Não é azul-claro como o de Ostia no verão. Não é alegre e acolhedor como o que vi em Rimini seis anos atrás, quando viajei para lá com meu pai. Lembro-me daqueles dias como um sonho. Meu pai havia sido convidado por um amigo que se havia mudado para lá. Não podíamos ir os cinco, a viagem sairia cara demais, então, ele decidiu que apenas eu iria com ele, pois era a mais velha. Eu tinha 15 anos e fiquei espantada com a extensão das praias, com os estabelecimentos, um ao lado do outro, com a areia limpa, os guarda-sóis coloridos, as pessoas educadas.

– O *Duce* vem se banhar nesse mar – dissera-me Dino, o amigo do meu pai que fazia parte da milícia.

O Grand Hotel também permaneceu por meses nos meus sonhos. Branco, imponente, mágico, parecia um bordado. Não cheguei a entrar nele, mas uma noite fiquei parada um bom tempo diante da entrada, encantada com as mulheres de vestido longo, os homens de paletó branco. Nos pisos de mármore e debaixo dos lustres de cristal, com festas, recepções, bailes até tarde da noite, transcorria a vida que eu tinha visto no cinema. Alguns meses atrás, quando Giulio me perguntou onde eu queria passar a lua-de-mel, respondi que gostaria de voltar a Rimini. Ele me prometeu que iríamos. Nesse momento, as imagens do Grand Hotel estão muito distantes, aquela vida maravilhosa voltou para as telas do cinema.

Prefiro olhar para fora da janela; dentro do compartimento há dois soldados de licença, dois alpinos voltando para o Norte, um casal de idosos e uma mulher com uma menina. Por sorte, estão todos em silêncio, a menina cochila nos braços da mãe. Não estou com nenhuma vontade de conversar, prefiro ficar com meus pensamentos e, depois, talvez adormecer olhando para o mar. Estou quase dormindo quando um dos alpinos fala da Grécia. Aguço os ouvidos. Não são muito loquazes, as frases são truncadas, e o dialeto, nem sempre compreensível.

– Agora estamos bem – disse o mais velho deles –, mas na Albânia passei maus bocados. Aqueles gregos, quem diria, nos perseguiram, e as montanhas... não eram como as nossas, até as mulas penavam para chegar lá.

– Pelo menos agora as pessoas nos toleram... Você até arranjou uma namorada!

– É verdade, uma moça bonita... Mas você também se virou... Só que ainda estou muito chateado com o que passamos... Não a fome, nem mesmo o frio... mas a humilhação. Recuávamos, recuávamos, não acabava nunca. Se os alemães não tivessem chegado, estaríamos todos mortos lá em cima, naquelas montanhas...

– O que os aliados estão fazendo lá? Não pense nisso, pense nas belas moças que nos esperam na volta.

– Penso, sim, porque deveríamos ficar na Grécia só por algumas semanas, e ainda estamos lá, e vejo como os alemães nos tratam, só eles mandam.

É quase meio-dia, tiram das mochilas dois sanduíches e começam a comer; a viagem é longa, chegarão à noite a Turim.

Mantenho os olhos fechados. Volto a pensar nas cartas de Giulio. São controladas, exibem uma tranquilidade que talvez não corresponda à realidade. As montanhas altas e áridas que atravessou com seu batalhão, os bosques, os vales, os fossos inesperados, os riachos que se tornam rios volumosos após as chuvas me falam de caminhadas longas e cansativas e de um frio intenso. Escreveu-me contando sobre a alegria de ter encontrado em um casebre alguns pães de milho, que tostaram e devoraram. Sobre o alívio quando uma dezena de mulas dos alpinos chegou à montanha com as provisões de alimentos. Sobre os biscoitos e as pequenas caixas com comida, lançadas de um avião. Sobre o fato de que certa vez tomou café, um café de verdade e bem quente. Agora entendo bem. Também houve fome nos dias e nas noites do ataque à Grécia. Na última carta, descreveu-me com detalhes que, certa noite, conseguiu acender uma fogueira magnífica. Tinha recolhido ramos e folhas secas, havia apenas dois palitos de fósforo, mas conseguira. Soldados dos outros batalhões também foram pegar suas brasas. Parecera-me um relato quase alegre. Isto também está claro para mim: Giulio não estava falando de uma brincadeira entre companheiros, mas da necessidade de se proteger do gelo. E eu sempre pensara que nossos soldados dormissem em lugares fechados, em barracas, que no exército estivessem previstos jantares austeros, mas regulares.

Enquanto o trem corre, reúno as coisas: as palavras dos soldados, as cartas de Giulio, os olhares e as meias frases captadas no Ministério. Revejo o olhar do ministro Bottai ao voltar da Grécia e convocar os altos funcionários: não estava triunfante como eu havia esperado. As frases prudentes do professor Bonaiuti.

— Não foi como havíamos imaginado.

Não acrescentou mais nada apenas por consideração a mim, sabia que eu tinha um noivo na linha de frente. Sem os alemães, não teríamos conseguido. Os gregos haviam resistido, expulsaram-nos, nós recuamos, depois retomamos o avanço graças à intervenção das tropas do *Führer*. Murmurei uma prece, agradecendo o fato de Giulio estar a salvo. Pensei no *Duce*, no quanto deve ter sofrido, preocupando-se com os soldados italianos e suas famílias. Seja como for, ele fez bem em confiar em Hitler; nosso aliado nos ajudou.

O mar ainda corre à minha esquerda, tornou-se azul; as nuvens se espalharam. Abro a janela para deixar entrar um pouco de ar morno. Na estação, Giovanni é gentil; assim que chego, minha avó esquenta uma boa sopa de feijão.

— São daqui, cozidos e com um fio de azeite, suficientes para aplacar a fome até a noite.

Depois, Giovanni pegou a mala e a encheu. Agora está muito pesada; ele vai me ajudar a colocá-la no trem, depois, em Roma, Anna vai me buscar. Legumes, farinha, azeite, batatas, um pedaço de toucinho, um salame, geleias, um pote de mel, uma dúzia de ovos em uma cestinha. Será que vou conseguir não os quebrar? Também acrescenta um licor de cereja que fez na primavera passada, com as frutas da árvore perto da casa, e a essa altura já deve estar bom.

– Seu pai gostava – diz, como para se justificar.

Para nós, essa mala contém uma riqueza. No mercado clandestino, vale milhares de liras.

Minha avó envelheceu muito nesses anos, mas ainda se movimenta com rapidez enquanto acende a lareira ou colhe verduras na horta. Em um primeiro momento, achei que não quisesse falar do meu pai. Passaram-se quase três anos da sua morte, e ela não saiu de Maremma nem para o funeral. De repente, depois do almoço, seus olhos se encheram de lágrimas.

– Ele não sofreu, não é? – perguntou-me.

Contei-lhe sobre a tarde de sua morte. Ela me ouviu com a cabeça entre as mãos e murmurando palavras incompreensíveis. Pareceu-me que toda a sua força tivesse desaparecido, que mal conseguia conter-se, que a dor, justamente por ser invisível, a tivesse escavado profundamente e a destruído por dentro. Em seguida, tirou um lenço do avental e enxugou os olhos.

– Deus quis assim – murmurou e beijou minha cabeça.

Antes de eu ir embora, uma surpresa: deu-me duas galinhas, amarradas pelas patas, vivas e saltitantes.

– Você consegue? – perguntou-me, olhando para meu vestido urbano. Claro que consigo, vou enfrentar o cobrador, os viajantes vão torcer o nariz, mas vou levá-las vivas para Roma. Penso na felicidade de Antonio e no olhar satisfeito da minha mãe. – Vocês têm um terraço no prédio, não têm? Coloquem-nas lá, deem a elas alguma coisa para comer e vão ter ovos frescos todos os dias.

A viagem de volta é tranquila. Antes de me sentar, olho ao redor, se houver soldados, quero ficar ao lado deles, não vou puxar conversa, como até gostaria de fazer, mas ouvir o que dizem. Ultimamente, no Ministério, mantenho os ouvidos aguçados e espero a ocasião para fazer algumas perguntas ao professor Bonaiuti. O *Duce* tem razão em não dizer tudo: não quer assustar, sabe que basta pouco para as pessoas se sentirem deprimidas e pensarem que tudo vai mal. Certamente não há necessidade de más notícias quando a vida é dura e até o pão começa a rarear. Por isso, os jornais dizem apenas uma parte da verdade. Seja como for, é fato que nossos soldados foram corajosos, sofreram, mas não desistiram. Avançamos, escreviam os jornais, nossos tanques estão em Epiro, em Janina esvoaça a bandeira tricolor, a aeronáutica atacou Patras. A resistência do inimigo não nos impediu de realizar nossos objetivos, os planos do nosso *Duce* estão dando resultado.

Já o que acontece na Itália é evidente: começamos a passar fome. Alguns dias atrás, uma das mulheres que lava as escadas do Ministério desmaiou; descobriu-se que não comia havia dois dias. O marido tinha partido, e ela, com três filhos, só conseguia subsistir pulando refeições.

Sagapò

É CHAMADA de "armada Sagapò", que significa "te amo". O nome é uma alusão delicada, como se absolvesse o comportamento dos homens italianos em relação às mulheres gregas no país por eles ocupado. Amam e, segundo dizem, são amados. Longe de casa, o soldado leva a um país inimigo e semelhante o calor sentimental e erótico que, antes da guerra, havia destinado às mulheres da própria pátria.

Não era para ser assim. Em 1953, oito anos após o fim da guerra, Guido Aristarco, diretor da revista *Cinema Nuovo*, foi condenado pelas autoridades militares a quatro meses e meio de detenção, e o cineasta bolonhês Renzo Renzi, a oito meses, por atividade antinacional. A revista havia publicado o projeto de um filme sobre a armada Sagapò. A simples ideia de poder realizar uma obra sobre o comportamento das tropas italianas – e com esse título – havia sido considerada ofensiva e intolerável até mesmo pelas autoridades militares da República democrática e antifascista.

De acordo com os acusadores, o filme sustentaria que os soldados de Mussolini se dedicavam sobretudo ao amor com as mulheres gregas. Se fosse realizado (o que não estava nos planos nem nas possibilidades do jornalista e do diretor, mas esse era o temor das autoridades militares), revelaria verdades até então silenciadas. Na Grécia, durante uma guerra inútil e por vezes grotesca, houve não apenas confusão, incapacidade, desorganização, desonra, saques, destruição, mas também algo mais, que era preferível não contar. Obrigados a uma vida inativa, com obrigações limitadas, sob o sol das ilhas e das costas gregas, os militares se dedicaram quase exclusivamente aos prazeres do sexo. A busca por mulheres, os atos violentos, o comércio de prostitutas e a multiplicação dos bordéis se tornaram sua principal atividade. Na Grécia, os soldados italianos haviam exercido violência e assédio, a terra ocupada havia sido considerada um grande prostíbulo no qual se refestelar, e as mulheres gregas eram vistas como potenciais prostitutas.

A cúpula militar da época sabia muito bem desse fato, aceitou e compartilhou o comportamento dos soldados. Apenas posteriormente isso se tornou um tema espinhoso.

Em 1991, Gabriele Salvatores contou a história da armada italiana – edulcorando-a – no filme *Mediterrâneo*, que venceu o Oscar em 1992. Renzo Biasion escreveu a respeito em *Sagapò*, publicado em 1953 pela editora Einaudi. Um livro em que a relação com a mulher prostituta ou presumida como tal é desenhada com realismo e crueldade. Em seguida, Ugo Pirro, em seu livro *Le soldatesse* (As soldadas), narrou a viagem de um oficial na companhia de um grupo de prostitutas, destinadas justamente à armada Sagapò.

Nem todos os soldados italianos enviados pelo *duce* à Grécia eram pessoas de bem.

20

Batom, não

Bati à porta do apartamento de baixo para cumprimentar Nadia, e Giulio abriu. Eu sabia que estava para voltar, mas não o esperava justamente naquele dia.

Tinha acabado de tirar o uniforme militar, colocado seu velho pulôver cinza, e mesmo assim me parecia diferente do rapaz que havia partido um ano antes. Seria por causa do olhar desorientado? Dos cabelos curtos, que já não caíam em sua testa? Do rosto mais encovado? Não sei. Joguei-me em seus braços e o apertei com força. Giulio estava de novo comigo e me devolveria no Natal a magia que a guerra havia tirado dessa data. Ou melhor, esqueceríamos a guerra e reconstruiríamos a alegria dos nossos primeiros dias.

Voltamos aos nossos lugares preferidos em Roma: Ilha Tiberina, Castel Sant'Angelo, Piazza Navona. Longos passeios, apesar de um inverno gelado como nunca, depois, a busca pela solidão para conversar, fazer planos.

Após a longa distância e um primeiro momento de embaraço, procuramo-nos com ansiedade, e o prazer das carícias e dos beijos tornou a nos surpreender. Era até mais forte e intenso do que nos lembrávamos. Reencontramo-nos, embora a desenvolta alegria dos primeiros encontros fosse apenas uma recordação; ao nosso redor continuava a existir um véu de tristeza, e o sol da despreocupação nos iluminava de modo intermitente.

Giulio me fez muitas promessas, a licença era breve, mas ele me escreveria da Grécia todos os dias, nem que fossem apenas duas linhas;

sobretudo, levaria consigo meu cachecol, que usaria à noite para sentir meu abraço, e logo pediria outra licença. Não seria para logo, mas é mais fácil – dizia – esperar com a certeza de um novo encontro. Tentava ser persuasivo.

– Talvez eu consiga para o verão. O conflito terminou na Grécia. Temos de controlar o território, há bolsões de resistência, mas é pouca coisa.

Não gostava de falar dos meses anteriores, e as palavras eram até mais reservadas do que as cartas. Percebi e não fiz perguntas diretas. A guerra na África também havia sido banida das nossas conversas. Durante os primeiros dias de sua licença, mostrei a Giulio alguns jornais que, com grandes manchetes, informavam a respeito da nossa resistência do outro lado do Mediterrâneo, mas ele mudava de assunto. Um dia, perdeu a paciência.

– Nem sempre é como contam. É preciso saber ler as entrelinhas. Sabe o que significa que os nossos cumpriram sua missão até o fim? Que bateram em retirada. E quando se fala de resistência heroica quer dizer que houve muitas perdas e a vitória foi do inimigo, embora não se diga isso.

Em novembro – explica-me, olhando fixamente em meus olhos –, Gondar, antiga capital imperial, caiu nas mãos dos ingleses. O Império italiano estava em poder do inimigo, o Negus havia retornado a Adis Abeba, a capital etíope. Sem dúvida, uma parte dos nossos soldados continuava a resistir. Resolutos, heroicos, mas isolados, com poucos recursos. Até quando aguentariam? O inimigo também dominava a Cirenaica, nosso avanço no Egito estava parado. A única esperança era a chegada dos aliados alemães; mais uma vez, tínhamos de contar com a intervenção do *Führer*.

Giulio mal consegue segurar a raiva e me deixa desconcertada. Sofreu mais do que eu imaginava. O que ele passou o marcou profundamente, deixa-o desconfiado e pessimista. Melhor não falar da guerra e pensar no futuro. Vi que se acalmou, tornou-se positivo e persuasivo. Marcaríamos nosso casamento para breve, moraríamos por alguns meses com Lina e Vincenzo, mas depois arranjaríamos um apartamento para nós; era só o tempo de retomar sua atividade com o advogado do Largo di Torre Argentina. Quando ele fazia projetos de uma nova felicidade, era eu quem não conseguia disfarçar nem silenciar.

Não me iludo. Ainda tenho certeza da vitória, mas também estou convencida de que demorará e não será fácil.

– Temos de nos preparar – disse-lhe bruscamente –, desta vez não vamos nos ver por um bom tempo. Talvez mais de um ano. Não vou chorar, mas prefiro saber. Você também sabe, não diz porque tem medo que eu sofra, mas não precisa se preocupar.

Ele me deu um longo abraço.

– Como você mudou – murmurou.

Tem razão, mudei. Tornei-me mais sincera e mais rude, comigo mesma e com os outros. Meu amor por Giulio também mudou. Ocupa minha vida, toma grande parte dos meus pensamentos, mas o cansaço cotidiano desses meses cavou fundo, apagou fantasias, eliminou sonhos. Também me deu uma força inesperada, da qual Giulio não se deu conta. Ele ainda quer a moça que começou a amar um ano atrás.

– Prometa que não vai usar batom – pediu-me antes de partir. O batom no qual se obstinava em falar era uma manteiga de cacau ligeiramente brilhante, que eu usava quando meus lábios rachavam. Quando o viu, empalideceu.

– Tire isso agora mesmo, por favor – dissera-me, estendendo-me um lenço.

Tentei explicar-lhe, mas ele não quis saber. Não conhecia a diferença entre batom e manteiga de cacau. Queria que eu jogasse fora, no mesmo instante, o tubinho pecaminoso. Agora que não está presente, coloco de novo o batom, como ele o chama, e quando voltar, veremos o que fazer. Antes de partir, pediu-me:

– Tudo vai voltar a ser como antes, não vai, Mara?

Eu queria ter lhe respondido que sim, era o que ele esperava. Mas disse:

– Não sei.

Voltou para a Grécia. Seu batalhão foi transferido para Atenas, e ele ficou aliviado. Em uma cidade grande, ainda que esgotada pela guerra, vive-se melhor do que no interior, onde há apenas camponeses assustados e miséria sem salvação. Na capital, ainda é possível encontrar alguma distração.

Na noite depois da sua partida, tive um sonho terrível. Eu estava de bicicleta, a mesma com a qual, junto com Nadia, ia fazer compras na periferia da cidade. Eu pedalava, pedalava o mais rápido que podia. Tinha de alcançar uma meta, não me lembro de qual, mas era importante apressar-se, não chegar seria mortal para mim e para os outros. Ofegante, desesperada, eu continuava a pedalar. Depois, percebi que a bicicleta não tinha rodas, que eu pedalava no vazio sem me mover um centímetro sequer, e continuava a fazê-lo com uma angústia crescente e obstinada, que não me deixou nem mesmo quando acordei. De manhã, precisei de algumas horas para apagar as imagens da noite e reconstruir uma realidade mais positiva. Giulio tinha ido embora, eu estava novamente sozinha, mas ele voltaria. Enquanto isso, a vida recomeçava devagar.

Quando atravesso a Ponte Garibaldi e olho para as águas do Tibre, já não faço "o jogo do quando", que substituí pelo do "mais": tento reunir as pequenas coisas positivas que o dia vai me oferecer. Encontro algumas. As satisfações no trabalho, por exemplo. Embora meu salário seja baixo, já sou a principal colaboradora do professor Bonaiuti. Sei muito bem que, se eu fosse um homem, seria um funcionário, mas ainda sou enquadrada como datilógrafa. Seja como for, é positivo trabalhar com prazer. Além do mais, descobri a biblioteca na sede do Ministério, grande e maravilhosa como as que eu imaginava em minha adolescência. Comecei a frequentá-la para as pesquisas que o professor me confiou, e ela se revelou uma fonte de felicidade. Tenho livre acesso, posso pegar os livros que quiser, romances, contos, poesias; permitiram-me até levá-los para casa. Dumas, Deledda, Simenon, Verga, Dickens se alternam com meus amados poetas latinos e gregos.

Sempre gostei de ler, mas tive poucos livros; minhas leituras dependiam da biblioteca da escola e dos empréstimos ou presentes da tia Luisa. Agora, quando volto para casa, sempre tenho um livro novo na bolsa e não vejo a hora de chegar, terminar rapidamente algumas tarefas e começar a ler. À noite, fico sentada ao lado da minha mãe, que tricota suas roupinhas, e continuo também depois do jantar. Quando volto à realidade, mundos novos se abriram e me sinto plena e entusiasmada. Não me desagrada ter parado de escrever, percebi que devo fazer entrar em mim o maior número possível de livros, compreendê-los, possuí-los, amá-los. Depois, novos personagens e novas tramas me chamarão, e voltarei a narrar.

Giulio mantém as promessas, cartas breves, mas quase todos os dias; põe-me a par dos deslocamentos, fala-me do país onde já vive há mais de um ano. Quando a guerra terminar, quer voltar lá comigo. O povo grego é gentil, jovial e hospitaleiro; a comida é saborosa; o vinho, ácido, mas bom; a pobreza é muita, mais do que em nosso país, mas não conseguiu deprimir o caráter generoso dos gregos. Segundo me diz, lembra o dos camponeses do nosso Sul. Percebi que se sente incomodado no papel de soldado pertencente a um país ocupante, busca fazer amizades e faz questão de ressaltar que os italianos, à diferença dos alemães, são benquistos.

Escrevi a Giulio a respeito da biblioteca e da minha alegria e lhe contei sobre minha última descoberta: as estranhas mulheres futuristas, que em 1912 pregavam a liberdade absoluta em relação a qualquer ordem e imposição. Eu tinha lido os textos de Valentine de Saint-Point, poetisa e dançarina, no *Manifesto della donna futurista* (Manifesto da mulher futurista). Ela sustentava que as mulheres devem voltar a "seu instinto sublime: à violência e à crueldade", e indicava como exemplo de modelos femininos as Erínias, as Amazonas, Semíramis, Joana d'Arc, Jeanne Hachette, Judite, Charlotte Corday, Cleópatra, Messalina, "as guerreiras que combatem com mais ferocidade, as amantes que incitam, as destruidoras que, ao acabarem com os mais frágeis, contribuem para a seleção mediante o orgulho e o desespero...". Fiquei perturbada. Ainda bem – escrevi a Giulio – que o *Duce* havia indicado às mulheres o caminho correto! Ele não fez nenhum comentário. Em outra carta, confessei-lhe que não tinha abandonado meu sonho de ir para a universidade e que ele tinha reaparecido justamente na biblioteca. Eu queria voltar a estudar depois de terminada a guerra. Marcaríamos logo nosso casamento, mas poderíamos esperar um pouco para ter filhos. Ele não respondeu. Agora, evito o assunto. Mas é verdade que os livros me oferecem uma vida paralela, mais feliz. Ajudam-me mais do que as lembranças.

21
A senhorita gosta de Shakespeare?

Na Piazza Colonna, bem ao lado do Palazzo Chigi, havia um grande painel, no qual eram reproduzidas as possessões na África. O *Duce* mandou fazê-lo para que qualquer pessoa pudesse ficar a par das operações militares e do avanço de nossas tropas. Eu sempre parava para observá-lo quando acompanhava minha mãe à loja da Via del Corso. Mostrei para ela a Etiópia, a Somália, a Eritreia e a Líbia. Tínhamos um grande Império, que ampliaríamos e tornaríamos mais seguro expulsando os ingleses. Aquele painel era a demonstração de que não havia nenhuma mentira na guerra, como sustentava a propaganda inimiga. Conforme o *Duce* havia repetido várias vezes, marcamos os golpes que damos e recebemos, os aviões que abatemos e os abatidos pelo inimigo, publicamos as perdas de homens e recursos.

No momento, o painel não existe mais. Provavelmente, a linha de frente africana está instável, difícil de acompanhar ou inferior às expectativas. Além do mais, agora há outra linha de frente: em junho passado, Hitler invadiu a União Soviética, pegando os comunistas de surpresa. O *Duce* enviou imediatamente reforços e enviará mais. Recebeu muitas críticas. Grécia, África, agora a Rússia, não temos condições de manter três linhas de frente. O professor Bonaiuti é cauteloso, mas percebi que para ele também o envio de tropas à Rússia não parece uma boa ideia. Respeito sua opinião, mas ele está errado. Nadia é quem tem razão: aliado é aliado, não se abandona. Na África, o *Afrikakorps*[34] guiado pelo general Rommel mudou o destino da guerra, reconquistou a Cirenaica e chegou a El Alamein. Agora que também os Estados Unidos estão no campo de batalha, reforçar todas as linhas de frente é mais do que necessário. Na Rússia, a guerra está se revelando mais longa do que o previsto, mas com a nossa ajuda os tempos se abreviarão.

Desta vez, somos três no Caffè Aragno. Minha mãe, de volta das suas entregas, aceitou parar para conversar um pouco e tomar um café de cevada com tia Luisa; a essa altura, já se habituou à cevada e quase gosta dela. Está mais serena e tem muitas coisas para contar. Está orgulhosa do trabalho, nunca poderia imaginar que ganharia com o que antes fazia apenas para a família.

— Se der certo, vou continuar também depois da guerra — anunciou. Outra loja lhe pediu vestidos de festa para meninas, e ela, que nunca confeccionou roupas elegantes, vai experimentar; já comprou uma pequena peça de seda rosa e uma renda, tem o modelo na cabeça. — Você se lembra, Luisa, de quando a mamãe quis nos ensinar o ponto *ajour*? Nós bufávamos, mas agora está sendo muito útil para mim.

Minha tia também fala de suas novas ocupações. As mulheres do *Fascio* continuam com a beneficência, as cestas básicas, os cursos de higiene. Intervêm nas situações mais graves de miséria. Em Roma, os pobres se multiplicaram; agora, o dever delas é combater o medo e a desconfiança. Com os homens na linha de frente, as mulheres também têm o ônus do trabalho fora de casa e muitas responsabilidades novas e pesadas. Estão cansadas.

— Querem voltar à normalidade e só estão interessadas no fim da guerra. Da maneira que for — conclui tia Luisa.

Nunca vi minha mãe e minha tia tão sintonizadas. Sentadas à mesinha do Caffè Aragno, estão mais parecidas, é a primeira vez que realmente me dão a impressão de serem irmãs. Apesar das ocupações, minha mãe tem um olhar mais aberto, menos tímido e desconfiado.

---

[34] Força expedicionária alemã que atuou na campanha no norte da África entre 1941 e 1943. [N.T.]

Está sempre disposta a conversar e a dizer o que pensa. Nesse momento, está aborrecida sobretudo com os corruptos. Diz que o partido está repleto de parasitas, de gente que vive bem, enquanto a maior parte do povo morre de fome; de dirigentes que enchem os bolsos fazendo e recebendo favores. Para eles, tudo é fácil. Suas mulheres nem sequer vão às compras. Têm a despensa cheia, recebem os mantimentos em casa.

– Tínhamos de eliminar os vícios dos italianos, mas eles só aumentam. Tenho certeza de que o *Duce* não sabe disso, mas alguém deveria lhe dizer.

Tia Luisa ainda tem a mesma expressão ousada que tanto me agrada, mas as rugas em sua testa se aprofundaram, e os olhos também mudaram a expressão. Suas palavras não escondem preocupações e algumas dúvidas. A linha de frente oriental é a mais perigosa. Nela estão não apenas os comunistas, que são animais ferozes, mas também o gelo, o inverno. Como em dois vasos comunicantes, as dúvidas e incertezas da minha mãe atravessam o rosto da irmã, e a confiança e a segurança de tia Luisa aparecem no semblante da minha mãe. Quando as vejo conversar pacatamente, cada uma dizendo a própria verdade, mais uma vez experimento uma sensação de serenidade, que havia desaparecido após a morte do meu pai. Hoje isso também acontece e, ao beber minha cevada quente, recupero o bom humor.

Shakespeare? Eu não podia acreditar no que estava vendo. Sobre a mesa à minha frente havia uma edição dos sonetos de Shakespeare. Capa amarela, editora Sansoni, publicação recente. Eu estava na sala de um funcionário da secretaria, tinha ido buscar uns documentos. Havia preferido não chamar o contínuo, gostava de esticar as pernas de vez em quando pelos longos corredores e pelas escadas do edifício. A porta estava aberta, entrei e me aproximei da escrivaninha para nela colocar as folhas. Então, vi aquele livro em cima de um amontoado de papéis, não resisti, peguei-o; havia um cartão entre as páginas, no soneto 130, e foi onde o abri.

Os olhos de minha amada não são como o sol;
Seus lábios são menos rubros que o coral;
Se a neve é branca, seus seios são escuros;

> Se os cabelos são de ouro, negros fios cobrem-lhe a cabeça.
> Já vi rosas adamascadas, vermelhas e brancas,
> Mas jamais vi essas cores em seu rosto;
> E alguns perfumes me dão mais prazer
> Do que o hálito da minha amada.
> Amo-a quando ela fala, embora eu bem saiba
> Que a música tenha um som muito mais agradável.
> Confesso nunca ter visto uma deusa passar –
> Minha senhora, quando caminha, pisa no chão.
> Mesmo assim, eu juro, minha amada é tão rara
> Que torna falsa toda e qualquer comparação.[35]

Li duas vezes e pensei: "Queria que Giulio me amasse assim. Como diz Shakespeare. Por aquilo que sou, e não pelo que imagina que eu seja. Ele está disposto a amar minha fraqueza, mas olha com desconfiança a minha força; acha que sou bonita, mas se entristece se lhe pareço vaidosa; encoraja-me se escrevo, mas acredita que eu deveria fazê-lo para mim, não para os outros". Quando soube das minhas excursões dominicais com Nadia, ralhou com sua mãe.

– Assim, conseguimos comprar algumas coisas por um preço melhor e espairecemos – disse-lhe eu, tentando defender Lina.

De fato, gostamos de pedalar pela cidade, sentir o vento na face e nos cabelos, fazer nossos negócios e voltar para casa, orgulhosas com o que obtivemos.

A porta atrás de mim é aberta, e o funcionário da secretaria do ministro entra sem que eu perceba. Fico vermelha como um pimentão. Devolvo o livro imediatamente à mesa e gaguejo:

– Desculpe, vim para trazer uns documentos, então vi...

Tenho vontade de fugir. Ele não se altera.

– Conhece Shakespeare? – pergunta-me.

Eu tinha lido algumas tragédias, a última foi *Júlio César*, mas não os sonetos. Ou melhor, para ser sincera, nem sabia que existiam.

– Por favor, me desculpe – repito, dirigindo-me à porta.

---

[35] SHAKESPEARE, William. *154 Sonetos*. Tradução de Thereza Christina Rocque da Motta. Rio de Janeiro, Editora Ibis Libris, 1ª edição, 2009.

Ele ignora meu embaraço e se apresenta. Claudio Pergolesi, trabalha há pouco tempo no Ministério, por isso nunca nos vimos, sabe que sou uma colaboradora do professor Bonaiuti.

– A senhorita deve ser a pérola da qual ele sempre fala, diz que não saberia como fazer sem sua ajuda. – Com desenvoltura, tira de um móvel uma garrafa térmica e duas xícaras. – Pegue. É café. Depois de ter descoberto os sonetos de Shakespeare, é necessário.

Leu o espanto em meus olhos: café de verdade, às 10 da manhã, no Ministério. Então, minha mãe tem razão quando diz que há muitos ricaços que continuam a viver como se a guerra não estivesse acontecendo. Que no partido já não é como antes, muitos se aproveitam para acumular dinheiro e privilégios. Diante de mim, um exemplo. Sem dúvida inscrito no partido, próximo ao ministro, toma café e, à noite, com certeza não deve jantar uma sopa leve.

– Minha família ainda pode se permitir esse luxo, e minha mãe o prepara todas as manhãs. Sim, eu sei, é um privilégio. Beba também; assim, não me sinto tão culpado.

Sinto-me à vontade. Pego a xícara e tomo pequenos goles. Não vou contar nada à minha mãe. O café é muito bom, e Claudio Pergolesi é gentil, não merece suas críticas.

Já passou dos 30 anos, não usa uniforme, mas um terno escuro; escuros são também seus olhos e seus cabelos, o olhar é alegre, não sei se pela minha surpresa diante do café ou pela sua, pois encontrou uma datilógrafa que lê Shakespeare; é naturalmente cavalheiro.

– Pelo que estou vendo, tenho muito que estudar – diz, olhando para a pasta repleta de folhas que depositei sobre a mesa. – Já a senhorita, se tiver alguns minutos livres, pode ir à biblioteca; é pouco frequentada, mas nela vai encontrar todos os livros de Shakespeare que quiser. É o único inglês apreciado hoje na Itália.

Agradeço e vou embora. Vou tentar obter mais informações sobre Claudio Pergolesi com o professor Bonaiuti. Ele foi simpático, mas aqui no Ministério é preciso pisar em ovos. Por trás dos sorrisos se escondem antipatias, ódios e rivalidades. Descobri que o ministro Bottai também é muito controverso, nem todos concordam com suas reformas. E ele nem sempre pensa como o *Duce*. Os chefes do partido não são tão unidos como querem parecer. Apenas o *Duce* está fora de qualquer discussão, e cabe a ele dirimir questões e problemas. Talvez não seja infalível, como defendem alguns, mas quem o é?

Seja como for, agora Claudio Pergolesi vem ao escritório do professor Bonaiuti todas as manhãs com suas garrafas térmicas.

— Uma xícara para o senhor e outra para sua preciosa colaboradora. Alguns minutos de conversa, e vai embora.

— É um jovem de boa família, ótima cultura, poderia administrar seus bens, que são muitos, mas prefere estar aqui. Seja como for, graças à senhorita, eu também tenho uma xícara de café – diz o professor Bonaiuti, tentando esconder um sorriso.

22
A lareira de domingo

É domingo, a lareira está acesa na casa da tia Luisa. Durante a semana, permanece apagada porque a lenha anda em falta. Quando entro na sala, tudo está como eu esperava, o murmúrio das conversas, o vermute sobre a mesinha baixa, os sorrisos, a fumaça dos charutos, os vestidos elegantes, as luzes difusas, a música em volume baixo. Algum tempo atrás, essas pequenas recepções que minha tia realizava aos domingos me intimidavam. Eu ia apenas para ajudar. Agora vou de bom grado. Gosto de conhecer gente diferente, e os amigos dos meus tios são pessoas interessantes. Hoje me sinto bastante à vontade. Uso um vestido azul com flores brancas, que minha mãe confeccionou sem eu saber e me deu de presente alguns dias atrás para me animar. Eu tinha acabado de receber uma carta de Giulio, que me deixou realmente deprimida. Poucas linhas. "Querida, sei que você sempre quer saber a verdade. Passou-se mais de um ano desde que nos despedimos, e eu tinha muita esperança de poder te abraçar de novo, mas não consegui obter a licença que havia pedido. Aqui, tudo parece tranquilo, não temos muito o que fazer, mas isso não significa que vá continuar assim. Temos de estar prontos para tudo. Você está comigo em todos os momentos do dia, e embora esse adiamento me deixe triste, tenho certeza de que a distância não conseguirá enfraquecer nossos sentimentos. Te abraço com o amor de sempre."

Fiquei mal, as lágrimas me vieram aos olhos. Por sorte, o vestido me caiu muito bem, e pensei que seria melhor se tirasse a trança de uma vez por todas. Até aquele momento, não o havia feito para não desagradar a Giulio, mas agora... Cortaria os cabelos na altura dos ombros, ficariam ondulados como os da atriz Alida Valli, todo mundo diz que me pareço com ela, nossos olhos são da mesma cor, temos a mesma pele clara. Assim, fui ao cabeleireiro, e o resultado me parece bom. Minha mãe aprovou, e Anna exclamou:

– Finalmente!

Não vou dizer nada a Giulio, ele tem uma foto minha com a trança e, quando voltar, os cabelos já terão crescido.

Quando cheguei à casa de tia Luisa, estava-se em meio a uma acalorada conversa. Não é incomum que nesse período meros bate-papos se tornem discussões. No Ministério, isso ocorre com frequência, e há muito mau humor, descontentamento e inquietação. Entendi que a guerra não vai como previsto, que começa a haver uma preocupação com a antipatia – sim, ouvi justamente essa palavra – das pessoas. Mais difícil é entender a origem de nossos problemas. O *Duce*? O fascismo? O cansaço dos italianos? A incompetência dos generais? Os aliados? Quanto aos aliados, de fato, o descontentamento é enorme. Fazem o que querem. Não nos levam em conta. A relação com o *Führer* é demasiado estreita; segui-lo em todas as linhas de frente nos traz prejuízos. No entanto, é graças a ele que recuperamos a desvantagem na Grécia e na África. O heroísmo dos nossos não teria sido suficiente sem os recursos bélicos alemães.

Desde que Nadia começou a trabalhar no partido, é difícil conversar com ela. Anda ocupada, agitada. Vê derrotismo em toda parte, ameaça denunciar os comerciantes que mantêm os preços muito elevados e acusa as mulheres que se queixam nas filas. Não se cansa de repetir: "Vamos conseguir, vamos conseguir", e me examina para saber se também estou convencida. Seu herói do momento é Erich Rommel, a raposa do deserto, general alemão que inverteu a situação na África.

– Você viu? Ele voltou e expulsou os ingleses; agora, nós é que estamos em El Alamein – repetiu-me durante todo o verão.

Nos últimos dias, parece um leão na jaula. As notícias da África já não são boas, justamente as que chegam de El Alamein, e ela continua a repetir que os italianos não estão fazendo o suficiente.

— Todos deveriam ser chamados à linha de frente. O que estão esperando? Que os americanos cheguem a Roma?

Os amigos dos meus tios são pessoas informadas e mais tranquilas do que Nadia, profissionais que estão a par da situação. Estão perplexos, mas suas palavras são menos obscuras do que as que ouço no Ministério e menos agitadas do que as da minha amiga. Agora estão falando da União Soviética. Os nossos não têm condições de enfrentar outro inverno, em Stalingrado, em cuja queda os alemães apostavam para o golpe final; estão em um beco sem saída. Os soviéticos não desistem. As notícias já falam de dificuldades também em uma linha de frente que parecia vitoriosa. E a África? Atualmente, a África é o principal tema das conversas.

— Após sete anos, voltamos a ser o pequeno País de antes – diz um colega do tio Edgardo, e depois se dirige à minha tia: — Não valia mesmo a pena, não é Luisa? Passar dois anos na Etiópia, construindo estradas e canais, se era para terminar assim.

A essa altura, a África Oriental Italiana tornou-se África Oriental Inglesa. Sempre AOI, nem foi preciso mudar a sigla.

— Temo que esse seja apenas o início.

Ouço uma voz masculina que me parece conhecida. Claudio Pergolesi. Ele também é convidado para o domingo junto à lareira. Meu tio faz as apresentações:

— Minha sobrinha...

— Já nos conhecemos – diz ele, rindo –, eu também trabalho no Ministério, embora não seja tão importante quanto ela. As verdadeiras decisões são tomadas pela senhorita Carucci e pelo professor Bonaiuti. – Depois, dirigindo-se a mim: — Ainda está convencida de que vamos ser bem-sucedidos?

— Não sei – respondo, e é a primeira vez que exprimo minha dúvida com tanta tranquilidade. – É difícil saber o que está acontecendo na linha de frente, mas sei o que acontece nas casas, nas famílias. – Ao meu redor há silêncio. – Estamos em guerra há muito tempo; se as notícias da linha de frente são boas, temos disposição para suportar, mas quando se percebe que as coisas não vão bem, então, não vemos a hora que a guerra termine.

— Depois de El Alamein, deveríamos reconhecer que as coisas não se deram de acordo com as previsões. — Desta vez, quem toma a palavra é um estudante de Arquitetura, um jovem com óculos espessos e ar nervoso, que começou a trabalhar com tio Edgardo.

— Vai ser difícil fazer isso se alguém em posição mais elevada não indicar um caminho, não disser onde erramos. E se não se começar a dar nomes aos bois, dizendo quem cometeu os erros mais graves. É muito cômodo atacar soldados e generais. Quem é fascista, sobretudo quem acredita no fascismo, também precisa assumir suas responsabilidades. — Claudio Pergolesi fala com um tom excepcionalmente duro.

El Alamein. Embora as notícias ainda sejam incertas, algo terrível aconteceu. De resto, o mau humor de Nadia nos últimos dias era eloquente. Ainda bem que Giulio está na Grécia. Na África, os nossos devem ter visto o inferno.

A discussão na sala de tia Luisa se fragmenta. Pequenos grupos conversam em tom mais baixo; há uma troca cortês de opiniões, sorrisos, informações que passam de um a outro. Nas palavras bem-educadas em uma sala, a guerra, por mais próxima que seja, nunca é trágica. Claudio Pergolesi, com o usual cavalheirismo, conta-me que está ali por acaso.

— Foi um amigo que me trouxe. Ele gosta muito dos domingos junto à lareira da sua tia. Foi uma bela surpresa encontrar a senhorita.

Conversa muito com o estudante de Arquitetura, que se chama Carlo, é um defensor convicto do *Duce* e quer alistar-se. Até o momento, não o fez porque sua mãe é viúva de um combatente morto na Primeira Guerra, e ele, filho único, mas vai conseguir. Algo em seu olhar de desafio e em seus gestos nervosos me lembra Nadia.

— A Itália precisa de um chefe, que é tudo na vida de um homem e de uma nação. Até agora, tivemos um — disse com uma ponta de irritação —, mas não sei se ainda temos.

Vi que muitos concordaram.

No fim da noite, Claudio Pergolesi me acompanhou até minha casa.

Eu lhe disse que tinha seguido seus conselhos e encontrado uma edição dos sonetos de Shakespeare na biblioteca. Ele riu. Contou-me que está lendo muitos autores americanos, Steinbeck, Sinclair Lewis. Também vou procurá-los. Perguntou-me se eu gostava de ir ao cinema. Respondi que sim, embora nos últimos tempos raramente tenha ido.

No momento da despedida, disse-me:

– A senhorita fez bem em ter cortado a trança, sabe? Passei a noite pensando: é parecida com Alida Valli.

O FIM
1943-1946

É como se estivéssemos em uma ponte. Já partimos de uma margem e ainda não chegamos à outra. Nem sequer nos viramos para olhar a que deixamos para trás. A que nos espera ainda está envolta na névoa. Não sabemos o que descobriremos quando a névoa se dissipar. Uma se debruça demais para ver melhor o rio, cai e se afoga. Outra, cansada, senta-se no chão e fica ali, na ponte. As outras, algumas bem, outras mal, passam para a outra margem.

Alba de Céspedes,
Ninguém volta atrás

23
Um pesadelo

Sonhei com um homem pálido, vestido de preto, casaco elegante. Caminhava com desenvoltura, entrava em um café, bebia um vermute, comprava o jornal. Todos o cumprimentavam com respeito, e ele retribuía com cortesia. Somente eu sabia que estava morto, que se comportava como um vivo que não era. Eu queria gritar para ele, mas não conseguia. O morto caminhava, cumprimentava, sorria.

Acordei com a angústia na garganta e no estômago. No sonho, as palavras eram bloqueadas, faltava-me o fôlego. Olhei para o relógio: 3 da manhã. Após um dia abafado, o ar estava mais fresco, eu podia fechar a janela. Debrucei-me para respirar e afugentar o sonho. A manhã ainda estava sem luz, e dois automóveis passaram em alta velocidade, rápidos demais até para uma rua vazia. Aonde iam? Vinham do Corso Vittorio Emanuele, talvez do Palazzo Venezia. Teria havido algum encontro importante? Àquela hora? Era possível. O *Duce* trabalhava até tarde. Aliás, pensando bem, para a noite anterior havia sido anunciada uma reunião do Grande Conselho. Olho para o prédio da frente, que é sede de uma revista; uma das janelas está iluminada, dois homens entram apressadamente pelo portão, outras luzes se acendem. Talvez tenha chegado uma notícia das linhas de frente da guerra, e os jornalistas estejam retomando o trabalho? Fui até a cozinha tomar um copo d'água. O sonho havia me perturbado; os ruídos que vinham da rua, os carros que passavam rapidamente não indicavam nada de anormal. Alguns jornalistas se demoravam à máquina de escrever. Isso também era normal. Voltei para a cama e abri um livro. Uma hora depois, adormeci de novo.

O sonho foi esquecido nos gestos lentos da manhã de domingo. Tomo banho, domingo é meu dia; minha mãe cuida dos afazeres na cozinha. Como sempre, quando é dia de folga, vai fazer de tudo para colocar na mesa algo a mais ou melhor. É cada vez mais difícil. Ao meio-dia, das janelas abertas chega o som dos sinos. O dia já está quente, e Roma sob o sol de julho é luminosa, indolente, intocável.

Estava tudo calmo também na última segunda-feira; depois, de repente, desencadeou-se o inferno. Tudo ao mesmo tempo, às 11 da manhã. O barulho de um trovão, potente, ensurdecedor, o estrondo pavoroso que não findava, o rumor metálico de golpes, enquanto uma nuvem de aço escurecia o céu. A cidade foi sacudida e atacada, tremeu por horas, depois caiu em um silêncio sombrio e desesperado. Apenas as sirenes continuaram a tocar.

Eu estava no Ministério, sentada à escrivaninha, e me levantei em um ímpeto. Instintivamente, fui até a janela, depois até a porta. As pessoas começaram a sair, a correr nos corredores, a descer as escadas às pressas. Bombas, diziam, bombas. Os americanos. San Lorenzo. O terminal. A igreja. Também a igreja.

Em pleno dia, aviões descarregaram bombas sobre um bairro não muito distante de São Pedro e dos monumentos da Antiguidade, que até o inimigo tinha dito que queria respeitar. As bombas já haviam atingido Milão, Turim, Gênova: Nápoles saíra martirizada do bombardeio. Mas, até então, Roma, assim como Atenas e o Cairo, tinha sido poupada. Havia o papa, os sinais de uma grande civilização que pertencia a todos, e nós, italianos, éramos seus guardiães. O *Duce* tinha assegurado: "Se quisermos, sobre Roma não voará nem mesmo uma andorinha".

Não foi o que aconteceu. Fechados no edifício do Viale del Re, ficou claro para nós que a cidade eterna não era inviolável; perto dali, prédios inteiros haviam sido arrasados, havia feridos e mortos. Os rumores sobre o desastre chegavam enquanto as bombas continuavam a cair: notícias, inicialmente duvidosas, depois seguras e cada vez mais atrozes. As sirenes soavam a todo instante. Alguns choravam, tinham família perto das estações Tiburtina e Prenestina. Essas eram as áreas atingidas. O professor Bonaiuti abandonou sua habitual expressão reservada.

– Acabou – murmurou quando entrei na sala. Seus olhos miravam o vazio. – Vá para casa, tranquilize sua mãe.

Assim, na última segunda-feira, a guerra, não apenas a da miséria e da fome, mas também a das bombas e dos mortos, chegou a Roma. Vi o terror no rosto da minha mãe; os olhos assustados de Antonio, que a abraçava e não queria soltá-la; Anna, muda, mas com um olhar eloquente: "O que vai acontecer conosco?". Depois, Nadia, que chegou gritando:

– Malditos, malditos americanos.

A partir desse dia, o medo não nos deixou mais, e à noite, antes de irmos dormir, preparamos tudo para estarmos prontos se precisássemos descer ao porão.

Embora seja domingo, hoje ficamos em casa. Anna e eu nos dizemos que mais tarde levaremos Antonio para um passeio, mas não estamos convencidas. Do rádio, que tem ficado sempre ligado, não chega nenhuma notícia particular das linhas de frente. Talvez seja um domingo tranquilo. Vou jogar cartas com Antonio, que aprendeu a jogar recentemente e passaria o dia fazendo apenas isso. Vou escrever uma carta para Giulio; quando ele souber do bombardeio, ficará preocupado. Volto a pensar no sonho da noite. Em meu íntimo, ainda os sinais da inquietação.

A tarde transcorre com indolência, Nadia me pede para passar o final da tarde comigo. Podemos ouvir rádio até tarde.

– Sobrou um pouco daquele licor de cereja que a sua avó lhe deu?

Nesses dias, quando minha amiga não está irritada, está triste, e me procura com mais frequência. Hoje está deprimida e tem necessidade de falar.

– Você é a única que consegue deixá-la um pouco mais tranquila – diz-me Lina –; agora também se irrita com as cartas de Giulio. Não entendo por quê.

Eu, sim. Embora seu irmão esteja na guerra, arriscando a própria vida, Nadia o considera muito apático. Não gosta de seu comportamento desiludido e realista, o modo como redimensiona ou corrige as notícias dos jornais. Fica escandalizada com o fato de ele considerar a possibilidade da derrota. Para ela, toda notícia das linhas de frente, até as piores, provoca inicialmente uma agitação de rebelião, depois, a decisão de prosseguir de qualquer maneira. Toda dúvida atinge a honra, todo momento de cansaço prefigura o esmorecimento. Sente falta de um período que não viveu e do qual, porém, fala com paixão. Quando o fascismo não estava nas mãos de dirigentes do partido e de burocratas e não havia corrupção. Quando se atacava o inimigo com convicção, porque a violência também era necessária. Quando um olhar do *Duce* bastava para que as ordens fossem cumpridas. Quando o País tinha heróis.

Nadia não consegue aceitar a derrota de seus ideais.

Há algumas semanas chegou a notícia do desembarque dos americanos na Sicília. O jornal *Corriere della Sera* tranquilizava quanto à nossa heroica resistência. Pensando no que Giulio me havia explicado e na forma irônica como o professor Bonaiuti interpretava as manchetes dos jornais, senti um aperto no estômago. Se resistíamos, significava que estávamos sendo atacados. Se definiam nossos soldados como heróis, era porque o ataque do inimigo havia sido duro e vitorioso. Tínhamos perdido, havia muitos mortos e feridos, muitos prisioneiros.

Depois, para além da resistência heroica ou não, estava certa tia Luisa, que naquelas semanas de verão vinha nos visitar com frequência e conversava muito com a minha mãe. Conforme explicou com amargura, havia um fato que não podia ser deixado de lado: o inimigo tinha chegado ao solo italiano. A guerra já não era travada na África, na Rússia ou na Grécia, mas em territórios que os americanos e os ingleses não deveriam tocar. E era só o começo. Tia Luisa é imperturbável e realista.

– A guerra está perdida – repete –; resta saber o preço que pagaremos.

Nadia não leva em consideração nem mesmo a notícia do desembarque inimigo. Foi apenas uma tentativa, diz, as defesas costeiras vão intervir. "Vamos pregar os americanos na linha de rebentação", depois: "Nossa marinha é muito forte, não vai permitir nenhum desembarque". Enumera: quatro couraçados, sete cruzadores, 32 contratorpedeiros, 48 submarinos. Como a velha Assunta quando recita a ave-maria, desfiando o rosário.

Agora estamos sentadas, uma na frente da outra, nas duas poltronas ao lado do rádio. Nádia fuma um cigarro com volúpia e bebe o licor que lhe ofereci. Relaxa, e fico contente. Silenciosa e concentrada, com os alfinetes entre os lábios, minha mãe corta o modelo de um vestido sobre a mesa da cozinha. Anna me pediu um livro emprestado e já está na cama. A janela está aberta, ainda faz calor, o rádio está ligado, esperamos o noticiário das 22h45 para ir dormir; amanhã é segunda-feira e acordaremos cedo. Há alguns minutos de atraso. Estranho. Depois, a voz do locutor: "Atenção, atenção". Olhamos uma para a outra. Nadia passa a mão pelos cabelos e se aproxima do aparelho. Eu me endireito na poltrona. O locutor prossegue: *"Sua Majestade, o Rei e Imperador, aceitou a renúncia do cargo de Chefe de Governo, Primeiro-Ministro e Secretário de Estado de Sua Excelência, o* Cavaliere *Benito Mussolini, e nomeou como Chefe de Governo, Primeiro-Ministro e Secretário de Estado o* Cavaliere*, Marechal da Itália, Pietro Badoglio"*. Seguem as notas da Marcha Real.

Nadia se levanta de um salto.

— Não é possível! — grita, e minha mãe aparece no vão da porta.

— O que está acontecendo?

A voz do locutor não chegou à cozinha. Não respondemos. Corremos para a janela e olhamos para baixo, como se na rua pudéssemos encontrar uma resposta para o que havíamos acabado de ouvir. Alguns segundos de silêncio, depois o som prolongado de uma buzina. Está distante. Ouvimos outro. Mais próximo. Um homem sai de um edifício, corre pela rua e toca nervosamente a campainha do prédio ao lado. Algumas janelas se iluminam, outras se abrem. Alguém se debruça. Uma voz, não sabemos de onde vem, grita: "Viva o rei!". O silêncio prevalece sobre os ruídos, mas uma corrente atravessa as ruas abaixo de nós. Ouvimos. Esperamos um estrondo de um momento a outro, mas ele não ocorre.

— O *Duce* renunciou — digo à minha mãe.

— O rei cometeu traição — murmura Nadia, dirigindo-se a si mesma. Depois: — É uma conspiração. Ele vai reagir.

Anna está junto à porta, de camisola. Ainda não tinha adormecido. Ouviu e agora se aproxima do rádio, pensando que haverá mais notícias. Há apenas música.

O *Duce* não está mais presente. Olho para seu retrato acima das duas poltronas. Tem os braços cruzados, o olhar firme, orgulhoso, seguro. Ainda é o mesmo. Ao meu redor, tudo já está diferente.

As mudanças de Palma

EM 1941, Palma Bucarelli é nomeada para o cargo de superintendente da Galeria Nacional de Arte Moderna de Roma. É uma mulher jovem, culta, bonita, encantadora, e esse cargo tem prestígio. Também para ela, como é evidente nos anos 1930 e 1940, a carreira foi facilitada pela proximidade com o regime. Transferida de Nápoles para Roma graças à intervenção de Giuseppe Bottai, ministro da Educação Nacional e ponto de referência da maior parte dos intelectuais da época, com apenas 23 anos, em 1933, passou no concurso junto ao Ministério da Educação Nacional como inspetora da Galeria Borghese. Em 1937, confiaram-lhe a Régia Superintendência das Obras de Arte Modernas e Medievais do Lácio; depois, em 1939, o cargo de inspetora da Galeria Nacional de Arte Moderna de Roma e, em seguida, de superintendente.

Essa é a época em que Roma, ainda não afetada pela guerra, vive uma temporada artística e cultural extraordinária. Galerias são abertas, novos artistas florescem, descobrem-se tendências modernas. E Palma se revela por aquilo que é. Uma mulher livre, anticonformista, amante da arte, curiosa das experiências artísticas que chegam do exterior. Mais tarde, com a guerra, também se revela desobediente e corajosa. Todas as obras de arte da capital devem ser transferidas para onde não possam ser danificadas ou, pior ainda, destruídas. Em Roma, nada as protege das bombas inimigas. Na maioria das vezes, os superintendentes as levam para a região das Marcas. A organização das mudanças, cuidadosa e meticulosa, é requerida e controlada pelo Ministério da Educação Nacional. A enigmática e elegante senhora transfere as obras de arte da Gnam para o Palazzo Farnese de Caprarola. Trata-se de 672 pinturas e 63 esculturas.

    Chega, então, o ano de 1943. Bottai faz parte dos conspiradores do Palazzo Venezia contra o *duce*, os americanos desembarcam na Sicília, e os alemães começam a bater em retirada. Mais uma vez, as obras de arte escondidas não estão em segurança. Melhor fazer com que voltem a Roma, onde podem contar com a proteção do Vaticano. É o momento mais difícil. Da recém-nascida República fascista, Mussolini pede aos superintendentes que se transfiram a Salò. Não o fazem. Palma também recusa a transferência. Diante da chegada dos anglo-americanos e do perigo de que os alemães, ao deixarem Roma, dirijam-se para os campos do Norte e, portanto, para Caprarola, ela organiza outra mudança.

    É um feito épico. As obras de arte são transportadas ao Castel Sant'Angelo sob a proteção da Santa Sé. Palma Bucarelli enfrenta a burocracia, pede autorizações, manda embalar tudo de novo, carregar as peças em caminhões, verifica se o percurso é seguro. Uma única viagem não é suficiente e faz uma segunda, à noite, sozinha, com o motorista. Escreve em seu diário: "Faltavam veículos, a burocracia militar alemã criava dificuldades; era pavorosa a responsabilidade em relação à nação, que amanhã pediria explicações sobre nosso patrimônio artístico"

    Ela consegue. As obras da Gnam, como tantas outras controladas por muitos superintendentes que não obedecem às ordens de Mussolini, são salvas.

    Em 10 de dezembro de 1944, após a liberação de Roma, a Gnam é o primeiro museu nacional a reabrir ao público. Graças a Palma Bucarelli, a arte contemporânea entra integralmente em seus recintos. A jovem, fascinante e decidida superintendente ingressa na história e na lenda.

24
O hóspede de Assunta

Anna não devia ter feito isso, mas fez, e as consequências poderiam ter sido graves. Pediu à velha Assunta que hospedasse, ou melhor, escondesse um soldado, um ex-soldado, noivo de uma querida amiga sua, que abandonou o exército e queria encontrar sua família, na Úmbria. Precisava de alguns dias para deixar a barba crescer, arranjar roupas civis e esperar um caminhão que lhe desse uma carona até Perúgia. Deixá-lo na rua significaria a morte. Há algumas semanas, Roma é comandada pelos alemães, que são cruéis com os traidores. Assim, Anna teve essa ideia genial: escondê-lo no apartamento de Assunta, dois andares abaixo do nosso. O bom é que Assunta concordou. Medrosa e desconfiada em relação a todos, não hesitou em hospedar um soldado em fuga nem em correr riscos que não quero sequer imaginar.

Minha irmã apresentou a ideia com simplicidade: é uma questão de dois ou três dias, imagine se os alemães vão pensar em fazer uma busca na casa de uma velha de 80 anos que só sai para ir à igreja. Na casa dela, Franco – assim se chama o fugitivo – poderia esconder-se tranquilamente.

– Não é culpa dele – acrescentara, prevendo minhas objeções; Assunta não fez nenhuma – se após o dia 8 de setembro o exército deixou de existir; se os oficiais deram no pé; se a maior parte dos soldados já foi feita prisioneira e levada sabe-se lá para onde; se muitos já fugiram. Temos apenas de lhe dar um teto, algo para ele comer, talvez a mamãe possa adaptar alguma calça do papai para ele; ela ainda as guarda.

Também minha mãe não esboçou nenhuma reação. Sim, havia aquela calça cinza-escura, bastava encompridá-la um pouco e apertá-la na cintura. O fugitivo – continuei a chamá-lo assim, para elas já era Franco – era um pouco mais alto e mais magro do que meu pai.

Toda essa história me parecia arriscada. Não estamos sozinhas nesse prédio. A própria Nadia constitui um perigo. Se descobrisse, o denunciaria. Então, o problema não seria a reação do exército que – Anna tem razão – não existe mais, desintegrou-se, mas dos alemães, que ocuparam Roma e não são muitos sutis. De Assunta, chegariam facilmente a nós. Quis me opor, fazer o diabo a quatro, mas não conseguiria convencer nem Anna, nem Assunta, nem mesmo minha mãe. Estavam tranquilas e de acordo. Tudo bem, pensei, dois dias passam depressa, o melhor a fazer é tomar cuidado para não cometer nenhuma imprudência. Pedi a Anna que não fosse mais à casa de Assunta, eu mesma levei a calça e conheci o soldado. Anna tem razão, dá pena. O rosto triste, os olhos vermelhos, a expressão transtornada, repete dezenas de vezes ao dia "obrigado, obrigado", "sei que estou incomodando", "vou embora logo"; ainda veste a calça do uniforme e uma camisa azul que alguém lhe emprestou. Jogou fora o casaco para evitar ser reconhecido. Após ter visto Franco, tímido e assustado, a velha Assunta pondo a mesa para eles dois e acendendo uma lamparina com a imagem do Sagrado Coração para a sua salvação, entendi Anna. Algo dentro de mim se dissolveu: a calamidade nos circundava, e Franco teve a sorte de encontrar uma moça inconsciente e uma velha louca que tinha medo de tudo, mas não dos alemães. Por que se opor? Por qual princípio? Por lealdade a quem? Ao *Duce*? Nem pedi conselho a tia Luisa. Era inútil envolvê-la em uma questão que duraria dois dias e deveria permanecer secreta o máximo possível. Só a ideia de prejudicar o *Duce* me impediria de participar do complô, mas ele havia sido preso e libertado pelos alemães "depois de ter arrastado", dizia com clareza e dureza minha tia, "o fascismo e o País para seus erros".

Meu pensamento foi para Giulio. Suas cartas já se tornaram raras, mas nas últimas me escreveu a respeito de uma família grega que o acolheu como um filho e junto à qual passa todos os seus momentos livres. O pai é advogado e consegue exercer a profissão mesmo nesse momento difícil. "Um homem generoso", escreveu, "eu o conheci em um bar, e conversamos por um bom tempo. Fala bem italiano e se interessou pelos meus estudos em jurisprudência. Convidou-me para ir à sua casa. Eu não esperava por isso, pensei que fosse considerado um inimigo a ser mantido a distância. Conheci sua mulher, seu filho de 16 anos e suas duas filhas. Todos foram muito gentis, e eu, depois de tanto tempo, vi novamente uma casa e uma família. No sábado, jantei na casa deles. Para recompensá-lo por uma causa em que ele o havia defendido, um camponês lhe levou um pedaço de cordeiro, que eles assaram no espeto. Estava bem cozido e crocante. Foi uma noite serena, como não ocorria havia tempos. Gostaria que você estivesse aqui comigo. Você também teria gostado da atmosfera familiar, da cordialidade, do bom humor. Teria saboreado o vinho deles. Querida Mara, faz mais de um ano que estamos distantes; seu cachecol no meu pescoço, sua foto e suas cartas já não me bastam. Preciso te ver e te sentir. Preciso dos nossos sonhos e dos nossos projetos. Te abraço com todo o meu amor. Giulio."

Ao aceitar proteger o soldado, retribuo o que a família grega está fazendo por Giulio. Sinto-me do lado certo.

Mas o medo não passa. Acompanha-me todos os dias, mesmo agora que o fugitivo se foi. Medo não apenas por Giulio, mas por nós. Roma está na mira dos americanos. Também bombardearam os bairros Appio e Tuscolano. Depois, tranquilizaram-nos. Disseram que é uma cidade aberta, que não responde com a artilharia antiaérea, que deslocou os comandos, que não utiliza as estações com objetivos militares. Palavras. As bombas caem, os refúgios não existem ou são até menos seguros do que as casas. Talvez minha avó tivesse razão quando, em poucas linhas escritas pelo primo Giovanni, convidava-nos a nos mudarmos para Maremma até o fim da guerra. Eu disse à minha mãe que ela poderia ir com Anna e Antonio, eu tinha de continuar a trabalhar e podia contar com Vincenzo, Lina e Nadia; mudaria para a casa deles. Minha mãe quase se convenceu, mas Anna disse que ficaria comigo.

– Não se lembra? Quando o papai morreu, você me prometeu que nunca nos separaríamos.

Não houve modo de fazê-la mudar de ideia; então, minha mãe acabou desistindo, e ficamos em Roma.

Em poucos dias, tudo mudou. Não apenas em nossa vida, mas dentro de nós. Foi o episódio do soldado a me fazer perceber isso. Eu nunca poderia pensar que esconderia algo de Nadia. Mas não lhe falei a respeito da presença do soldado no andar de baixo. Nunca poderia imaginar que minha mãe apertaria uma calça do meu pai e a desse com tanto prazer a um desconhecido.

Houve um momento preciso em que todos nós mudamos, em que cada um deixou de ser quem havia sido até um instante antes. Não foram os bombardeios. Não foi a queda do *Duce* em 25 de julho, seu desaparecimento, a prisão. Não foi a ocupação alemã. Nem mesmo a chegada dos anglo-americanos em solo italiano. Tudo isso nos atingiu, nos machucou, nos fez titubear. Mas não escancarou o abismo no qual nos precipitamos. Não, o momento em que tudo desabou e nada mais foi como antes é outro. Posso dizer o mês, o dia e a hora.

Dia 8 de setembro, às 19h42. Estávamos para nos sentar à mesa na cozinha, minha mãe tinha preparado uma fritada de cebolas, dois ovos e muita cebola. Antonio reclamou porque odeia cebola, Anna lhe disse para parar, ela também não gostava, mas tínhamos de comer o que havia, e aumentou o volume do rádio. Estavam transmitindo um programa musical que queríamos ouvir durante o jantar. Depois, o noticiário.

"Tendo reconhecido a impossibilidade de continuar a luta desigual contra a esmagadora potência adversária e no intuito de poupar calamidades ulteriores e mais graves à Nação, o governo italiano pediu um armistício ao general Eisenhower, comandante em chefe das forças aliadas anglo-americanas.

"O pedido foi aceito.

"Por conseguinte, todo ato de hostilidade contra as forças anglo-americanas deve cessar por parte das forças italianas em todos os lugares.

"No entanto, elas reagirão a eventuais ataques de qualquer outra proveniência."

A voz é do general Badoglio, e suas palavras são inequívocas. Mais uma bomba caiu em nossa cabeça. Desta vez, não foi lançada pelos bombardeiros americanos, mas pelo chefe do novo governo. Outras como essas cairão. O rei com sua família, a cúpula militar e o próprio Badoglio fogem primeiro para Pescara, depois para Brindisi. A rendição. O aliado fiel que se torna inimigo, o inimigo que já não é considerado como tal, mas continua a avançar e ocupar. A Itália ainda existe? E, se existe, o que se tornou?

– Um país de traidores, de covardes, de desertores – diz Nadia –, mas quem ficou do lado do *Duce* e da Pátria – acrescenta – não vai se render. Vamos ser capazes de responder. – Ela odeia o rei, odeia Badoglio, odeia quem algum tempo atrás era fascista e agora faz de conta que nada aconteceu. – Você se lembra, Mara, dos grandes encontros promovidos pelo partido, quando gritávamos a plenos pulmões "*Duce! Duce!*"? Onde essa gente foi parar?

Minha amiga tem razão, já não se veem os defensores, os entusiastas, os fascistas sem nenhuma dúvida nem temores. Depois de 25 de julho, muitos mudaram de ideia. Ou talvez apenas então decidiram aparecer. Percebemos isso quando ouvimos que o centro estava nas mãos de quem gritava: "Morte a Mussolini! Abaixo o fascismo!". Quando vimos, bem perto da Piazza Venezia, os retratos do *Duce* despedaçados e as insígnias do *Fascio* pisoteadas. As pessoas indo, alegres, ao Quirinale. "Viva o Rei!", gritavam. Quando soubemos que em Milão as manifestações foram até mais numerosas e violentas e que as sedes do partido haviam sido devastadas. Os jornais noticiaram esses acontecimentos. Há quanto tempo os italianos cultivavam esses sentimentos que explodiram de repente?

– Acham que a guerra acabou, por isso estão comemorando. São um povo de covardes, mas ainda vão mudar de opinião, vão voltar ao *Duce*.

Porém, o *Duce* não está presente e pouco se sabe a seu respeito. Eu queria ter dito isso a Nadia, mas não tenho vontade, não quero brigar com ela. Existe a guerra e existe a derrota. Será possível que ela não percebeu? Olho para ela, não sei se devo invejá-la. Sinto-me exausta, instável, desolada. Nadia não se rende, não vacila. Tem alguns projetos em mente, e qualquer dia desses ainda os revelará a mim, tenho certeza. Enquanto isso, Roma é invadida pelas tropas alemãs, há capacetes, quepes e suásticas por toda parte. Percorrem a cidade de cima a baixo, são desconfiadas, querem obediência absoluta, pregam nos muros cartazes com todas as proibições possíveis, não hesitam em usar as armas.

Buscam os soldados italianos, consideram-nos traidores e, quando os encontram, mandam-nos como prisioneiros para a Alemanha, para que trabalhem para elas. Pelo menos é o que se diz, pois de muitos não se tem mais notícia. Minha amiga pode dizer o que for, mas a presença delas não é tranquilizadora.

— Não me sinto mais em casa — resmungou ontem o professor Bonaiuti, que nunca sentiu simpatia pelos alemães nem pelo *Führer*, mas que até o momento, por prudência e serenidade, evitou exprimir sua opinião em voz alta.

Maternagem

MATERNAGEM. ACOMPANHANDO a historiadora Anna Bravo, podemos definir com esse termo o comportamento feminino de proteção, cuidado e ajuda para com os soldados que, depois do armistício, no exército já desbaratado, buscam fugir da vingança do ex-aliado. E, de modo geral, o comportamento feminino diante do ocaso do regime.

É um comportamento difundido. As mulheres escondem e assistem os homens que os alemães querem deportar. Dão-lhes comida e a possibilidade de fuga. Protegem-nos como podem, correm riscos.

Como é óbvio, a maternagem tem origem no amor das mães, das esposas e das irmãs, mas também em outras coisas. Na caridade cristã, que protege o indefeso e a vítima, mesmo que sejam desconhecidos. Na consciência dos danos irremediáveis da guerra e na certeza da derrota. Na extinção, em meio à fome e às privações da vida, do espírito guerreiro que também as mulheres favoreceram e compartilharam por um longo período. No ódio em relação à ocupação nazista e à sua intervenção violenta na vida cotidiana.

Não há nenhuma organização feminina, nem poderia haver, que em setembro de 1943 se pronuncie contra a guerra, não há nenhum posicionamento político oficial das mulheres. Contudo, nos meses que se seguem ao dia 8 de setembro, surge nitidamente um sentimento que, sem exagero, também pode ser definido como plenamente político. A consciência da incapacidade e do fracasso do regime. O fim de toda confiança, abnegação, delegação em relação ao que o fascismo, seus aliados e os grupos dirigentes fizeram e podem fazer.

Para as mulheres, torna-se claro que um tempo da história passou. Sua relação com o regime se deteriorou irremediavelmente.

Portanto, a maternagem nasce de uma intuição profunda e forte, de um estranhamento que, em algumas, se tornará resistência civil e antifascismo e, em outras, resistência armada e luta *partigiana*. Na maior parte, intervenção na vida cotidiana para salvar e proteger afetos e valores.

O feminino, sufocado ou falsamente exaltado, emerge com uma autonomia própria. E descobre que ainda tem força.

25
A escolha de Nadia

—Convença-a, tente fazê-la raciocinar, só você pode conseguir.
Lina está realmente desesperada. Nadia decidiu partir, ir a Salò, capital da recém-criada República Social, onde o *Duce* se encontra e organiza a luta contra os anglo-americanos. Em Salò, repete, o fascismo renascerá; lá existem todas as condições para ele se reerguer. Além do mais, se o *Duce* não conseguir, se o inimigo for mais forte, é melhor morrer lutando até o fim a viver na desonra.

Nesses meses, minha amiga trabalhou na sede central do partido. A direção da Academia de Orvieto havia salientado seus méritos e sua abnegação a alguns importantes dirigentes do partido, que lhe propuseram ocupar-se da propaganda do *Fascio* enquanto aguardasse o momento em que poderia ensinar. Ela aceitou com orgulho. Contou-me que o trabalho era variado e não cansativo. Simplesmente fazia tudo o que lhe pediam e que era necessário. Datilografava, comunicava-se com as tipografias, ocupava-se da difusão dos materiais e dos manifestos, mantinha contato com as sedes provinciais. Após a renúncia do *Duce* e o anúncio do armistício, tudo havia mudado, ou melhor, se dissolvido. Inclusive seu trabalho. Nadia ficou aborrecida, irritada, exaltava-se com todo mundo.

Em seguida, veio a notícia da República Social Italiana. Nenhum de nós entendeu se o *Fascio* lhe pediu para transferir-se ou se foi ela a fazer a solicitação. Quando Nadia fala, não faz distinção entre o que pensa ou quer e o que o *Fascio* propõe.

— O que você vai fazer lá? De que adianta ir a Salò? — continua a repetir Lina. — É uma questão de meses, talvez de semanas, os americanos estão chegando a Roma, já desembarcaram na Sicília, agora vão subir a península. Já perdemos a guerra.

Lina consegue fazer previsões e análises inesperadas. Diz que não entende muito de política e quer apenas viver em paz, mas capta os acontecimentos, reúne-os e sintetiza-os com uma intuição veloz e, por fim, tira suas conclusões. Quando Badoglio anunciou o armistício, por alguns dias até minha mãe pensou que a guerra finalmente acabaria e voltaríamos a uma vida normal: para ela, as palavras do general e o fim das hostilidades com os anglo-americanos haviam sido o fim de um pesadelo. Muitos pensaram a mesma coisa. Mas Lina não se iludiu. O anúncio de Badoglio não era de paz, a guerra continuaria, seria mais feroz, os italianos se dividiriam, uma parte apoiaria os anglo-americanos e o rei, e a outra, os alemães e o *Duce*. Matariam uns aos outros.

Nesse momento, diante das decisões da filha, enquanto Vincenzo se fecha em um mutismo desesperado, ela luta com obstinação e lucidez. É tudo inútil, continua a repetir.

Nadia não lhe responde. Anunciou a decisão de ir à República Social e não voltou a tocar no assunto. Por alguns dias, a atmosfera se aplacou na casa de nossos amigos, Vincenzo nutriu a esperança de que a filha refletiria, mas Lina sabe que o silêncio de Nadia não significa que mudou de ideia. Portanto, nem mesmo ela depôs as armas; apenas tentou contornar o obstáculo; já não fala com a filha, mas pede a mim para enfrentá-la e convencê-la. Se há uma possibilidade de Nadia não partir, depende de mim.

Tento. É uma missão desesperada. Só posso torcer por um milagre, por algo imprevisto que a convença a permanecer em Roma.

O milagre não se realiza. Há duas manhãs, encontrei um envelope debaixo da porta de casa. Dentro, uma folha. "Querida Mara, como eu te havia dito, estou de partida. Vou ao Norte, o *Fascio* me deu um cargo, não sei exatamente onde nem qual, mas pouco importa. Servirei ao *Duce* e à Itália. Isso é o que conta. Há que se restituir a honra à Pátria enganada, demonstrar que os italianos não são covardes nem traidores, que os valores nos quais sempre acreditamos são sólidos.

Em breve voltaremos a nos ver, quando tudo mudar novamente. Você é a única que me entende, mesmo quando minhas decisões te deixam perplexa. Minha mãe e meu pai ficarão tristes e aborrecidos. Diga-lhes que os amo, mas que há coisas mais importantes do que meu amor e minha obediência. Viva o *Duce*, viva a Itália. Com o afeto de sempre, Nadia."

Era isto que Nadia estava preparando: uma fuga repentina e silenciosa, sem despedidas, choros nem recriminações. Eu deveria ter imaginado. Estávamos juntas alguns dias antes quando um carro passou com alto-falante por nosso prédio. Anunciava um discurso do *Duce* na Rádio Monaco e pedia aos italianos que a sintonizassem. Ficamos sabendo que havia sido preso e que depois os alemães o libertaram. Ela gritou para mim:

– Está vendo? Ele conseguiu, está bem.

Mussolini estava pronto para retomar as rédeas do destino da Itália. Sempre dissera isso. Nem tudo havia acabado com o dia 8 de setembro.

Ouviu as palavras do *Duce* agachada no chão, concentrada, com a cabeça apoiada no rádio e uma mão na bochecha.

"Após um longo silêncio, eis que novamente minha voz vos alcança, e tenho certeza de que a reconhecereis: é a voz de quem vos convocou em momentos difíceis e convosco celebrou os dias triunfais da Pátria."

O *Duce* acusa o rei e Badoglio de traição. Segundo ele, a Casa de Saboia é "o principal agente do derrotismo e da propaganda antialemã". Ainda agachada perto do rádio, Nadia anui com convicção.

Por sorte interveio o *Führer*, amigo e aliado leal que não o abandonou.

Nadia sorri.

A voz na rádio anuncia que pretende construir um novo Estado "nacional e social no sentido mais amplo do termo: ou seja, será fascista", diz, "no sentido de nossas origens".

Vejo-a estremecer. Olha para mim com satisfação. Era o que ela queria ouvir. Levanta-se e parece pronta para sair em disparada. Tem lágrimas nos olhos.

A voz da Rádio Monaco continua:

"Vós, esquadristas, reconstituí vossos batalhões que cumpriram feitos heroicos.

"Vós, Jovens Fascistas, alistai-vos nas divisões que devem renovar, no solo da Pátria, a gloriosa missão de Bir el Gubi.[36]

"Vós, aviadores, regressai a vossos postos de pilotagem, ao lado dos camaradas alemães, para tornar vã e dura a ação inimiga sobre nossas cidades.

"Vós, mulheres fascistas, retomai vossa obra de assistência moral e material, tão necessária ao povo. Camponeses, operários e funcionários de baixo escalão, o Estado resultante do imenso esforço será vosso, e como tal o defendereis de quem sonhar retornos impossíveis. Nossa vontade, nossa coragem e a vossa fé restituirão à Itália seu semblante, seu futuro, suas possibilidades de vida e seu lugar no mundo. Mais do que uma esperança, esta deve ser, para todos vós, uma suprema certeza. Viva a Itália! Viva o Partido Fascista Republicano!".

Ela me abraça. Sinto ternura. Não percebeu o quanto a voz do *Duce* mudou e se tornou hesitante; não é mais aquela que ouvíamos na Piazza Venezia. As palavras são guerreiras e altissonantes, o tom é de um homem desiludido, desalentado, exaurido pelos acontecimentos e pela prisão. Nadia continua a repetir:

– Ele voltou, ele voltou!

Com certeza ela tomou a decisão de partir nesse dia. Se o *Duce* ia para Salò, se ali estava reconstituindo o Estado fascista, ela só poderia unir-se aos camaradas e lutar com eles.

– Eu gostaria de me alistar, pegar em armas – disse-me; depois, acrescentou com realismo: – Sei que não será possível, mas você vai ver que serei capaz de lutar do mesmo modo.

Eu tinha prometido a Lina e tentei.

– Espere algumas semanas – eu lhe repetia, mas era pouco convincente. Deveria ter lhe dito que, para mim também, como para muitos, a guerra já estava perdida e que o *Duce* parecia ter ressurgido, mas não estava mais presente. Não a teria convencido. A consciência da derrota não é eficaz se a honra vem antes de tudo. Calei-me.

Após dois dias, eis o envelope com sua despedida.

---

[36] Localidade na Líbia onde a Itália lutou ao lado dos alemães em duas batalhas contra os ingleses. A primeira, em novembro de 1941, e a segunda, em dezembro do mesmo ano. [N.T.]

Anexada à carta, a foto de Ines Donati, a capitã, seu modelo de esquadrista e ídolo. Nesses anos, manteve-a emoldurada na parede de seu quarto. Deixou-me de presente.

Enquanto trabalho, as lágrimas me vêm com frequência aos olhos. O professor Bonaiuti percebe, atribui o fato à minha incerteza sobre o destino de Giulio e me consola a seu modo. "Os serviços postais não estão funcionando." "Ele deve ter encontrado refúgio em algum lugar." "Se tivesse acontecido alguma coisa grave, você já saberia", e assim por diante. Na realidade, não é a falta de notícias de Giulio que faz meu equilíbrio já extenuado desabar, mas a partida de Nadia. Em que aventura terá se metido, sem nenhuma segurança nem precaução? Pela primeira vez, não a segui, e Nadia não me pediu para acompanhá-la. Compreendeu. Não creio que o *Duce* vá conseguir, que o fascismo possa sobreviver. Nem sei exatamente o que é o fascismo atualmente. Não tenho as ideias claras como minha amiga. Sinto-me atordoada, desiludida e triste.

Sobre minha mesa no escritório encontrei um pequeno ramalhete de margaridas. Não daquelas compradas na floricultura – esse tipo de loja já não existe –, mas colhidas em um jardim e presas com um barbante. Nenhum bilhete. Pensei em Claudio Pergolesi. Certa vez me falou do jardim de sua mãe e das lindas flores que ela cultivava. Talvez ele também tivesse notado minha tristeza. Deveria agradecer-lhe? Mas se não tivesse sido ele, eu passaria um vexame enorme. Além do mais, se não havia dito nada nem deixado um bilhete é porque queria manter o anonimato. Assim, quando ele chegou com a habitual xícara de café para mim e para o professor Bonaiuti, eu não disse nada. As margaridas estavam em um copo com água, e eu tinha prendido uma na lapela. Meu humor não tinha melhorado muito, mas gostei de pensar que ele havia tentado.

26

Os meses de escuridão

—Vocês não imaginam o quanto são antipáticas. Sentam-se em uma poltrona e esperam com ar entediado; de vez em quando, dirigem a palavra aos maridos: "Querido, o que você acha? Gosta?". Mostramos um vestido atrás do outro, e elas nos observam com uma cara... E os maridos, então! Cheios de si só porque têm a carteira recheada. "Essa cor ficaria perfeita em você." "Não acha que está justo demais?" "De jeito nenhum, vai ficar ótimo." Naturalmente, não é verdade, mas dizem isso para agradar a esposa. A dona do ateliê de costura aproveita: "Basta um pequeno retoque. Com esse tom de pele, qualquer cor lhe cai bem." Com o chapéu aconselhado por ela, então, a senhora ficaria "elegantíssima". E as luvas. "Suas mãos são tão magras e refinadas; cobri-las com cetim branco as valorizaria..."

Ultimamente, conta Anna, também têm comparecido à loja as amantes e as esposas dos oficiais alemães.

– Passam horas arrumando os cabelos com René, o cabeleireiro da moda; adoram os vestidos e os tecidos italianos, compram de tudo, ficam loucas com nossas roupas íntimas, sentem-se patroas... como seus homens.

Algumas semanas atrás, minha irmã anunciou que tinha encontrado um emprego. Uma amiga – ela tem tantas – lhe dissera que no ateliê onde trabalhava estavam procurando uma estagiária, uma moça com disponibilidade para aprender e fazer os trabalhos mais simples. O salário era tão irrisório que podia ser definido como inexistente, mas o ateliê de costura era renomado. Fundado por três irmãs na Via Veneto – bairro dos grandes hotéis e dos pontos de encontro luxuosos, nos quais os alemães tinham as sedes de comando –, era frequentado pelas esposas dos dirigentes do partido, que mesmo durante a guerra não renunciavam a belos vestidos, chapéus da moda e roupa íntima refinada, e passavam muito tempo indo de uma loja a outra do bairro Ludovisi e aos faustosos jantares organizados para as cúpulas militares. As três irmãs faziam muito sucesso.

– Claro – dizia Anna a si mesma e a nós –, tenho diploma, depois da guerra vou procurar outro emprego, mas por enquanto posso experimentar. Se eu observar como se corta uma saia, tenho certeza de que vou saber fazê-la e, no final, ter algo novo eu também – acrescentara olhando para mim com ar de desafio. E, dirigindo-se à minha mãe: – Vou observar tudo com atenção, depois vou te dar novas ideias para os seus trabalhos. Vamos confeccionar juntas muitas coisas bonitas.

Ela estava decidida, e minha mãe, perplexa. Não pelo trabalho, que de todo modo traria um pouco de dinheiro ao sempre combalido orçamento doméstico. Não gostava do bairro que Anna passaria a frequentar. Na aparência, era o mais renomado de Roma, mas talvez justamente por isso não fosse tão seguro nem recomendável. Os romanos não consideram os alemães aliados como protetores, mas como ocupantes prepotentes dos quais se deve desconfiar. O comportamento da *Wehrmacht* abalou até mesmo sua notória apatia.

– As pessoas não os suportam mais – repete minha mãe sempre que volta das compras.

Algumas começam a reagir. Apenas alguns dias atrás, lançaram uma bomba contra os soldados que saíam do cinema Barberini, a dois passos do comando alemão. Oito mortos.

Anna teve sorte. As três irmãs a notaram, e não por sua precisão em fazer bainhas e pregar botões, mas por sua aparência. Tem pernas longas, corpo delgado, cabelos pretos, lisos e curtos, emoldurando um rosto que o nariz pequeno torna gracioso e os olhos grandes e muito escuros tornam intenso. Uma manequim perfeita para os modelos criativos e originais que elas propõem às mulheres da alta sociedade romana. Minha irmã fez uma prova com um vestido verde de cetim, justo, com um grande decote nas costas.

— Daqueles que a gente vê no cinema.

Elas ficaram entusiasmadas. Anna tinha um porte naturalmente elegante, disseram-lhe. Assim começou seu novo trabalho.

Ela o faz com seriedade, precisou de pouco tempo para adquirir competência em tecidos e modelos e, sobretudo, para imitar o comportamento régio de suas colegas. Agora sempre me dá lições de como me portar.

— Mantenha a cabeça erguida e olhe quem está ao seu redor como se você tivesse um segredo, algo de que somente você tem conhecimento e não vai revelar a ninguém.

Em resumo, Anna ganha dinheiro, mas, acima de tudo, traz um pouco de bom humor para os nossos três cômodos, a essa altura gelados porque falta carvão. Seus relatos sobre as amantes e as mulheres ricas dos dirigentes do partido e dos oficiais alemães são hilariantes. Ela imita os gestos, o italiano tosco e o comportamento arrogante deles até Antonio não se aguentar e se curvar de tanto rir; e minha mãe, que no início ouvia tensa porque sempre temia alguma encrenca em se tratando de Anna, também acaba se soltando. Admiro-a. Parecia uma moça irresponsável e leviana, que pensava apenas em se divertir, pintava os lábios de vermelho-fogo e dava confiança demais aos rapazes, mas, ao contrário, tem as ideias claras e, por trás de seu comportamento contestador, sabe o que quer. Por sorte ela também pode contribuir nesse momento. Com o que ganhamos, apesar do mercado e do racionamento, podemos nos sentar à mesa no almoço e no jantar. Refeições bem pobres, sem tempero. Um litro de azeite custa 1.700 liras, mais do que meu salário. Para condimentar a comida, minha mãe utiliza a água dos tomates e um pouco de sal. Usa muita cebola, descobriu que dão sabor a tudo.

Todas as manhãs, caminha até o mercado da Ponte Milvio e do bairro Triunfale. Certa vez, depois de duas horas na fila, conseguiu uma couve, que dividimos com Lina em troca de três batatas. A carne ultrapassa 200 liras, só a comemos em ocasiões especiais; a farinha, mais de 180 liras o quilo. Nesse momento, felizmente é tempo de castanhas, que tampam o vazio do estômago. O carvão acabou. Para nos aquecermos em casa, vestimos duas malhas e o sobretudo.

Todos procuramos o que comer. Roma é um grande, desolado e degradado mercado, onde a comida é negociada, escondida, trocada;

um ovo pode ser causa de brigas, um pedaço de toucinho é obtido com ameaças, a farinha é escondida em saquinhos nas bolsas e mantida junto ao corpo como se fosse ouro. Às vezes, vence a exasperação. Disseram-me que as mulheres andam assaltando as padarias em busca de farinha. Têm razão, disse minha mãe. É claro que têm razão, acrescentou Anna.

Ela está indignada. Conta que nos hotéis da Via Veneto, onde estão os comandos alemães, toda noite há banquetes com comidas e vinhos inimagináveis, e o que sobra é jogado no lixo. A possibilidade de ir de bicicleta até os limites da cidade para tentar arranjar alguma coisa com os camponeses também foi para o brejo. Já não se pode andar de bicicleta, os alemães proibiram o transporte em duas rodas, e a essa altura os camponeses têm muito pouco para vender. As tropas que passam pelos campos saqueiam tudo. Eles também começam a passar fome.

No trabalho, tudo vai mal. Até alguns meses atrás, parecia-me seguro e até satisfatório, mas agora me pergunto até quando poderá durar. O Ministério foi transferido para Salò. Ali está o novo ministro, ali são tomadas as decisões. O grande edifício do Viale del Re ficou para a administração ordinária e se esvaziou parcialmente. Não é mais dali que se dirigem as escolas, as universidades e os centros de pesquisa nem se orienta a cultura do País. Pelos corredores, já não se encontram os intelectuais, os literatos, os filósofos; permanecem apenas os arquivos, os documentos e os funcionários que não foram transferidos e que trabalham o mínimo possível. Continuo a ir para lá todas as manhãs, mas me sinto inútil e deslocada.

Ao meu redor há o vazio. O professor Bonaiuti não quis unir-se ao ministro em Salò, como lhe havia sido solicitado e como outros funcionários fizeram, e pediu para se aposentar. Não entendi direito qual desculpa apresentou, mas não conseguiu ser convincente.

– Levaram para lá uma porção de gente, dobrando o salário e oferecendo refeições gratuitas nos restaurantes – resmungou com seu eterno charuto na boca –; se pensam que vão me comprar desse modo, estão enganados; não quero me meter com os alemães. O *Duce* se iluda se pensa que se comportarão de modo correto; desejo-lhe muito sucesso.

Nesse quinto inverno de guerra em nossas vidas, caiu uma névoa pesada. Roma é submetida às leis alemãs. Mediante um decreto afixado nos muros, os romanos foram advertidos de que "toda greve é proibida", que eventuais opositores serão "julgados e fuzilados com julgamento sumário". Os alemães estão decididos a garantir a calma e a disciplina. Quem for surpreendido com uma arma será morto.

O toque de recolher nos faz correr para casa, os passos cadenciados das tropas alemãs ecoam pelas ruas, os rastros da fome estão no rosto de muitos, mesmo de quem mantém certo decoro nas roupas e no comportamento. Por toda parte, mendigos, gente desorientada, sem-teto em busca de um refúgio nos porões e vestíbulos, mulheres caminhando apressadamente, apertando contra o corpo a bolsa na qual conseguiram guardar algo para comer, crianças tristes que já não podem brincar nas calçadas. Houve uma invasão dos habitantes de Ostia, pois havia se espalhado o boato de um desembarque de anglo-americanos na região. Nesse momento, eles também acampam nas ruas. Sem falar dos alarmes repentinos, do rumor das caminhonetes que passam a toda velocidade e daquele das bombas que, mais próximas ou mais distantes, não param de cair. E as notícias de prisões inesperadas e inexplicáveis. Ontem voltei para casa correndo, soldados alemães tinham cercado um edifício na Via Arenula, onde entraram arrombando o portão. Após alguns minutos, de lá saíram com dois homens com as mãos sobre a cabeça e os puseram em uma caminhonete. Dois jovens. Traidores? Desertores? Dizem que vão mandá-los para os campos de trabalho. Estão precisando de mão de obra na Alemanha. É a compensação exigida por nossos aliados em troca da ajuda contra os anglo-americanos. Ouvi dizer que esses episódios são frequentes. Cercam um edifício, entram, fazem todos sair, homens, mulheres, velhos, crianças; depois, põem os homens em uma caminhonete e os levam embora.

Dois meses atrás, no dia 16 de outubro, percebi que estávamos à mercê de nossos aliados. O *Duce* nos havia entregado a eles. Foi quando os alemães esvaziaram o Ghetto. Espalharam-se nas ruelas com as armas prontas para disparar, entraram nos pátios, invadiram as lojas, os pequenos apartamentos e levaram todos embora. Para onde, para qual destino?

– O Professor estava certo – comentou minha mãe na manhã seguinte, pensando na família Piperno, que, cinco anos antes, quando haviam sido promulgadas as leis raciais, partira para a Argentina. – E eu que pensei que havia sido uma decisão exagerada.

A mim também a decisão dos Piperno havia parecido excessiva. Agora acho que foi sábia. Envergonho-me, sinto-me cega e estúpida.

O pequeno armarinho onde minha mãe comprava os novelos de lã e os carretéis de linha está fechado. A dona, uma viúva, e suas duas filhas gêmeas de 10 anos desapareceram. As escolas e jardins de infância estão vazios. Como se tivessem mandado trabalhar na Alemanha também as crianças. Quando passo pela Via Arenula para chegar à Ponte Garibaldi, evito olhar para a esquerda. Há um silêncio ensurdecedor e um vazio pesado. Vem dos chafarizes secos, das lojas vazias, das janelas fechadas. Apresso-me. Esforço-me para não entender, não pensar. Não consigo. Quando penso nos alemães, pego-me praguejando: "Malditos". A angústia não passa nem mesmo no Ministério; nos corredores já se ouve o eco dos passos, as duas grandes escadarias que levam ao primeiro andar ficam quase sempre desertas. Resta a biblioteca. As duas pessoas que deveriam cuidar dela pouco se importam, os livros consultados permanecem durante dias sobre as mesas, mas ali sempre posso me refugiar. A essa altura, tenho muito pouco que fazer no escritório. O professor Bonaiuti desafoga seu sarcasmo e seu pessimismo. Percebeu que muitos esperam a chegada dos anglo-americanos com impaciência.

– Acham que vão ser liberados. Dos alemães, pode até ser; talvez vão mesmo embora, mas a ordem, a nossa ordem acabou. Apenas o fascismo podia fazer dos italianos um povo forte ou, pelo menos, não tão fraco, mais disciplinado, mais obediente aos valores. Os americanos? Filme e goma de mascar.

Seja como for, ele se aposentará antes da chegada deles. Assistirá ao que vai acontecer como cidadão livre, diz.

Quando Claudio Pergolesi vai ao Ministério, sempre encontro em minha mesa um ramalhete de flores. Agora tenho certeza de que é ele quem as leva, mas continuo a não dizer nada. Seria constrangedor justamente porque me sinto muito lisonjeada. Suas gentilezas nunca são invasivas – ele sabe muito bem que tenho um noivo na linha de frente – e me agradam. Fico à espera delas e me entristeço quando seus compromissos o afastam do Ministério. Nos últimos dias, embora mantenha um comportamento sereno, está preocupado. O professor Bonaiuti me disse que ele está pensando em voltar a trabalhar na empresa da família.

— Seria uma pena — resmungou —, perderíamos um funcionário de valor.

Está chateado. Percebi o quanto sua amizade se tornou importante também para mim. Alguns dias atrás, encontrei-o ao pé da grande escadaria.

— Eu a estava esperando para acompanhá-la até sua casa.

Não respondi, mas fiquei contente. Para uma moça, caminhar sozinha por Roma tornou-se perigoso. Senti-me mais segura, mas sobretudo mais alegre. Poderia ter lhe perguntado a respeito de suas decisões, mas não o fiz. Atravessamos a ponte sobre o Tibre, desafiando um vento forte de tramontana, que freava nossos passos. Contrapor-se às rajadas criou uma atmosfera de intimidade. Contei-lhe o que significa para mim a passagem cotidiana sobre a ponte, como os meus pensamentos se libertam e eu consigo dar livre curso a devaneios, projetos e brincadeiras.

— Então, podemos ficar em silêncio até o fim — disse-me —, assim, a senhorita pode pensar o que quiser, não vou incomodá-la. — Rimos. — Sei que mora no Largo di Torre Argentina, passo todas as noites por ali quando volto para casa. Meu apartamento fica bem na frente do Pantheon; vou para lá quando não durmo na casa dos meus pais. Eles moram em Montesacro. Minha mãe não renunciaria a seu jardim e às suas flores por nada nesse mundo.

Conforme descubro, eu também sei me mover pelos caminhos atraentes da ambiguidade.

— É bom — respondo, olhando em seus olhos — ter um jardim. Uma flor recém-colhida e um café podem melhorar até os dias mais sombrios.

Rimos novamente. Chegamos do outro lado da ponte. Despeço-me dele carinhosamente, mas com pressa. Não quero prolongar por mais tempo nossa proximidade.

150 gramas de pão

O CEMITÉRIO de Piskarevsky, em São Petersburgo, abriga os corpos dos 50 mil que não sobreviveram ao cerco das tropas nazistas. Não há lápides, nem nomes, nem cruzes que relembrem essas pessoas. Os mortos jazem juntos, sem nenhum sinal de reconhecimento pessoal, e justamente o anonimato torna mais trágica e intensa a mensagem do cemitério.

Antes de entrar no imponente espaço branco (eu o vi debaixo de neve), atravessei um salão circular. Continha poucos objetos que recordavam aqueles terríveis meses. Em uma vitrine, um pedaço de pão escuro, de 125 gramas, ao qual os habitantes tinham direito durante o cerco.

Nos últimos anos da guerra e da ocupação alemã, os italianos podiam contar com uma ração de 150 gramas. Cento e cinquenta gramas, em grande parte de centeio e serragem, reduzidas a 100 pelos ocupantes após o atentado de Via Rasella[37] em Roma, em 1944. Com o que é concedido pelo racionamento, chega-se a um terço das necessidades calóricas diárias. Arranjar o restante, impedir a morte por fome e inanição é tarefa das mulheres.

---

[37] Ação da Resistência Romana, realizada em 23 de março de 1944, contra um destacamento das forças de ocupação alemãs. [N.T.]

A fome é enorme. A partir de 1943, o problema se torna dramático para grande parte da população urbana, e toda energia é empregada na busca por alimentos.

Os quilômetros percorridos na cidade sob a opressão da ocupação alemã, a farinha escondida na bolsa, o temor de não ter o que comer no dia seguinte, a exaustão. São as mulheres que buscam nas feiras e no mercado clandestino o que se adiciona às magras rações previstas pelo regime. Como faz Ida, a inesquecível protagonista de *La Storia*,[38] de Elsa Morante.

Compram das camponesas que levam para a cidade o que excede seu consumo e passam horas dedicando-se a permutas meticulosas, aquisições ponderadas. Depois, em casa, a rígida subdivisão, dia a dia, do que conseguiram obter. Em seguida, outras trocas com as vizinhas, provisões debaixo da cama, economias até o limite máximo possível. O mercado feminino, informal, mas assíduo, contínuo e cada vez mais difícil, garante a sobrevivência.

Algo muda. As mulheres pacientes e confiantes, apoiadoras do regime, prontas a sacrificar a si mesmas e até os próprios filhos, começam a ter dúvidas. Desse modo, a mesma ração de pão em São Petersburgo e em Roma acaba provocando duas reações diferentes. Na cidade soviética, a resistência ao inimigo se torna mais forte, decidida e envolve grandes personalidades contrárias ao regime stalinista, como Anna Akhmátova e Dmitri Shostakovitch. Já na Itália, a relação com o regime se deteriora profundamente.

Em certo dia de 1944, em Roma, a padaria da Via dei Giubbonari é assaltada. As mulheres arrombam a porta e saem com os aventais e as cestas cheias de farinha. Os assaltos continuam. Em Borgo Pio, um caminhão de farinha torna-se alvo, e a milícia que faz sua escolta não consegue reagir. Depois é a vez do moinho Tesei, no bairro Portuense. Dizem que produz pão branco para os alemães. As mulheres pegam toda a farinha que conseguem até a chegada da polícia alemã. Conseguem escapar, mas dez são mortas, e os cadáveres, expostos no parapeito da Ponte di Ferro.

---

[38] MORANTE, Elsa. *A história*. Tradução de Wilma Freitas Ronald de Carvalho. Rio de Janeiro, Record, 1974. [N.T.]

Em 3 de maio, o assalto a uma padaria de Tiburtino III. Atingida por uma rajada de tiros, disparados das metralhadoras dos militares, morre Caterina Martinelli, mãe de sete filhos. Tem seis baguetes na bolsa e, nos braços, a filha nascida há alguns meses.

A fronteira entre a luta contra o fascismo e a luta contra a fome nos primeiros meses de 1944 torna-se cada vez mais sutil. Quase indistinguível.

27
Uma carta

Batem à porta, Anna vai abrir correndo. A essa hora de domingo, geralmente é uma de suas amigas que passa para buscá-la.
– Senhorita Carucci? – pergunta junto à porta uma voz masculina.
– Sim, sou eu.
– Tenho uma carta para a senhorita.
– Para mim?
– Sim, para Mara Carucci.
– Então, é para a minha irmã. Entre.

Estou na cozinha, ouvi a conversa e me precipito. Diante da porta está um jovem de rosto fino e gentil, olhos amendoados, de um azul tendendo ao cinza, olhar tranquilo e perspicaz, com o chapéu na mão.
– Bom dia – diz, estendendo-me um envelope –, tenho uma carta de Giulio Mangelli para a senhorita.

Pego o envelope amarrotado, murmuro um "obrigada". Meu coração dispara, penso: Giulio está salvo. Anna convida o desconhecido para entrar, e ele se dirige à cadeira apontada por minha irmã. Notamos que arrasta uma perna.
– Sim, fui ferido – antecipa-se –, uma perna quase esmagada, o pé, por sorte, íntegro, e agora manco. Seja como for, essa perna que me fez sofrer acabou me salvando de um destino pior. – Sorri. Continuo com o envelope na mão. Estou atordoada. Não sei se devo sair ou abri-la diante de Anna e do desconhecido. Ele se apresenta. – Sou Marco Vallini, eu também era subtenente na Grécia, com Giulio, estávamos no mesmo

regimento, ficamos amigos. Ele está bem, mas escondido, não pode mais lhe escrever. Fui ferido, repatriado e reformado. Como veem, posso me movimentar, embora com alguma dificuldade. – Sorri de novo.

Anna o faz sentar-se, não temos nada para lhe oferecer. Ele é desenvolto e parece sereno, tem olhos atentos, penetrantes, prontos a captar qualquer nuança. Pede um copo d'água, vê que estou paralisada, que deve esperar alguns instantes, e acende um cigarro.

– Giulio me deu o endereço de vocês, também tenho uma carta para os pais dele, mas preferi passar primeiro aqui.

Consigo murmurar um novo e fraco "obrigada". Anna fala por mim.

– Agradecemos por ter vindo. Deve ter sido terrível na Grécia. Sabemos pouca coisa... pode imaginar, faz um bom tempo que Mara não tem notícias de Giulio. Ele está salvo, vocês estão salvos, ainda bem. Gostaríamos de saber um pouco mais. Se ainda tiver alguns minutos...

Conheço o comportamento de Anna. Já o presenciei no caso do fugitivo escondido na casa de Assunta. Deixa o interlocutor à vontade, incentiva-o a falar. Enquanto isso, decide se a pessoa que está à sua frente merece ou não sua confiança. No segundo caso, encontra um jeito de despachá-la rapidamente; no primeiro, toma-a sob sua proteção. Marco Vallini faz parte da primeira categoria. Está claro que agrada a ela. Sentamo-nos, ponho o envelope na mesa e apoio a mão sobre ele. Vou lê-lo mais tarde. Por enquanto, sei o essencial. Giulio está vivo e não foi ferido. Ergo o olhar para onde antes estava o retrato do *Duce* e me surpreendo ao pensar: "Ainda bem que o tiramos". Não sei por quê, mas tenho a impressão de que Marco Vallini não gostaria de ver aquela foto.

A certa altura, nem mesmo nós gostávamos mais dela e a tiramos da parede onde sempre havia estado. Foi alguns dias depois das buscas no Ghetto. Ficamos sabendo e ouvimos que os alemães entraram lá e levaram embora um bom número de pessoas; aliás, nas ruas próximas, não se falava de outra coisa, mas um dia Antonio, que sempre sai para passear com Chisciotta, aventurou-se em suas vias. O bairro estava completamente vazio, contou-nos, até as janelas estavam trancadas. No entanto, alguns portões estavam abertos, e ele entrou, tocou as campainhas, mas não encontrou ninguém. Para onde tinham ido todos? Meu irmão ficou perturbado. Minha mãe empalideceu. Anna desatou a chorar. Então, era verdade. Todos os judeus italianos haviam sido expulsos, mandados sabe-se lá para onde. Mussolini havia apoiado seu aliado e sacrificado quem pertencia a seu povo. A verdade que sempre soubemos e negamos ficou clara para nós de repente. Relembramos o rosto de Sara antes da partida, o pavor que nem mesmo a ansiedade com a viagem conseguia afugentar dos olhos dos três meninos Piperno. Foi então que Anna, em meio ao silêncio de todos nós, pegou uma cadeira na cozinha, subiu nela e tirou o retrato do *Duce* da parede. Nela, agora só há a marca deixada pelo tempo.

Marco Vallini fala lentamente e com familiaridade, como se faz entre amigos. Enquanto esteve no hospital na Grécia, Giulio, por meio de seu amigo advogado, mandou-lhe as duas cartas que agora ele entrega aos destinatários. No dia 8 de setembro, conta-nos, a situação era muito grave.

O relato do amigo de Giulio é conciso, porém, mais terrível do que eu pudesse imaginar. Com a notícia do armistício, os alemães exigiram a entrega das armas, e os generais obedeceram. O destino das tropas era a prisão e os campos de trabalho na Alemanha. Alguns tentaram se rebelar, mas havia pouco a fazer.

– Tínhamos de seguir os alemães, a menos que aceitássemos jurar no mesmo instante pela República Social. A maioria de nós queria permanecer fiel ao rei e tinha entendido que a guerra já estava perdida.

Ele e Giulio perceberam tudo de imediato e planejaram fugir juntos na primeira etapa de transferência. Na noite anterior à fuga, foi atropelado por uma caminhonete alemã que passava a toda velocidade, sem se preocupar com os obstáculos. Caiu e quebrou a perna. Uma desgraça que se revelou uma sorte. Não podia mais se mover e foi transferido para o hospital mais próximo. Na manhã seguinte, Giulio conseguiu fugir sozinho. Depois, por intermédio de seu amigo advogado, entrou em contato com ele e, quando soube que ele seria repatriado, mandou-lhe as duas cartas. Marco havia retornado a Roma, onde vivia com os pais em uma casa na Via Nomentana, e veio até nós. Depois, entregaria a outra carta aos pais de Giulio, no andar de baixo.

Anna e eu o ouvimos. Suas palavras são sóbrias e atentas, as opiniões, ponderadas. No entanto, em seu relato, há algo que eu não esperava e nunca tinha ouvido antes. Nenhum sinal de patriotismo, quando muito, ódio pela guerra, desprezo pelos chefes do exército, desilusão. É possível entrever uma raiva controlada apenas porque ele não quer assustar duas moças que acabou de conhecer. De todo modo, suas palavras nos desnorteiam. Tenho vontade de ficar sozinha. Anna se oferece para acompanhar Marco à casa de Lina e Vincenzo. Ela também pega o sobretudo e, após meia hora, da janela a vejo caminhar na rua ao lado do novo amigo. Decidiu acompanhá-lo por um trecho. Ele manca até mais visivelmente do que me parecera, mas ainda conversa e sorri. Parecem cúmplices. Devem concordar sobre muitas coisas – penso –, a começar pela inutilidade da guerra, pelos erros dos generais, pelo perigo da aliança com Hitler, pelas mentiras da imprensa. Devem falar do *Duce*, e Anna certamente não esconderá suas opiniões sobre o fascismo; vai lhe dizer o que pensa. O novo amigo também me pareceu mais do que crítico. Estava quase contente com a desgraça que lhe havia permitido afastar-se. Seja como for, nesse momento se apoiava com familiaridade no braço de Anna, e ela se mostrava protetora e brincalhona. Ainda voltaríamos a ver Marco Vallini, eu tinha certeza.

Estou sozinha, tenho em mãos o envelope que me foi entregue. Gostaria de ir para o quarto, sentar-me na cama e abri-lo com calma. Não consigo. Rasgo-o com rapidez, com mãos impacientes, logo vejo que são poucas linhas. "Caríssima Mara, não sei se você vai aprovar o que fiz, mas eu não tinha outra possibilidade. A escolha era entre a prisão e a desonra, o campo de detenção na Alemanha ou a obediência a um exército estrangeiro. Minha boa estrela me deu uma terceira possibilidade: a fuga e o afeto de uma família amiga que me protegeu e escondeu. Se eu conseguir voltar, se nos revirmos um dia, devo isso a eles. Espero que tenha conseguido acalmá-la. Estou bem, minha vida agora está tranquila. Até comecei a trabalhar. Ajudo Stavros – esse é o nome do meu amigo – em seu trabalho. Já consigo me virar um pouco com o grego e posso lhe dar uma mão, embora eu tenha de estar vigilante e atento. Suas três mulheres – assim Stavros chama a mulher Olimpia e as duas filhas, Urania e Elena – me consideram alguém da família. Para o filho mais novo, Ioannis, sou um irmão mais velho. Não fosse pela preocupação com o que está acontecendo na Itália, poderia lhe dizer que estou sereno. Pode tranquilizar minha mãe. Você tinha razão: os tempos da guerra são longos e imprevisíveis. Espero poder te escrever em breve. Um forte abraço, Giulio."

Leio a carta várias vezes, deveria ficar feliz, Giulio está salvo. Tento, mas estou decepcionada. Ele deve ter passado dias terríveis, provavelmente é difícil para ele reconstruir em poucas linhas uma intimidade afetuosa, mas eu esperava mais ternura. Não se preocupou em perguntar sobre mim, em aludir a nosso futuro, em falar do nosso amor. Parece apressado, como se tivesse de cumprir um dever. Acalmou-me, de fato estou mais tranquila, mas também incerta e vazia. O medo enorme e inconfessado passou, mas algo mais também se esvaiu. Olho para a carta e choro. Detesto sentir autocompaixão, mas, desta vez, não consigo evitar. A vida que se passou na espera, os projetos sempre adiados, as decisões suspensas. Sinto inveja de Nadia, que teve coragem de partir, de largar tudo para ir em busca do que quer. Que importa se é algo errado?

Sinto inveja de Anna, que já vive em um futuro que eu nem sequer imagino, mas que ela já possui. É só uma questão de tempo, e ela o viverá plenamente.

Sinto inveja de tia Luisa. Ela viu seu mundo desabar. Deveria sentir-se derrotada, mas já começa a deixar os arrependimentos para trás. Suas opiniões são mordazes e não poupam ninguém. "O rei traiu", "Mussolini errou", "Os alemães ocuparam nossa pátria", "Um mundo acabou". Depois, acrescenta: "Temos de aprender a viver no novo e a levar também para ele a nossa força e os nossos valores".

Ainda não vejo o mundo novo, mas ela reconhece seus primeiros sinais. Tio Edgardo foi contatado por um grande construtor romano. Quando a guerra acabar, haverá muito o que fazer, e há quem já esteja pensando nisso. Não grandes obras, pontes, monumentos e estações, mas casas, apartamentos, bairros populares. É disso que os italianos vão precisar. Minha tia começou a fazer parte de uma associação de mulheres católicas que se ocupam dos órfãos. Há inúmeras crianças sem pais, e certamente haverá outras até o fim do conflito. Segundo ela, nessa guerra que nos divide, os católicos são os únicos a levar em conta a vida das pessoas, os únicos em quem se pode confiar.

Sinto inveja até mesmo da minha mãe, da tenacidade com que todos os dias enfrenta as dificuldades, da certeza de estar do lado certo, da confiança de poder resistir até tudo acabar:

– É claro que não vai poder continuar assim – repete. Depois: – Esses aí não são aliados coisa nenhuma, são uns carrascos.

Não é preciso que explique que se refere aos alemães; o comportamento deles e o medo opressor que impuseram a Roma já são os principais temas das nossas conversas. Minha mãe anda indignada, e Anna, irritada. Tia Luisa repete:

– Eles hão de partir, hão de partir.

Eu também os odeio, mas com resignação; não consigo pensar além do meu dia, além da rotina dividida entre monotonia e temores. Cresci acreditando na ordem, nas leis, no espírito de sacrifício, nos deveres para com a família e a Pátria. Sacrifiquei muitas coisas por tudo isso. Inclusive o que eu tinha de mais precioso, o amor pelos estudos, a paixão pela escrita. Havia o *Duce*. Agora ele está distante. São as tropas alemãs que falam por ele. O que perdi, o fascismo, a confiança em um futuro ordenado e benévolo, já não posso recuperar. Começo a pensar que nem mesmo Giulio me será restituído. Está salvo, mas diferente. Sua carta me mostrou a distância existente entre nós. Tenho dificuldade para me lembrar do seu rosto, da paixão dos seus beijos, da emoção dos nossos encontros. Desde outubro de 1940, quando descobrimos nosso amor, passaram-se mais de três anos, e estivemos juntos por menos de três meses. O que eu sentiria se ele voltasse hoje? O amor tornaria a ser o mesmo de antes da guerra? Não sei.

Guardo a carta de Giulio em um livro. Não vou responder de imediato. Não saberia para onde enviá-la. E não sei o que lhe dizer. Tenho de encontrar a verdade e as palavras certas. Estou com uma grande dor de cabeça. Ouço Anna abrir a porta.

28
Tenho de obedecer aos meus desejos

"Você se lembra, Mara, de quando ouvimos Badoglio anunciar o armistício? Nosso coração parou. Não acreditávamos, não queríamos aceitar o que havia acontecido... Tínhamos sido Filhas da Loba,[39] Pequenas e depois Jovens Italianas, tínhamos crescido acreditando na disciplina, no amor pela família e pela Pátria. O *Duce* era nosso pai, queria nosso bem e não podia errar. Nem mesmo a guerra nos assustou. Não fomos para a linha de frente; a nós, mulheres, isso não era permitido, mas enfrentamos o racionamento, os bombardeios, o blecaute. Convencidas de estar do lado certo. Sem medo porque, no fim, conseguiríamos. Porém, a Itália abandonada, os aliados traídos, nossos soldados na África, na Grécia, na Rússia, sozinhos e à mercê dos inimigos, tudo isso estava distante de qualquer pensamento nosso. Quando o inimaginável aconteceu, vi apenas a escuridão ao meu redor. Ela caiu, espessa, opressora, insidiosa, envolveu-me, fez-me prisioneira. Fugi, queria de novo a luz e a encontrei."

Nadia me escreve de Veneza. No envelope, junto com três folhas datilografadas – ela se tornou uma boa datilógrafa –, também encontro uma foto. É ela de uniforme. Saia cinza-esverdeada, alguns centímetros

---

[39] Organização criada pela Obra Nacional Balilla para os mais jovens (até os oito anos). A denominação se referia à Loba Capitolina, emblema e símbolo da cidade de Roma. [N.T.]

acima dos joelhos, casaco austero, uma parca com quatro bolsos, a boina. A boca está séria, os olhos claros são os de sempre: generosos e prepotentes, emitem a luz da convicção. A mesma que emerge da longa carta que leio de um só fôlego enquanto subo a escada.

Até o momento, Nadia me escreveu apenas cartões-postais apressados, que me permitiram entender pouca coisa. Tal como ela esperava, havia sido acolhida entre as voluntárias da nova República fascista, realizou diversos trabalhos e parecia serena. Como muitas que haviam feito a mesma escolha. "Somos em número muito maior do que eu imaginava", diz. Havia sido utilizada de acordo com as necessidades. Na nova República, havia datilógrafas, radiotelegrafistas, enfermeiras, cozinheiras, costureiras. Ela era datilógrafa. Não era o que desejava, mas não importava, qualquer trabalho e qualquer salário estavam bons, ela estava entre os camaradas, no lugar onde se lutava e onde os valores eram aqueles nos quais sempre havia acreditado. Ainda tinha o desejo de ir para a linha de frente, de ser admitida entre os soldados, mas havia compreendido que, por enquanto, teria de se calar e obedecer; mais cedo ou mais tarde, algo mudaria. De fato, após apenas alguns meses, a virada.

Em 18 de abril, há poucas semanas, o *Duce* instituiu por decreto uma unidade do exército inteiramente feminina para as mulheres entre 18 e 45 anos. Muitos se opuseram, conta Nadia, mas, por sorte, Ele não se deixou dissuadir e deu esse grande presente às mulheres italianas. Elas também podem ser integradas ao exército em um dos três novos setores femininos: o Serviço Auxiliar, as Brigadas Negras e a Décima Mas.[40] Ela foi recrutada entre as Auxiliares, não vai lutar, mas estará perto dos soldados na linha de frente, na assistência nos hospitais, nos locais de abastecimento, nos depósitos de carga e descarga de mercadorias, na propaganda. A vida das Auxiliares é idêntica à das tropas, usam o mesmo uniforme e são ordenadas de acordo com a hierarquia militar. Nadia esteve em Veneza para o treinamento. Eram seis mil. Vindas de toda a Itália e divididas em seis cursos.

---

[40] Sigla de *Motoscafi Armati Siluranti* (barco a motor com torpedo). A Décima Mas foi uma unidade militar independente da Marinha Nacional Republicana da República Social Italiana, que atuou entre 1943 e 1945. [N.T.]

Está entusiasmada. O que tanto havia desejado se concretizou. Nadia é uma soldada, está entre aqueles que defendem a Itália na linha de frente.

"Agora já não fico vermelha de vergonha pela desonra causada à Pátria por tantos homens, não abaixo a cabeça diante da vergonha dos soldados que fugiram de seu dever. Posso me sentir orgulhosa."

A seleção das Auxiliares foi severa. Os rigorosos treinamentos não a assustaram; ela era uma *orvietina*, estava habituada mais do que as outras ao exercício físico. Rebelde e obstinada como é, não temeu nem mesmo a rígida disciplina à qual é submetida e me descreve com alegria a austeridade do regulamento. "Cabelos sempre em ordem, disseram-me; por isso, cortei-os ainda mais curtos. Minha mãe ficaria horrorizada, sem boina pareço um homem. Nada de batom, mas quem é que já o usou? Obediência absoluta, não me custa muito, estou fazendo o que quero. Não podemos procurar nem aceitar a companhia dos homens. Com o que aconteceu em 8 de setembro e com a prova de covardia que nos deram, não é uma grande renúncia. Nada de cigarros, e isso, como você bem sabe, desagrada-me um pouco."

Nadia dedica as palavras mais entusiasmadas à sua comandante. "Você ia gostar muito dela. Chama-se Piera Gatteschi Fondelli, uma aristocrática alta e bonita", escreve, "uma mulher superior. Disse ao *Duce* que era o momento de dar às mulheres um papel mais importante na defesa da Itália. Se os homens têm de lutar na linha de frente, muitas de suas tarefas podem ser confiadas às mulheres, que são capazes e mostraram dar muito mais importância à honra do que os outros. Imagine, Mara, que no dia 25 de julho – você se lembra do quanto choramos em mais esse dia terrível? –, nossa general, a primeira general de brigada feminina, recusou-se a obedecer às ordens de Badoglio e do rei. Severa, convicta. Quando a vi com Mussolini e os altos dirigentes do partido fascista no palco, durante o juramento, senti-me orgulhosa e percebi que tinha feito a escolha certa. Todos a olhavam com respeito e deferência. A começar pelo *Duce*, que nutre por ela uma grande estima, e você sabe como é difícil para nós, mulheres, ter a consideração dos homens. Percebi que eu estava no lugar certo, que tinha feito a escolha que devia ser feita e a perseguiria até o fim."

Nadia espera ser mandada para a linha de frente. Não é impossível; embora às Auxiliares não seja consentido o uso de armas, possuem pistola, treinam e certamente seriam úteis. Espera ser empregada também contra "os bandidos". Nas terras do Norte, escreveu-me, começa a haver muitos deles. Homens cruéis, mas entre eles também há mulheres que agem em grupo, com chefes que permanecem à sombra e contam com a ajuda dos anglo-americanos. Chegam de surpresa, agridem sem piedade, pegam as armas e matam. Depois, voltam a seus esconderijos na montanha ou encontram refúgio no anonimato das cidades e junto a protetores poderosos e insuspeitos. Suas emboscadas, que a essa altura se tornaram contínuas, favorecem o avanço do inimigo. Por isso, é essencial detê-los. São animais, escreve Nadia, dominados apenas pelo ódio ao *Duce* e pelo desprezo pelo fascismo. O governo da República Social tentou amansá-los, propondo-lhes o retorno às fileiras fascistas. "Eu mesma colei cartazes nos muros com esse convite. Nada feito. São educados para o ódio e estão interessados apenas em difundi-lo. Toda ação deve servir de exemplo para a população, deve fazer entender que estão dispostos a tudo. Não se limitam a matar e a pegar as armas dos mortos. Aterrorizam, chegaram a arrancar os olhos das vítimas; disparam nas pernas até transformá-las em uma papa, torturam os prisioneiros impiedosamente antes de lhes darem o golpe final. Depois, deixam os corpos torturados bem à mostra. Eu gostaria de encontrá-los pela frente. Usaria a pistola e vingaria muitos camaradas." Despede-se de mim com o lema das Auxiliares: "Honra e pátria".

Difícil não se deixar envolver pela determinação da minha amiga. Se eu não soubesse que os anglo-americanos já estão perto de Roma, que prosseguirão rumo ao Norte e que também a República Social cairá. Se não estivesse claro para mim que os bandidos mencionados por Nadia estão muito mais espalhados do que ela imagina, que têm o apoio de todos aqueles que querem o fim da guerra e odeiam os alemães. Agem não apenas no Norte, mas também em Roma. Todos os dias chegam notícias de bombas e atentados. Algumas semanas atrás, ouvimos um grande estrondo, seguido por outros, menores. A algumas centenas de metros de nossa casa, na Via Rasella, os bandidos explodiram uma bomba à passagem de uma coluna de soldados alemães. Segundo dizem, entre eles também havia uma mulher. Trinta e três mortos. Em Roma, são chamados de *partigiani* e têm o apoio de muitos que permanecem em silêncio, mas só estão esperando a chegada dos americanos para aparecerem. Por isso, tenho medo. A felicidade de Nadia me deixa tensa e inquieta.

Ela se engana, não vê com lucidez o que está acontecendo. No entanto, penso que fez bem em seguir seu sonho. Será que quem se engana também tem razão? Depois de ler sua carta, pensei justamente nisso. Nadia está errada porque não vê que tudo está perdido, não vê os erros do *Duce* que todos nós, ao contrário, estamos percebendo – até tia Luisa, que era uma fascista convicta –, mas tem razão porque fez o que considerava certo, teve a coragem e a audácia de errar, de ir até o fim, de obedecer às suas convicções. Manteve-se leal ao que tínhamos decidido juntas em nossas conversas de adolescentes. Arriscar-se sem se deixar abater pelas dificuldades. Eu não consegui. A escrita e o estudo eram a minha vida, e eu os abandonei. Com raiva e arrependimento, mas os deixei de lado. O que aconteceu? Perdi-me no trabalho no Ministério, no esforço cotidiano que a guerra nos impôs, em um amor que está há muito tempo distante. Ou então, fui paralisada pelo medo do julgamento dos outros, pelo temor de não conseguir. No entanto, minha mãe nunca me colocou nenhum obstáculo. Meu pai tinha orgulho de mim. Tia Luisa ainda me pergunta: "Mara, não tem nada para eu ler? Eu gostava das suas histórias". Nadia dizia a todos que tinha uma amiga muito competente, que se tornaria uma escritora. Até mesmo Anna falava às suas amigas que sua irmã era um crânio, que estudava e sabia de cor os poetas, inclusive os latinos, e escrevia histórias.

Não, eu nunca faria sua escolha, Nadia se enganou, mas teve peito. Diz que tenho de obedecer aos meus desejos.

Feminismo fascista

EIS O FEMINISMO FASCISTA. Descubro quase por acaso as mulheres fascistas que se alistam no exército da República de Salò e escolhem permanecer ao lado do *duce* até o fim. No entanto, na história italiana, são as primeiras voluntárias integradas às forças armadas.

Podem ser definidas como feministas. Na guerra, querem a igualdade com o homem, a pedem e a obtêm. Querem lutar e ir para a linha de frente, e no dia 18 de abril de 1944 um decreto ministerial da recém-nascida república institui uma unidade do exército para mulheres entre 18 e 45 anos.

Dela fazem parte seis mil moças decididas a reerguer a honra de um país que traidores e desertores haviam maculado. Amor pela pátria, busca apaixonada pela bela morte, desejo de aventura ou, finalmente, ocasião de demonstrar que são tão capazes quanto os homens: tudo isso entra em sua decisão. Muitas deixam família, casa e conforto, põem de lado, sem arrependimento, o papel de esposa e mãe que lhes fora atribuído, partem para o Norte, vestem o uniforme cinza-esverdeado e se submetem à disciplina militar. Desta vez, com uma relação diferente daquela do passado. Pelo regulamento, não são armadas, mas treinadas no uso de armas e as usam. Finalmente conseguem ser protagonistas de uma história que, até então, as havia excluído.

"Os homens fugiam; com os estados-maiores, a monarquia de Saboia traía; uma nação era apunhalada pelas costas junto com o aliado em guerra. Enrubescemos de raiva e vergonha ao vermos os homens tirarem o uniforme e fugirem para casa. Um apelo ecoava na Itália: temos família. Estávamos prontas para usar seus mosquetes. Nossa liberdade era realizada na Itália fascista", conta uma das auxiliares no livro *Donne di Salò* (Mulheres de Salò), de Ulderico Munzi.

Diante de suas histórias – li muitas, todas dolorosas, dramáticas, obstinadas –, experimentei sentimentos contrastantes. Afinal, não se tratava mais de viúvas, de mães afetadas pela guerra nem de moças à espera de matrimônios convenientes. Tampouco de mulheres tranquilas porque de nada sabiam. Que esperavam inertes o que aconteceria. Ao contrário, eram guerreiras. Audazes e conscientes até o fim. Dispostas a morrer por aquilo em que acreditavam. Eram fascistas, mas não correspondiam a nenhum modelo feminino apoiado pelo fascismo durante o vintênio.

Do outro lado, havia os *partigiani*. E as *partigiane*. Elas também eram mulheres dispostas a tudo para libertar o país do jugo fascista, dos terríveis anos do regime. De um lado, a obstinada defesa de escolhas aterrorizantes em nome da pátria e da honra; de outro, a luta pela liberdade, pela democracia e pela esperança de um futuro. Mais diferentes do que isso, impossível. Mas descubro a mesma obstinação na busca por um protagonismo, o mesmo esforço para serem aceitas, para terem um papel, para serem si mesmas. O mesmo fim quando capturadas pelo inimigo: o estupro e a morte.

Feminismo fascista e feminismo democrático. Vencerá o segundo. O primeiro durará apenas alguns meses.

29

São chamados de libertadores

O professor Bonaiuti quer falar comigo. Convocou-me com certa formalidade. Curiosa, entrei em sua sala. Enquanto espera para se aposentar, ele passa horas arrumando papéis e documentos.

– Quero deixar tudo em ordem para quem vier – diz-me quando o ajudo. – Sente-se, Mara, pensei muito na senhorita nesses dias e me permiti uma pequena iniciativa, que espero que não a desagrade.

O professor me entrega uma carta. É para um amigo seu, chefe de redação do jornal *Il Messaggero*. Fala de mim com palavras lisonjeiras e lhe pede para me dar um emprego no jornal. O professor elenca minhas qualidades e diz que nunca se privaria do meu trabalho, mas vai se aposentar e teme que eu não possa ser adequadamente valorizada por quem ocupar seu lugar. Por isso me indica, confiante e convicto de fazer algo útil não apenas para mim, mas também para o jornal do qual se declara fiel leitor.

– Obviamente, se a ideia não lhe agradar, pode rasgá-la – acrescenta ao me entregar a carta. Dizer obrigada seria muito pouco, mostrar felicidade seria ofensivo, não manifestar gratidão, realmente indelicado. Hesito. Ainda é ele quem fala.

– A senhorita não me disse, mas seu tio Edgardo me falou a respeito de suas aspirações antes de vir trabalhar no Ministério. Acho que são justas e pensei em lhe dar uma mão. O resto é por sua conta.

Claro, depende de mim. Pego o envelope e finalmente consigo murmurar um "obrigada". Com seu gesto inesperado, o velho senhor desiludido e cáustico me deu uma grande prova de confiança. Vou tentar.

— Espere para levar a carta — diz o professor, readquirindo seu ar reservado. — Nos próximos dias, os jornais em Roma estarão muito ocupados.

Guardo a carta na bolsa e saio.

É verão, mais uma vez, e mesmo com a guerra espero momentos de felicidade gratuita. Hoje a cidade me parece tranquila. Não há tropas alemãs circulando, não vejo caminhonetes passarem a toda velocidade e com insolência no meio da rua, não ouço o barulho cadenciado dos passos. Os malditos, penso, devem estar ocupados na periferia, onde os *partigiani*, aparentemente, estão lhes dando trabalho. É lá que estão os focos de rebelião, grupos armados que organizam sabotagens e atentados. Torpignattara, Centocelle e Quarticciolo são áreas perigosas. Dizem também que as tropas alemãs se concentraram na Via Casilina e se preparam para resistir aos anglo-americanos que já estão para chegar, é uma questão de dias. Também poderia acontecer o pior, mas a carta na bolsa me causa uma leve agitação, o vento morno infunde energia. O Rio Tibre me parece mais plácido do que o habitual.

À noite, ouço ruídos insólitos que não consigo identificar. Vêm de longe. Pela janela, vejo dois soldados alemães de bicicleta e outros a pé. Têm um ar furtivo. Há algo suspeito na escuridão que, por causa do toque de recolher, começa horas antes do pôr do sol. Um silêncio inatural. Adormeço tarde; na manhã de sábado, a cidade parece imersa em uma calma artificial. Algumas mulheres ao redor de uma fonte enchem garrafões de água; a essa altura, o abastecimento nos apartamentos é intermitente. De resto, como a corrente elétrica. Eu também entro na fila. Falam pouco e olham ao redor. As lojas abrem as portas. Alguns meninos que escaparam do controle correm de um lado a outro da rua, mas sem algazarra. Os donos dos bares colocam as mesinhas do lado de fora. Haverá alguns clientes a mais.

Depois os vejo. Os americanos. Um jipe com a estrela branca, quatro soldados, cabelos curtos, sem barba, uniforme limpo, expressão admirada, procedem lentamente, olhando ao redor; agitando o braço, um deles cumprimenta as mulheres em torno da fonte. Apresso o passo, encosto-me no muro, depois me viro para olhar. Outro jipe. Igual ao primeiro. Os novos invasores não têm um comportamento marcial, são prudentes, atentos, parecem amigáveis.

— Foram necessários quinze séculos para um novo Belisário[41] entrar em Roma pelo Sul.

O professor Bonaiuti, que ama as citações históricas e se diverte ao notar a perturbação que provocam em seus interlocutores, havia murmurado essa frase sibilina. Agora entendo. Eram aguardados desde janeiro passado, levaram quase seis meses, mas finalmente chegaram. Os alemães não os esperaram, partiram antes, às escondidas. Não haverá confrontos na Cidade Eterna. Pelo menos disso fomos poupados.

Antonio e Anna descem a escada correndo.

— Vamos, venha com a gente! – gritam. Agora os jipes são muitos, a eles se acrescentaram os caminhões, mais os soldados a pé. Chegam da periferia e se dirigem à Piazza del Popolo, atravessando a Via del Corso. Dizem que foram até o Vaticano, depois retornaram. É no Campidoglio que os comandantes querem entrar. Há uma multidão festiva que se aglomera nas laterais das calçadas, vai ao encontro deles, circunda-os, cumprimenta-os, grita. A Piazza Venezia está cheia novamente; na sacada, vazia e fechada, a bandeira italiana. Estamos presentes, eu, Anna e Antonio, mas não olhamos para cima. Há muita gente, gritos, alegria, brincadeiras. Todos querem ver, tocar, abraçar. Retraio-me, sinto o impulso de voltar para casa. Antonio segura minha mão e me puxa para a Via del Corso.

— Vamos! Venha!

Anna corre à nossa frente.

— Os alemães foram embora esta noite, sem fazer barulho. Não vai haver mais toque de recolher. Olhe, Mara, como são bonitos os nossos libertadores! – grita minha irmã, feliz.

Libertadores. Nunca pensei nos americanos nesses termos. Eles nos bombardearam, destruíram muitas partes da cidade. Até o momento, promoveram o terror, não a liberdade! Antonio pega no ar um chiclete lançado por uma caminhonete e agradece com alegria.

---

[41] Referência a Flávio Belisário (505-565), general bizantino que serviu durante o reinado de Justiniano e protagonizou as lutas de expansão do império. [N.T.]

Libertadores. Sorriso eles têm. Tenho certeza de que, se me aproximasse, sentiria o perfume da espuma de barbear. Mas o que vão fazer agora?

Libertadores. Mataram e assassinaram milhares dos nossos, Nadia está pronta para lutar contra eles. O *Duce* ainda não se rendeu. Os alemães pararam no Norte do País e oporão forte resistência. Mas os americanos já venceram, oferecem cigarros, mandam beijos às moças e deixam as crianças subirem nos caminhões. Pegam-nas nos braços e as erguem no alto. Com um puxão, impeço que Antonio suba em um jipe.

Libertadores. Têm barras de chocolate, prometem uma vida nova, mas haverá de novo o que comer? O racionamento, as filas e a fome vão acabar? Isso é o que importa. A alegria geral não me contagia. Na multidão, sinto alguém me abraçar.

– Senhorita Mara! Que bom revê-la! – É Emma, dona do armarinho do Ghetto, a viúva com duas filhas gêmeas, que vendia para minha mãe. Pálida, magra, mas viva. – As freiras da Piazza Esedra nos esconderam, passamos nove meses sem ver ninguém, mas esta manhã... esta manhã... até as irmãs vieram conosco.

Na esquina, há um grupo de freiras. Aplaudem. Sorridentes e felizes. Elas, as freiras, esconderam os judeus? Tiveram essa coragem? O mundo realmente está de pernas para o ar, penso.

Libertadores. Posso abandonar-me à esperança? Posso pensar que é um recomeço? Giulio vai voltar, finalmente vou trabalhar em um lugar que me agrada, minha mãe vai deixar de se esfalfar por duas batatas e um pedaço de pão. Será que esses soldados de cara limpa, ar ingênuo e alegre vão me permitir isso? Para mim, essa seria a libertação, não outra coisa. Talvez sejam eles a consentir que retomemos nossa vida.

Alguns dias atrás, minha tia Luisa disse:

– Não se amargure, aquilo em que acreditamos ainda é válido. Trata-se de transportá-lo para um mundo novo que não conhecemos, mas que não deve nos assustar. Queremos um País ordenado, fundado em valores corretos, na família, na honra, na segurança, no mérito. E por isso continuamos a nos empenhar. Estaremos menos protegidos, mas teremos todas as possibilidades.

Volto para casa. Passo de novo pela Piazza Venezia. Sob os tanques americanos. Dirigem-se ao Campidoglio. Quantas dessas pessoas que agora aplaudem aclamavam o homem que, apenas alguns anos antes, anunciava a guerra? Quantas se diziam prontas ao sacrifício e à morte? Na praça, há rostos conhecidos e, ao mesmo tempo, diferentes. A ausência de uniformes, os vestidos floridos das mulheres, os gritos de contentamento das crianças, as camisas confortáveis dos homens, o sorriso e a risada, os gestos alegres, grosseiros. Sim, são as mesmas pessoas que aplaudiam o *Duce*, mas são diferentes, mudaram.

É domingo, os sinos repicam, e eu me preparo para sair. Esta manhã, Anna saiu cedo. Foi encontrar Marco, com quem passearia pela cidade em festa. Minha mãe e Assunta me pediram para acompanhá-las até a Praça São Pedro. Querem rezar com o papa pela paz, receber a bênção, agradecer-lhe pela libertação de Roma. É mérito dele, diz Assunta, se a cidade não foi dilacerada pela última batalha crucial entre americanos e alemães, se a *Wehrmacht* partiu sem destruir os monumentos. Porque esse era o medo. Roma deve sua salvação a Pio XII. Muitos pensam como ela.

Assunta não se admirou que Emma, a dona do armarinho, e suas filhas tivessem se escondido no convento. Ela sabia que as freiras haviam aberto as portas aos judeus. É claro que não se comentavam essas coisas, e ela não contara a ninguém o que sabia. A Congregação das Irmãs de São José, na Via del Casaletto, tinha abrigado trinta crianças judias e suas mães, disfarçadas de religiosas. Fizeram isso debaixo do nariz dos alemães, que estavam na casa ao lado e costumavam usar a cozinha e as salas do convento. Também agiram assim as religiosas de Santa Susana e as freiras da Basílica dos Quatro Santos Coroados. A igreja de Santa Maria das Sete Dores, no monastério das irmãs oblatas agostinianas, havia abrigado 103 judeus. Todos salvos, agora podiam sair a céu aberto. Diante do meu olhar surpreso, a octogenária Assunta acrescentou com orgulho que dom Rino também havia mantido na paróquia dois rapazes. Do destino dos pais, nada se soubera.

Por certo, quem seguia o Senhor não poderia comportar-se de outra forma, concluiu. Sem dúvida, o papa tinha aprovado. Ela tem certeza disso. Sem nenhuma proclamação oficial, mas tinha aprovado.

A Praça São Pedro está tomada por uma multidão mais festiva do que devota. Espera a bênção entre gritos de júbilo. Também chega um ônibus cheio de gente e bandeiras vermelhas. Vestido de branco, o papa abre os braços como para abranger todos em um abraço. Abençoa. Minha mãe e Assunta se ajoelham. Permaneço em pé, mas também agradeço.

A Via del Tritone é uma subida. A sede do *Messaggero* é no alto, encimada pelo letreiro com o nome do jornal. Quando chego, a porta está fechada. Há apenas um porteiro. Os recém-chegados bloquearam a saída do periódico, acusado de ter favorecido e apoiado a República Social até o último instante. Não se sabe se e quando retomará as publicações. Coloco a carta na bolsa e retorno.

Arroz rebelde

– SE OITO HORAS parecem pouco para vocês...

Em 15 de maio de 1944, as mondadeiras[42] entram em greve. Nas plantações de arroz, nos pântanos, as mulheres de lenço na cabeça, calça vermelha e chapéu grande, que serve para protegê-las do sol e dos insetos, dão um sinal inequívoco de ruptura com o regime.

Por décadas o fascismo fez das mondadeiras um mito, um símbolo. De pernas nuas, são sensuais e sorriem enquanto semeiam e colhem o arroz. Também são vistas alguns anos mais tarde no filme *Riso Amaro* (Arroz amargo), de Giuseppe De Santis. São mães que alimentam a nação e todos os anos produzem cinco milhões de toneladas do precioso alimento. São mulheres rurais, pertencentes ao proletariado mais puro e mais distante da corrupção urbana.

Uma imagem feminina que não corresponde à realidade.

Suas condições de trabalho são péssimas, e a retribuição, muito inferior à dos homens. De oito a doze horas por dia, debaixo do sol, com pés e braços imersos na água, expostas a doenças, à malária, vítimas de abortos frequentes. Dormem em casebres miseráveis, perto dos campos de arroz.

Não, não são as heroínas do trabalho, sensuais e obedientes, pintadas pelo regime. Mas tampouco as vítimas resignadas e indefesas que a descrição de sua condição poderia sugerir. São mulheres diferentes, que

---

[42] Lavradoras sazonais que trabalham nos arrozais. [N.T.]

por um período do ano vivem juntas e, além da exploração e do cansaço, experimentam a liberdade da escravidão da família, do trabalho doméstico e das pretensões masculinas, e isso as torna audazes e combativas.

São a pedra no sapato do *duce* e dos latifundiários. Entram em greve quando o restante do mundo do trabalho se cala. Em 1927, são dez mil e defendem o salário contra a redução de 30% que os latifundiários querem impor. São presas, mas o objetivo dos proprietários de terras é redimensionado.

Novamente, em 1931, em pleno esplendor do regime, lutam por um aumento e o obtêm.

Em seguida, a greve de 1944. Estão mais organizadas e têm uma plataforma precisa. Querem dois pneus para as bicicletas, um aumento de até seis liras por hora, dez liras de jetom, quatro quilos de arroz por dia de trabalho, café da manhã e sopa no almoço. Conseguem obter o que pedem. Os latifundiários cedem a grande parte de suas reivindicações. Inclusive à de um corte de tecido. As mondadeiras mandam um forte recado, como o que vem das greves nas fábricas do Norte, e rompem definitivamente com o mito da camponesa mansa, submissa e grata ao regime.

30
Um adeus

A verdade chega com uma carta de Atenas. É longa, cinco folhas, limpa, sem imperfeições, manchas nem correções. É diferente das cartas que Giulio me escreveu da linha de frente, entre uma marcha e outra. Negligentes com a forma, ansiosas por comunicar, em folhas nem sempre limpas. Também é diferente das breves e apressadas, antes do longo silêncio dos últimos meses.

A escrita é a de quem, antes de pegar na caneta, pensou muito, quis exprimir-se com clareza, evitar erros e mal-entendidos. Deve ter sido recopiada várias vezes.

É uma carta de adeus.

Giulio conta em detalhes o que aconteceu em sua vida desde o terrível – escreve assim mesmo, terrível – dia 8 de setembro do ano anterior. Conheço grande parte desse relato. Estavam em Atenas, as tropas alemãs, pouco distantes, mais no interior, e os italianos, na região costeira. Tudo corria bem. Os gregos eram hospitaleiros, sabiam distinguir entre quem matava ou deportava e quem também era capaz de dividir com eles o pouco que tinha para comer. Havia poucos focos de resistência no país, nada de preocupante.

Não se confraternizava com os alemães, mas as relações eram diplomáticas e corretas. Com a notícia do armistício, ocorreu o que Marco nos havia contado em parte, em sua primeira visita. A imposição dos alemães: ou lutar ao lado deles, rejeitando o armistício do governo italiano, ou entregar as armas. O comportamento contraditório e incerto dos generais.

A incredulidade, a confusão, a traição de muitos e, por fim, a ordem para se renderem, cedendo as armas em troca de salvo-conduto para a Itália. Não foi preciso muito para entender que não havia salvação, que as tropas dos ex-aliados não os escoltariam com benevolência, como afirmavam, até a costa italiana. Quem se recusasse a lutar ao lado dos alemães, quem aceitasse as ordens do rei e de Badoglio seria considerado prisioneiro e tratado como tal. Foi então que ele e Marco decidiram tentar a última cartada: fugiriam. Sabiam que estariam se arriscando muito; os alemães tinham dado ordem de fuzilamento imediato de quem tentasse a fuga ou fosse encontrado em roupas civis. A alternativa era a deportação, os campos de prisioneiros na Alemanha. Com efeito, esse foi o destino de centenas de milhares de italianos, escreve Giulio. Ele e Marco haviam entendido que tinham de fugir logo, após os primeiros quilômetros de marcha, enquanto ainda houvesse confusão e estivessem próximos de Atenas. Encontrariam ajuda na capital. Giulio procuraria a família de seu amigo Stavros Anghelopulos, e Marco recorreria a um engenheiro que havia conhecido na universidade na Itália e que se oferecera para ajudá-lo. Na noite anterior à fuga ocorrera o acidente que ferira Marco e o impedira de caminhar.

Temeram que morresse de hemorragia, levaram-no para um hospital nas proximidades. Pela manhã, Giulio tentara a fuga sozinho e tivera êxito.

Esse era o relato nas duas primeiras folhas. O mesmo feito por Marco, que não se alongara ao contar sobre o acidente. Provavelmente por pudor e para não nos impressionar.

O que segue eu já podia imaginar. A família Anghelopulos o acolhera e o escondera. Arriscara-se muito, ressalta Giulio, pois os alemães eram impiedosos com quem protegesse os desertores. O relato de sua generosidade e gentileza ocupa outra folha da longa carta.

Nas outras duas, o que eu não sabia. Giulio já se sente parte da família grega que o hospedou e salvou. Na casa de seu amigo, tornou-se muito próximo da filha mais velha, a tal de Urania, que ele havia mencionado junto com a mãe, Olimpia, e a outra irmã, Elena. Escreve assim mesmo, "muito próximo". Nada além disso, mas já é suficiente para eu entender. Não me descreve Urania. Detém-se nela por uma linha e meia. No restante da carta, mais duas folhas, explica o quanto, após quase quatro anos de guerra, precisava de calor humano, cuidados e afeto. Fala de solidão, melancolia, desejo de família.

Dobro a carta no envelope e não a coloco, como costumo fazer, no livro que estou lendo para tê-la à disposição e relê-la, mas em uma gaveta do quarto que divido com Anna. Prefiro não a ter ao alcance dos olhos. Fui atingida por um tapa violento, gostaria de me encolher para me proteger. Sento-me com o rosto inclinado sobre os joelhos, entre a palma das mãos. Olho para o vazio e assim permaneço por alguns minutos. Estou transtornada, meus pensamentos galopam desordenadamente, deixo-os soltos, não é o momento de organizá-los. Não sei fazer isso. Para minha surpresa, não nutro nenhum sentimento de ciúme por Urania, nenhum rancor em relação a Giulio, embora nem tudo na carta tão ponderada me pareça sincero. A dor é forte. Giulio não está presente, não apenas porque permaneceu na Grécia e não voltará, mas porque seu mundo não é mais o meu. Durante anos tentei não enxergar, agora já não é possível. Ele foi mais prudente, soube enfrentar a realidade. As folhas que acabei de guardar em uma gaveta rasgaram uma teia de ilusões, na qual eu havia ficado presa.

Levanto-me, reabro a gaveta e pego a carta. Não quero que Anna a veja. Nas últimas semanas tem saído com Marco Vallini, entre eles está surgindo uma relação séria. Ela sai menos com as amigas, ele vai buscá-la no ateliê, fazem longos passeios na Villa Borghese. Anna está mais pensativa; Marco, visivelmente contente.

– Incomoda-se por sua irmã estar saindo com um manco? – perguntou-me certo dia, mas estava sereno e brincalhão, seguro de si.

Não quero que a carta envenene o amor deles nem a amizade de Marco por Giulio. Vou até a última página, depois da assinatura está o endereço na Grécia. Giulio espera por uma resposta. Pego uma folha em branco. Escrevo a data. Depois, "caro Giulio" e a assinatura "Mara". Não acrescento nem uma palavra. Ele entenderá. Rasgo a carta vinda de Atenas.

Dou-me conta de que é um esplêndido final de tarde de verão; não há toque de recolher, pode-se sair livremente, o ar está quente, mas não abafado; sopra o *ponentino*, a brisa marítima vinda do Oeste; a lua, ainda clara, estará grande e resplandecente daqui a uma hora. É estranho: estou triste e tenho vontade de viver. Sinto-me vazia e, ao mesmo tempo, repleta de energia. Vou perguntar a Antonio e à minha mãe se não querem sair, ir até o vendedor da esquina para comprar uma fatia de melancia vermelha e doce.

31
Com a ajuda de Minerva

Os bondes estão lentos, mas voltaram a funcionar. Dois cinemas reabriram as portas, e há sempre uma fila esperando para entrar. A comida é escassa, os preços, elevados, e o mercado clandestino prospera. A diferença é que agora tudo acontece à luz do dia. Os comerciantes expõem as mercadorias, e é possível encontrar de tudo nas bancas. Basta pagar muito.

Há os americanos. Altos, limpos, educados, sempre à vontade. Roma os recebeu com festa e, em poucos dias, voltou a ser radiante e atrevida. Ainda está faminta e pobre, mas não mais triste; espera pelo futuro, busca a normalidade e olha com confiança para a ordem dos novos ocupantes.

Embora os dias estejam se encurtando, sem o toque de recolher parecem mais longos, podemos recuperar a luz que, até algumas semanas atrás, já a partir das 5 da tarde nos era negada.

A cidade se anima também no final da tarde e à noite. As apreensões, a chegada inesperada das caminhonetes e o medo desapareceram. Mesmo assim, é melhor não se demorar nas ruas, que estão cheias de americanos bêbados, alegres e inconvenientes.

Para eles, as mulheres são todas iguais, prontas a aceitar comida, cigarros e meias de seda. Todas disponíveis, por necessidade ou alegria. Chamam-nos de *segnorine* e querem conquistar a nós também, como fizeram com o País. Tenho a impressão de que não será difícil. As mulheres gostam deles. O aspecto dos americanos é muito diferente da aparência suja e macilenta dos homens que aqui ficaram e dos que retornam. Além do mais, têm um pouco de comida para lhes distribuir, convidam-nas para ir ao cinema, riem e são bem-humorados. Sua presença arrebata e dá uma sensação de liberdade. Muitas parecem contentes por descobrir os alimentos enlatados, as canções e os hábitos deles, além de um modo de viver que parece tranquilo e seguro.

Da minha janela, observo-as enquanto passam pela rua. Têm os passos mais seguros, os vestidos mais curtos; nas pernas nuas, a linha das meias desenhada pelo lápis, e sandálias com solado que simulam o coquetismo dos saltos. Mais livres, com certeza. Mas ainda pobres.

Agora, as caminhonetes da polícia chegam repentinamente para levar embora dezenas de prostitutas paradas nas esquinas das ruas, debaixo dos postes de luz, na entrada de estabelecimentos comerciais. São muitas. Os homens, italianos e americanos, param para olhar. Somos livres, dizem. E isso basta.

É de manhã, estou no bonde para a cidade universitária. Deixei o trabalho no Ministério e me inscrevi na Faculdade de Letras.

Decisão repentina. Até o dia anterior, ninguém esperava por isso, nem mesmo eu, dominada que estava por uma espécie de resignação melancólica. Tinham fracassado as tentativas de mudar de trabalho, de sair do Ministério, onde, sem o professor, minha vida voltaria à estaca zero. Nada tinha dado certo. Após o fechamento do *Messaggero*, o professou havia tentado com um amigo que trabalhava na Enciclopédia Treccani. Lugar de prestígio, maior empreendimento editorial italiano, dirigido e idealizado por Giovanni Gentile, com o qual colaboraram milhares de estudiosos, "os melhores", e de diferentes orientações políticas, pois – dizia o professor com entusiasmo – queria englobar toda a cultura nacional.

Esse também lhe parecia um trabalho adequado para alguém como eu, que amava os livros e as bibliotecas e tinha – dizia ele – uma boa cultura. Claro, no início eu seria pouco mais do que uma secretária, mas com as minhas qualidades... Ele estava convencido de que eu conseguiria. Mas não. O caos era imenso. Os escritórios da famosa Enciclopédia haviam sido transferidos para Salò. Apenas uma parte permanecera em Roma. Essa situação também não duraria muito tempo. Com os americanos, tudo mudaria de novo. Não era o momento de novos projetos nem contratações. O professor ficou desolado, e eu quis consolá-lo. Eu tinha de esperar. Algo aconteceria.

Certa noite, ele e eu fomos convidados para ir à casa dos Pergolesi. Fazia tempo que o professor tinha se aposentado, e seu amigo queria homenageá-lo com um jantar íntimo e familiar. Foi uma bela noite. Conheci os pais de Claudio. Sua mãe, mais jovem do que eu imaginava, morena e de olhos escuros como o filho, é uma mulher alegre, amante da jardinagem e dos romances do século XIX.

– Depois dessa época, não se escreveu nada de decente – disse com segurança.

Mostrou-me com orgulho o jardim que circunda sua residência em Montesacro, os canteiros, os vasos, os arbustos ainda floridos, o tapete de relva recém-cortado, o canto das plantas aromáticas. Depois, muitas margaridas brancas e amarelas. Quando soube da minha preferência pelas rosas brancas, cortou algumas para o centro de mesa. O pai, empresário, ficou contente com a decisão do filho de deixar o trabalho no Ministério e a política para se ocupar da empresa. Os Pergolesi possuem uma tipografia na Via Tiburtina, que milagrosamente permaneceu intacta após os bombardeios. Agora querem ampliá-la e aumentar sua produtividade.

– Meu filho é um intelectual – disse com alegre altivez –, mas não fabrico parafusos nem salames; minha empresa é uma tipografia, pode ser o início de novas atividades, inclusive das sonhadas por Claudio.

O professor Bonaiuti estava de excelente humor. O bom vinho e a boa comida o deixavam amável e extrovertido. Eu também estava à vontade. Todos se mostraram amigáveis em relação a mim, e me senti até mimada. Durante o jantar, Claudio deixou a formalidade de lado e passou a me chamar de "você". Fiz o mesmo. Pareceu-me natural. Na hora da sobremesa, uma deliciosa torta de geleia de uva, Nora – assim se chama a mãe de Claudio – me perguntou:

– E o que vai fazer agora? Vai permanecer no Ministério ou também tem novos projetos?

– Também vou sair do Ministério, quero me inscrever na universidade e me formar em Letras Clássicas – respondi impulsivamente. Tinha decidido nesse momento.

Depois da morte do meu pai, eu havia deixado os estudos universitários de lado. Havia muitas coisas a serem enfrentadas, eu era arrimo de família, tinha de ganhar dinheiro. Depois, veio a guerra e não tive tempo nem de me arrepender.

Foi tia Luisa quem trouxe o assunto à tona. Estávamos aproveitando o ar fresco no terraço do seu apartamento, que dava para os telhados de Roma. Mesmo do alto, sentíamos que a cidade havia mudado. Falávamos das muitas coisas que se haviam alterado em poucos meses. Pela primeira vez, contei-lhe a respeito de Giulio, da carta, de suas decisões. Ela ouviu, mas não emitiu nenhuma opinião. Tive a impressão de que havia entendido tudo antes de mim e considerasse o caso encerrado há algum tempo.

– Você se lembra – disse, mudando de assunto de repente – da promessa que te fiz anos atrás? Seus pais não queriam que você frequentasse o liceu clássico, não estavam seguros de poder te manter na universidade. Então, eu disse que pagaria as taxas. A promessa ainda está de pé.

Nesse momento, explicou-me, podia permitir-se uma despesa extra. Após a chegada dos anglo-americanos, o trabalho do tio Edgardo tinha recomeçado bem. Haviam acabado de lhe confiar o projeto de um novo bairro na periferia da cidade. Outros se seguiriam. Onde hoje há apenas barracos, casebres em terrenos invadidos, lixo e degradação, surgiriam grandes edifícios de vários andares; as periferias mudariam de cara.

Agradeci-lhe e expliquei-lhe que não era possível. Eu havia renunciado à universidade. O problema não eram apenas as taxas, bem elevadas, mas o local de trabalho. Eu ganhava pouco, mas esse pouco era necessário para seguir em frente.

– Pense bem – disse minha tia na despedida, roçando minha face com um beijo –, converse com sua mãe e com Anna. Não jogue fora seu talento.

Algumas semanas depois, chegou um telegrama do primo Giovanni. Minha avó tinha morrido de repente. Não a víamos havia muito tempo, as viagens custavam caro e não eram seguras, mas Anna e eu decidimos pegar o trem e ir ao funeral.

Minha avó parecia minúscula no caixão, mas tinha a expressão decidida, da qual nos lembrávamos muito bem. A casa estava como a tínhamos visto da última vez. Despojada e organizada. As galinhas ainda estavam no galinheiro; a horta, bem cuidada. Após um farto almoço de consolação, preparado pela esposa do meu primo, veio a proposta. Giovanni queria comprar o terreno e a casa. Seu primogênito estava para se casar em breve e iria viver ali; continuaria a cultivar a horta, o pomar e a criar as galinhas. A velha Mara, minha avó, ficaria feliz.

– Assim, as coisas não vão parar em mãos de estranhos – concluiu.

Agradecemos. Pensaríamos no assunto, conversaríamos com minha mãe.

No trem, estávamos agitadas.

– O que será que a mamãe vai fazer? – perguntei a Anna. – Será que vai aceitar a proposta do primo Giovanni?

– Com certeza.

– E o dinheiro?

– O dinheiro é nosso. Vai dividi-lo em partes iguais entre os filhos.

– Vai te ajudar. O que vai fazer com ele? Usá-lo para comprar o enxoval?

– Vou dá-lo a você.

A resposta de Anna me surpreendeu.

– Você trabalhou durante cinco anos por nós, está na hora de pensar em você mesma.

– Mas você quer se casar logo.

– Marco ganha o suficiente, e eu vou continuar a trabalhar.

Minha mãe concordou com Anna. Se eu quisesse retomar os estudos, com o dinheiro da casa da vovó e da tia Luisa, conseguiria.

Não me parecia justo. Anna havia sido generosa, mas os temores da guerra ainda estavam presentes. Assim, adiei toda decisão. Ia todos os dias ao Ministério. Todas as manhãs, atravessava a Ponte Garibaldi, pensando que deveria mudar minha vida. Todas as tardes, ao voltar para casa, adiava a decisão. Estava com medo.

Então, na casa dos Pergolesi, de repente fiz minha escolha e a comuniquei quando ninguém a esperava. Vi o espanto no rosto sarcástico do professor Bonaiuti, o sorriso surpreso e contente de Claudio. Somente o casal Pergolesi não demonstrou nenhuma admiração.

– Pois é, agora as mulheres também querem se formar – disse o pai, alegremente resignado.

— Se o que Claudio me contou a seu respeito for verdade, vai se formar logo e muito bem — comentou Nora.

Claudio me acompanhou até minha casa. Queria conhecer bem os meus projetos, saber quando, como e por que eu havia tomado essa decisão, mas eu tinha pouco a lhe dizer. Letras Clássicas era uma antiga paixão. Eu me tornaria professora. Ou talvez não. Era cedo demais para dizer. Antes de se despedir de mim, disse:

— Se você não estivesse comprometida, Mara... Agora também tem a universidade... Eu te faria a corte.

— Pensei que já estivesse fazendo — respondi, rindo.

Assim, cá estou na entrada da Sapienza. Entro na alameda que conduz à reitoria. Vejo à minha direita a Faculdade de Letras. Diante dela, a estátua de Minerva. Alta, imponente, com o escudo na mão esquerda, o olhar imperioso. Os estudantes dizem que não se deve olhar para ela antes das provas porque dá azar. Mas como por enquanto não tenho nenhuma prova a fazer, devo apenas seguir os cursos, posso erguer o olhar e fitá-la. Minerva sempre foi minha deusa preferida. Eu tinha discussões obstinadas com Nadia, que preferia Diana, e com Anna, decididamente a favor de Vênus. Subo a escada da minha faculdade. Diante do átrio, há uma grande sala com degraus. É onde se dão as aulas mais importantes e mais seguidas. Vejo Giorgio Parati, professor de Literatura Latina, severo e temido pelos estudantes. É muito rigoroso nas provas, dizem; para se conseguir uma boa nota, realmente é preciso dar duro. Com ele, três rapazes, os assistentes. O primeiro segura uma bolsa cheia de papéis, o outro tem nas mãos uma porção de apostilas, e o terceiro lhe fala com respeito ao pé do ouvido. O professor caminha com pressa. Está para começar a aula. A sala está cheia. Em meio a tantos homens, há duas mulheres. Seremos três.

Clássicos proibidos

"**SE TAMBÉM** forem frequentados pelo sexo frágil", dizia Giovanni Gentile em suas iluminadas reflexões, "os estudos clássicos acabarão sendo desertados pelos homens para se tornarem monopólio das mulheres, que hoje se aglomeram em nossas universidades e, cabe dizer, não têm nem nunca terão a originalidade audaz do pensamento nem o férreo vigor espiritual." Por conseguinte, a orientação escolar clássica – que contemplava o ginásio, a partir do qual era possível ter acesso ao liceu e, em seguida, a todas as faculdades – era o curso reservado aos estudantes do sexo masculino da elite, que recebiam, em uma escola quase exclusiva, a bagagem cultural e ideal da futura classe dirigente. As outras orientações – magistério, ensino técnico e científico – eram consideradas de categoria inferior.

Desse modo, a mais fascista das reformas garantia "estudos aristocráticos no melhor sentido da palavra: estudos para poucos, para os melhores... aos quais a inteligência destina de fato, ou o patrimônio e o afeto familiar pretendem destinar, o culto dos mais elevados ideais humanos".

As mulheres não eram contempladas no processo de formação da classe dirigente e, portanto, tampouco nos estudos clássicos e universitários. De resto – ainda é Gentile a falar – "tinham uma capacidade imperfeita de compreensão do espírito".

Para elas, as taxas universitárias chegam a ser o dobro daquelas pagas pelos homens. São excluídas do concurso para se tornarem professoras nos liceus, e se estabelece que não podem ser diretoras nas escolas de ensino médio.

No entanto, embora em número sempre muito inferior ao dos homens, continuam a se inscrever na universidade. Em 1928, são 4.800; nas vésperas da guerra, já são 15 mil. Triplicam em dez anos. As restrições e as dificuldades não as desencorajam. Giovanni Gentile e sua reforma ultrafascista desaceleram sua corrida, mas não as detêm.

32
Sejam fortes e me perdoem

A chuva do último dia de abril é triste e enfadonha. Suja a primavera que acabou de começar, apaga o bem-estar conquistado com o primeiro sol quente. Tenho de estudar, em junho farei três provas, mas não tenho vontade. Claudio me convidou para ir ao cinema. Há duas camisas para passar. Será que Antonio fez as lições de casa? Ouço tocarem a campainha da porta do andar de baixo. Um pensamento rápido: quem estará procurando Lina e Vincenzo a essa hora da tarde? Depois, o silêncio. O barulho da porta se abrindo e se fechando. De novo o silêncio. Provavelmente era apenas o carteiro.

Em seguida, as chaves na porta de casa. Minha mãe, pálida, com os olhos cheios de lágrimas.

– Nadia – diz e me abraça com força.

Estremeço. Começo a tremer, não me controlo nem quero fazê-lo. Minha mãe e Anna não falam, mas não me deixam sair, abraçam-me. Nadia. Continuo a repetir entre as lágrimas, o tremor e os soluços.

Não vai voltar. Não vai mais subir correndo a escada para me dizer alguma coisa. Não vai mais fumar descaradamente o seu cigarro, não vai imprecar contra os covardes que não acreditam no *Duce*. Morta sabe-se lá onde, em alguma montanha ou cidade do Norte.

O desespero não vem de dentro. Seria mais fácil dominá-lo. Chega de fora. Por isso, não é possível controlá-lo. Como um vento forte, envolve, aprisiona, tira o fôlego. Sacode até as forças se exaurirem e se torna dor penetrante, aguda, indomável.

O carteiro havia entregado o envelope à tarde, enquanto Vincenzo tentava consertar a torneira da cozinha, que estava vazando, e minha mãe e Lina tricotavam. A carta era de Nadia. Lina olhou para a folha, amassou-a e a jogou no chão. Não acreditou no que estava escrito. Vincenzo a recolheu sem dizer nada. "Minha querida mãe, quando você receber esta carta, não estarei mais aqui. Amanhã de manhã serei executada. Minha única culpa é ter amado a Pátria e o fascismo acima de tudo e ter lutado até o último momento. Não me arrependo. Parto feliz por ter dado minha vida pela Itália. Meus últimos pensamentos são para vocês, para a família que tanto amei. Sejam fortes e me perdoem. Lá de cima ainda vou rezar por vocês e por nossa amada Pátria. Um forte abraço. Viva a Itália!"

Eu aguardava, tinha esperança de ver Nadia de um dia para o outro. A República Social tinha caído. A guerra finalmente estava acabando.

Acompanhávamos com ansiedade a ofensiva anglo-americana. Nos finais de tarde, quando Marco vinha encontrar Anna, esse era o principal assunto da conversa.

– No Norte vai ser rápido, as cidades já foram tomadas pelos *partigiani*. Os alemães tentam impor o maior número de perdas, mas estão se retirando – dizia o noivo da minha irmã.

Era uma questão de dias, e deixariam a Itália. Depois, o anúncio: Mussolini preso. E a notícia: foi morto. Pendurado de cabeça para baixo em Milão, no Piazzale Loreto. Os que o fizeram já não são bandidos, como eram chamados pelos alemães, nem *partigiani*, como sussurravam os romanos nos dias de ocupação. São milhares, fazem parte de um exército, constituíram comitês de libertação, organizaram greves e manifestações. Quando os aliados forem embora, talvez sejam eles a governar a Itália. "A insurreição nacional espalha-se, vitoriosa", é o título do *Unità*, jornal do partido comunista que eu não conhecia e que agora encontro em casa, trazido por Marco.

E é justamente no *Unità* que leio o relato do fim de Mussolini, feito diretamente por quem o matou. A armadilha em que foi pego. Ele, que fugia, vestido de alemão, amedrontado, sem decoro, sem dignidade. Leio a descrição dos últimos momentos de sua vida. Vestia um sobretudo cor de avelã, o boné da Guarda Nacional Republicana sem insígnia, as botas arrebentadas na parte de trás. O olhar estava perdido; os olhos, fora da órbita; o lábio inferior, trêmulo; um homem aterrorizado.

Portanto, não existe mais. Não estou triste, nem perturbada, nem desalentada. Justamente eu, que o amei, adorei, como se ele fosse um pai, como se fosse o mais fiel dos amigos, agora não sinto nada. Para mim, o *Duce* já tinha morrido. Talvez em 25 de julho, talvez em 8 de setembro, talvez quando compreendi que eu já não estava protegida, que os italianos já não estavam seguros sob seu comando. Com certeza, no dia em que Antonio nos contou sobre seu passeio no Ghetto vazio. Seja como for, fazia tempo que estava ausente em minha vida; fazia tempo que eu estava sozinha comigo mesma e com meus problemas.

O que me interessa, o que eu esperava ansiosamente era o reencontro com Nadia. Ela ficaria furiosa, imprecaria contra os traidores, preveria novas batalhas, mas voltaria. Eu tinha muitas coisas para lhe contar. Sobre a universidade, sobre um amor que estava nascendo, sobre novos amigos, professores, sobre meus projetos. Eu lhe diria o quanto sua coragem me ajudou. Também tinha pensado em lhe passar um pequeno sermão. Ela tinha de colocar a cabeça no lugar. Se as coisas estavam mudando, era preciso entender por quê, refletir sobre os erros, fazer uma autocrítica. Havíamos sido ingênuas, agora tínhamos de aprender com os erros do passado. Belas palavras, as minhas, boas intenções. Ilusões. O ódio não poupava ninguém. O futuro ainda não tinha começado.

Há um pensamento que me persegue e me causa uma forte contração no estômago. Não consigo afugentá-lo. Nadia escreveu a última carta sabendo que seria morta. Seria executada. Tinha caído em mãos inimigas, e o resultado era inevitável. Mais do que os outros, tinha consciência de que aqueles eram os dias da crueldade, da guerra fratricida, da vingança. O que teria acontecido antes de sua morte? O que lhe teriam feito? Disseram-me que os vencedores eram impiedosos. Que as injustiças sofridas eram respondidas com outras injustiças. Que a brutalidade não poupava as mulheres, tratadas até pior do que os homens. Quem as capturava as submetia a humilhações e brutalidade. Ouvi falar em cabelos raspados, exposição pública, violências inomináveis.

Os vencedores abusam delas, depois as matam da maneira mais cruel. Tento não pensar nisso, mas não consigo. Nunca saberei o que fizeram com Nadia. A carta decorosa e digna me dá apenas a certeza da data de sua morte. 10 de abril de 1945.

Agora não posso, não consigo consolar Lina e Vincenzo. Ela gostaria que eu fizesse isso, mas não tenho forças. Não serei eu a avisar a Giulio. Outra pessoa fará isso. A dor me torna egoísta. É minha, quero guardá-la comigo. Não a dividirei com ninguém.

Minha mãe e Anna nem tentam me consolar. Fechados em casa, Lina e Vincenzo escolheram o silêncio e a solidão.

33
Sem sepultura

—Tudo aconteceu em um dia. Tínhamos de sair de Milão para ir a um hospital militar perto de Brescia; não sabíamos exatamente onde. Contávamos com uma escolta, três jovens e o motorista, com metralhadora e uma caminhonete. Éramos três e nos sentamos atrás, no meio. Um dos soldados ao lado do motorista, e os outros, conosco. Junto a Nadia estava uma moça mais jovem, que não tinha mais de 18 anos. Vinha de Pistoia. Pareceu-me pouco mais que uma menina, talvez porque tivesse o rosto coberto de sardas e cabelos longos, com duas tranças ruivas contornando cabeça. Chamava-se Antonietta e, embora tivesse um aspecto frágil, logo compreendi que não o era absolutamente.

"Eu as tinha conhecido alguns meses antes. Fiz amizade com Nadia; sua amiga estava sempre de bom humor, mesmo nos momentos mais difíceis, e naqueles meses passamos por poucas e boas. Corríamos de uma emergência a outra, e ela nunca se cansava. Somente uma vez a encontrei dormindo, com a cabeça apoiada na mesa. Tinha trabalhado incessantemente por dois dias, mas pediu desculpa como se fosse culpada. Eu as tinha escolhido porque eram as mais ágeis, capazes de se virar mesmo em situações difíceis. Apenas alguns dias antes tinham acompanhado, confortado e cuidado de mais de trinta militares feridos, antes que chegassem os médicos. Nadia tinha particular afeição por um soldado alemão, chamava-se Herman; os *partigiani* tinham cortado suas mãos quando, em fuga, ele se segurara em um parapeito. Ela o alimentava. Punha a comida em sua boca como se ele fosse uma criança, mas o fazia com desenvoltura, quase com alegria. Queria que ele esquecesse sua mutilação, e conseguia. 'Você entende por que os odeio e sempre os odiarei?', disse-me certo dia, após ter estado com ele. Tinha lágrimas nos olhos.

"Não nos esconderam que a nova missão era perigosa. Tínhamos de atravessar estradas e lugares onde os grupos de *partigiani* eram numerosos e fortes. Sentiam-se protegidos pela chegada dos anglo-americanos e queriam levar até o fim o acerto de contas com os seguidores do *Duce*. Quem caísse em suas mãos não sairia vivo. Achávamos que três mulheres enviadas a um hospital seriam poupadas. Seja como for, não tínhamos escolha. 'Tomara que não tenhamos encontros desagradáveis', murmurei ao me sentar na caminhonete. 'Sabemos como responder', disse Nadia.

"Ela e Antonietta vestiam o uniforme e tinham uma metralhadora. Sabiam usá-la. Eu confiava muito nas minhas roupas de enfermeira da Cruz Vermelha. Em geral, eram respeitadas, mesmo em momentos de particular dificuldade. Por isso, antes de partir, pedi que elas vestissem roupas civis e deixassem o uniforme de Auxiliares. Em caso de encontros indesejáveis, eu poderia dizer que eram minhas ajudantes, me acompanhavam e nada tinham a ver com os fascistas. Não aceitaram. Eu já imaginava. Nos meses anteriores, eu tinha conhecido outras mulheres do Serviço Auxiliar. Orgulhosas, obstinadas e com um senso de honra quase místico. Confesso que não insisti muito.

"O ataque aconteceu após duas horas de viagem. Repentino, rápido. Detrás de uma curva, atiraram nas rodas, pararam a caminhonete e nos fizeram descer. Uma ordem, a pontaria, e nossos companheiros caíram no chão, metralhados. A caminhonete foi empurrada em um barranco, e nós três, na direção de outro veículo que esperava atrás da curva. 'Sou da Cruz Vermelha', disse eu, 'as duas moças estão comigo. Temos de ir a um hospital em Brescia.' Responderam com um olhar eloquente e de escárnio às duas metralhadoras arrancadas de Nadia e Antonietta. 'Subam, vadias', foi a resposta. Não podíamos agir de outro modo e, após mais duas horas, chegamos a uma propriedade rural isolada. Durante o percurso, ninguém falou. Olhamo-nos e entendemos que nada podíamos fazer além de torcer pela boa sorte. Os três que subiram na traseira da caminhonete também permaneceram calados.

"A sala onde nos fizeram entrar era escura, tinha algumas cadeiras, garrafões vazios no chão, provisões em uma estante, roupas abandonadas em um canto, o resto de uma refeição sobre uma mesa e um forte odor de vinho, suor e urina. Outro homem veio do cômodo ao lado, com um lenço vermelho no pescoço, olhos claros e penetrantes. Devia ser o chefe. Com ele, uma mulher. Morena, robusta, de cabelos curtos, vestia uma saia, dois pulôveres e sapatos de montanha. Tinha um olhar atento, fumava avidamente, examinou-nos e disse para nos sentarmos nas três cadeiras ao redor da mesa. Iam nos interrogar, era melhor que respondêssemos com rapidez e sinceridade. Tudo ficou claro. Tínhamos sido poupadas só porque pensavam que tivéssemos informações úteis. Nadia e Antonietta se fecharam em um silêncio desdenhoso. Não responderam nem mesmo às perguntas mais óbvias. De onde vínhamos, por que estávamos naquela estrada. Adotei um comportamento mais conciliador. 'Somos enfermeiras', respondi, 'nosso ofício é cuidar dos feridos, por isso estávamos indo a Brescia.' Enfureceram-se. 'Falem, vagabundas, seu *Duce* não vai salvá-las', gritou um dos quatro, pegando ameaçadoramente a metralhadora que tinha deixado de lado.

"O chefe logo entendeu que não conseguiria arrancar nenhuma informação e voltou para o cômodo de onde tinha saído. Conosco ficaram os quatro que nos haviam capturado e a mulher. Um deles se aproximou de Antonietta e tentou desabotoar seu uniforme. Ela não reagiu. Nadia, por sua vez, interveio. Deu-lhe um empurrão e cuspiu em sua cara. Sem dizer nem uma palavra. Tive medo. O homem reagiu com frieza. 'Vocês já estão condenadas. Vão passar a noite conosco. Com nós quatro', disse, apontando para seus três companheiros. Riram. Senti-me perdida.

"Foi quando a mulher interveio. Com o olhar gélido e a metralhadora na mão, apagou o cigarro no chão e se dirigiu aos quatro. 'São fascistas e terão a condenação que merecem, mas até então estarão sob a minha vigilância. Quanto a vocês, vão montar guarda lá fora.' Depois, dirigindo-se a nós: 'Podem escrever uma carta a quem quiserem. Será entregue ao destinatário.'

"Decidi fazer uma última tentativa. Pedi para falar com o chefe, que estava na outra sala. Eu lhe repetiria que éramos apenas três mulheres indo cuidar dos feridos. Nadia entendeu minha intenção e falou pela primeira vez: 'Diga a verdade. Somos duas Auxiliares, pertencemos ao exército da República Social e temos orgulho disso. Estamos em guerra e somos prisioneiras. Você é uma enfermeira da Cruz Vermelha, não deve ser tocada.' Não respondi e entrei na sala ao lado. Deixei-as sozinhas com a mulher. Algo me dizia que podia confiar nela. Se necessário, ela as mataria, mas impediria qualquer violência por parte dos quatro homens que nos haviam capturado. Deu papel e caneta a Nadia e a Antonietta e se sentou na frente delas. Os quatro saíram.

"O chefe tinha uma expressão cansada e nenhuma vontade de conversar. Tentei. Comecei pelo meu uniforme. Falei com clareza, disse que pertencia à Cruz Vermelha, que podia circular e levar comigo quem me fosse útil. Ele ouvia em silêncio. As duas moças que me haviam sido confiadas eram competentes e capazes, por isso eu as escolhera e levara comigo. Tive a impressão de que o estava entediando.

"Prossegui. Eu sentia que minhas palavras eram inúteis, mas continuei. Ele tinha colocado a pistola sobre a mesa, unido as mãos, e me observava. As palavras saíam da minha boca mecanicamente. Seu olhar era atento, mas impenetrável. 'Peço-lhe compreensão, minhas amigas são jovens e só querem levar algum alívio aos feridos, eu...' O rumor repentino da porta se abrindo, um grito vindo do outro cômodo. 'Os alemães!' A mulher entrou correndo. 'Temos de partir agora mesmo.' O homem pegou a pistola que estava sobre a mesa e, sem olhar para mim, afastou-me com o braço e se dirigiu à saída da propriedade.

"Um instante.

"A rajada da metralhadora. Um motor que é ligado, a caminhonete que parte a toda velocidade. Depois, o silêncio. Voltei para a primeira sala e vi. Nadia e Antonietta estavam no chão, crivadas de balas. O sangue havia impregnado os uniformes. Os rostos haviam sido poupados. Os olhos abertos e espantados. Sobre a mesa havia dois envelopes, já fechados com os endereços. Peguei-os, saí e me dirigi à estradinha atrás da propriedade. Se nossos carcereiros, os *partigiani*, tinham tomado a da frente, os alemães chegariam pelos fundos. De fato, vi-os após poucos minutos. Pedi-lhes que pegassem os corpos das minhas duas amigas e nos levassem a Brescia. Eu queria entregá-los ao Serviço Auxiliar. Não quiseram. Tinham pressa, as coisas iam mal; concordaram em cavar rapidamente duas covas e cobri-las de terra. Não pude sequer fazer uma oração. 'Vou voltar', prometi a mim mesma, 'e dar a elas uma sepultura mais digna'. À noite, cheguei ao hospital."

Federica De Marchi está sentada na poltrona de uma elegante sala em um apartamento na encosta do Monte Mario. Seus cabelos são estriados de cinza, seu rosto ainda é jovem. Pálida, com uma leve camada de batom claro nos lábios. Sua voz é baixa, quase um sussurro; a roupa é elegante e austera, cinza com gola bordada; apenas uma joia, um grande e precioso anel com uma pedra azul. Custa-me imaginá-la em cima de uma caminhonete pelas montanhas.

Havia me telefonado às 3 da tarde do dia anterior. Fazia pouco tempo que tínhamos telefone. Anna o quis para poder falar com Marco o máximo possível, pois seu trabalho não lhe deixava muito tempo livre, e eles sempre tinham o que conversar. Em geral, quando o telefone tocava, era para a minha irmã, mas ela não estava em casa, e atendi. Ouvi uma voz rouca.

— Meu nome é Federica De Marchi, gostaria de falar com Mara Carucci.

— Sou eu.

— Conheci Nadia e gostaria de vê-la.

Fui até sua casa. Pensei que ela tivesse conhecido Nadia, mas não imaginava que tivesse assistido à sua morte.

— Sua amiga lhe queria muito bem. Nos dias que passamos juntas, me falou muitas vezes da senhora. Era uma entusiasta e não via a hora de poder contar-lhe tudo. Enviei a carta de Nadia quando voltei a Roma. Espero que me perdoe, imagino que esse encontro lhe cause certa angústia, mas prefiro não procurar os pais dela. Com o que sofreram, é inútil acrescentar mais dor narrando a morte da filha. Os restos mortais de Nadia e Antonietta ainda estão enterrados perto da propriedade rural. A senhora pode dizer aos pais dela que lhes entregarão o corpo encontrado perto de Brescia. Será um conforto, a senhora verá, não vão lhe perguntar mais nada. Mas eu tinha de contar isso a alguém. Eu sei que a senhora é forte, Nadia me contou.

Desde o fim da guerra, Federica De Marchi dirige uma associação que recupera e recompõe os corpos dos mortos em batalha, entrega-os às famílias e se ocupa de dar-lhes uma sepultura digna. É uma mulher que conheceu a dor a fundo, mas não foi dominada por ela, e está habituada a encontros como esse comigo. Sua voz é calma; seus gestos, lentos e comedidos; e os silêncios, respeitosos.

Permaneço calada. O rosto e o corpo ensanguentado de Nadia; a dor por sua morte, que acabo de recompor em uma triste resignação, retorna com violência. A senhora se afasta, chama a empregada em voz baixa e lhe pede para trazer duas xícaras de chá. Depois, senta-se novamente.

– A senhora também se sentirá reconfortada quando Nadia lhe for restituída.

Não creio que me sentirei reconfortada. O relato de seu assassinato acrescentou à dor uma raiva que eu não experimentava havia muito tempo. Não suporto a imagem de seu corpo dilacerado por tiros de metralhadora, de seu rosto sem vida, que agora se sobrepõe ao semblante sorridente e destemido da minha Nadia.

A senhora serve o chá com discrição; levo a xícara aos lábios e sinto o bem-estar do calor aromático. Enxugo as lágrimas.

– Diga-me o que tenho de fazer agora; estou à disposição.

– Não se preocupe, vou mantê-la informada de tudo. Deve apenas dizer aos pais que poderão dar descanso à sua filha.

Sua calma me contagia. Consigo recompor um equilíbrio. Tenho uma missão a concluir. Nadia será sepultada no Verano, no cemitério em que está aquela Ines Donati, que ela tanto admirava. A certeza de fazer algo por minha amiga me consola. Pela primeira vez, aceito que Nadia esteja morta. Do lado errado, dirão os que foram para o lado certo. São muitos os que chegaram a ele com um salto rápido, outros tantos por comodidade e oportunismo, e agora estão prontos a condenar. Nadia errou tudo, mas nunca foi oportunista.

Morte de mulher

A TELEFONISTA de Stroppo não se afasta de sua central até a chegada dos alemães e continua a transmitir aos *partigiani* os movimentos do adversário. Os fascistas a enforcam, e seu corpo pende da corda por quatro dias.

Jolanda Crivelli, auxiliar, tem apenas 20 anos, já é viúva e está voltando para a casa da mãe quando é reconhecida pelos *partigiani*. Espancada até sangrar, é torturada, violentada, despida e arrastada pelas ruas de Cesena. Presa a uma árvore diante do cárcere, é fuzilada. O cadáver nu permanece exposto por dois dias.

Irma Bandiera, estafeta *partigiana*, é morta após sete dias de tortura. Seu corpo é encontrado em 14 de agosto no calçamento próximo ao edifício da Ico, fábrica de material sanitário, onde os fascistas a deixaram exposta durante um dia inteiro.

Giuseppina Ghersi, 13 anos, escreveu uma redação, que sua professora enviou ao *duce*. Na manhã de 25 de abril de 1945, é levada a uma escola de ensino médio, que havia se tornado campo de concentração para os fascistas. Espalham tinta vermelha em sua cabeça e escrevem o M de Mussolini em sua testa. Em seguida, é exibida à população. Espancada até sangrar e violentada. Em 30 de abril, é morta com um tiro na nuca.

Isso acontecia às mulheres, quer estivessem do lado certo, quer do errado, mas que queriam lutar como os homens. Não apenas mortas, como ocorre na guerra entre nações inimigas, mas estupradas e expostas ao público. Um destino comum e diferente daquele dos homens.

As mulheres *partigiane* presas e torturadas foram 4.635. As deportadas para a Alemanha, 2.750. As fuziladas ou mortas em combate, 623.

Das auxiliares, morreram 300, em grande parte assassinadas entre abril e maio de 1945.

34
A primeira vez

Não atravesso mais a ponte. De manhã, meus passos tomam outra direção. Assim como meus pensamentos. Não percorrem o passado, não perseguem o futuro, estão concentrados no presente, nas aulas, nos livros a serem devolvidos à biblioteca, nas conversas com os professores, nas provas a serem preparadas. Como eu havia decidido, estou estudando Letras Clássicas. Atenas e Roma. Sobretudo Roma, que tanto amei na minha adolescência, quando pensava que reconstruiríamos o império, a antiga capital que eu encontrava todos os dias nos símbolos do poder, nas palavras do *Duce*, nos hinos que nós, Jovens Italianas, cantávamos atravessando a cidade. Agora, finalmente vejo sua grandeza nos textos da biblioteca da faculdade, na leitura dos poetas, no estudo da história. Para a segunda prova, o professor de Literatura Latina me pediu uma dissertação sobre Virgílio. Fui bem. Outra nota 10, e o professor me chamou para uma entrevista. Giorgio Parati é um sujeito intratável, de poucas palavras, tem sempre um ar de quem não quer perder tempo e considera os estudantes uns chatos. Foi direto.

– Vi que se interessa particularmente por Virgílio. Gostaria de ser minha assistente em uma pesquisa? Não a conheço bem, poderia me decepcionar, mas podemos tentar. Para a senhorita será um trabalho interessante. Poderia usá-lo para o seu trabalho de conclusão de curso, desde que queira fazê-lo comigo, em Literatura Latina.

– É exatamente o que quero – respondi-lhe de maneira igualmente direta. – Muito obrigada.

Saí de sua sala com a satisfação de ver em seus olhos certo espanto. Está habituado a estudantes temerosos ou aduladores. Não esperava uma reação educada, mas tão despachada quanto a sua proposta. De uma mulher, então, menos ainda.

Desse modo, agora passo meus dias entre uma biblioteca e outra, a Casanatense, a Angelica, a Vallicelliana, consultando códices, manuscritos, incunábulos e edições antigas. Trabalho quase período integral para as pesquisas do professor. Preparo os materiais para suas palestras e seus textos. Recentemente, adoeceu, pegou uma gripe forte, poucos dias antes de uma palestra sobre as *Geórgicas* de Virgílio. Escrevi boa parte de sua apresentação. Disse-me que fiz um excelente trabalho, todos elogiaram.

Com ar de me fazer uma grande concessão, levou-me à Biblioteca Vaticana para examinar alguns documentos. Mostrou-me o *Vergilius Vaticanus*, o manuscrito ornado de miniaturas do século XV, com fragmentos da *Eneida* e das *Geórgicas*.

— Provavelmente, é o mais antigo dos manuscritos de Virgílio, com 76 fólios e 50 ilustrações – disse-me. – Sugiro que a senhorita escreva uma dissertação sobre sua história.

— Vou poder mesmo estudá-lo, examiná-lo?

Não consigo esconder meu espanto. O professor Parati se aproveita da situação.

— Se não se sente capaz, diga logo. Não é fácil obter permissão para consultar uma obra tão preciosa.

— Claro que me sinto capaz – respondo –, e vou fazer um bom trabalho.

As miniaturas têm o tom avermelhado das cores pompeianas e são circundadas por molduras vermelhas e douradas. Observo longamente a que retrata o adeus entre Eneias e Dido. As cores, roxo, rosa, laranja. Os corpos distantes, os rostos que se olham, as mãos erguidas em sinal de saudação. Há uma inelutabilidade na pintura que perturba e emociona. Há a inevitabilidade da história que se deve cumprir, mesmo convulsionando a vida dos indivíduos. Dos humildes e dos poderosos.

Assim, Virgílio está ocupando minha vida. O restante é colocado de lado. Agora, as preocupações da minha mãe com o orçamento me parecem mais leves. Anna se prepara para o grande dia com simplicidade e alegria.

— Vai ser um casamento em tempo de paz — diz Marco —, e isso é o suficiente para torná-lo especial.

Não haverá nenhuma grande festa, não podemos nos permitir grandes comemorações, apenas um almoço, que minha mãe e tia Luisa programaram em detalhes. Contudo, Anna terá um esplêndido enxoval, com camisolas de seda, lençóis de linho e toalhas bordadas. Dei-lhe o meu de presente, aquele que tia Luisa havia guardado por anos, salvando-o também das restrições da guerra. Para mim ainda há tempo, disse-lhe. Antonio é um adolescente tímido, muito ligado à minha mãe, que ainda o considera seu menino. Com duas paixões, Chisciotta, que ele leva para passear com orgulho e que o segue por toda parte, e o desenho. Sobretudo de casas e pontes. Quer se tornar engenheiro como tio Edgardo.

Tia Luisa descobriu muitos lugares onde pode canalizar suas energias. Atualmente, trabalha em um orfanato e me conta, surpresa, que com ela trabalham não apenas mulheres católicas, mas também socialistas e que "há até mesmo uma comunista". Sua relação com minha mãe se tornou mais importante. Em suas conversas retornam com frequência cada vez maior as lembranças da infância.

— Você se lembra da sopa de batatas que comíamos à noite? Precisamos tentar fazê-la novamente.

— E quando Edgardo foi falar com o papai, pedindo você em casamento? Era tão tímido que se atrapalhou todo. O papai não entendeu se ele queria se casar com você ou comigo.

Coloquei de lado também o coração. Por enquanto, ele não quer se entregar a ninguém. Ainda tem de curar as feridas e só consegue acolher algum leve carinho.

Claudio continua a me cortejar discretamente. Gosto de sua presença, de que às vezes venha me buscar para me levar à universidade. Gosto de seus projetos. Gosto de lhe contar os meus. Foi ele o primeiro a saber do *Vergilius Vaticanus*. Fui eu a primeira a saber que ele quer transformar parte da empresa paterna em uma editora. Nesse momento, dele não quero mais do que isso.

— A porta está fechada ou está aberta, mas é melhor eu não entrar por enquanto? – perguntou-me.

Respondi-lhe que a porta estava aberta, mas que por enquanto eu preferia ficar sozinha na sala. Caminhar sem ninguém ao meu lado. Ele entendeu.

Embora eu não vá mais à ponte, sinto o rio da vida correr. Plácido como o Tibre, não conhece correntezas, saltos, turbilhões nem redemoinhos, não encontra escarpas nem cascatas. Ainda não sabe a qual mar levará suas águas. Embora eu tenha certeza de que chegará ao mar em algum momento.

Quando o bonde passa pela Piazza Venezia, busco a sacada com o olhar. Lembro-me da voz metálica e potente que ouvi por tantos anos. E dos aplausos, dos gritos, das vozes entusiasmadas de Giulio e Nadia, das canções. Olhando para aquele rosto, ouvindo aquelas palavras, estávamos prontos para tudo. Nadia e Giulio não estão presentes. O *Duce* e a Itália que eu amava não existem mais. Hoje, buscam-se as culpas, examinam-se os erros, descobrem-se os horrores, odeiam-se os mortos, condenam-se os velhos sonhos, ofende-se o que por tanto tempo foi sagrado. Constroem-se novos sonhos: a liberdade, a democracia, a justiça igual para todos. Além disso, o bem-estar, a felicidade, a diversão. Alguns talvez sejam inalcançáveis. Mas é justo que existam, é reconfortante que, após tanto sofrimento, possa-se de novo pensar no amanhã. Eu achava que nunca conseguiria me adaptar, que só era capaz de nutrir nostalgia pelo passado e desprezo pelo futuro. Não é verdade. O futuro é incerto, algumas vezes desconfio dele, mas ele se impõe.

Em alguns meses vamos votar. Para mim, é a primeira vez. É a primeira vez para as mulheres, disse-me com entusiasmo tia Luisa. E me falou de muitos anos atrás, quando o *Duce* havia prometido o voto também para nós. Acreditamos, mas depois ele não cumpriu a promessa.

– Não foi a primeira vez e não seria a última – comentou minha tia, lapidar.

Tenho de escolher entre monarquia e república. Não sei o que é a república que querem construir, conheço pouco os homens que desejam nos governar e não me iludo, como muitos, com a possibilidade de haver mudanças rápidas e positivas para todos. Entre as coisas que aprendi, está justamente esta: não acredito em promessas. No entanto, descubro em mim alguma emoção e certa expectativa. Finalmente posso dizer o que penso também em público, com uma marcação em uma cédula. Odeio a monarquia e os soberanos que nos traíram, deixando-nos sozinhos primeiro nas mãos dos alemães, depois nas dos anglo-americanos. Não merecem reinar sobre um povo que abandonaram. Portanto, votarei pela república. E, desta vez, observarei com atenção e criticarei o que não estiver correto. Pelo que me disseram, na democracia há liberdade de expressão. Pretendo usá-la.

Já se passou quase um ano da morte de Nadia, e ainda tenho vontade de lhe contar muitas coisas: os sonhos que deixei de lado e os que estão se tornando realidade. Como a vida mudou, como também hoje pode ser vivida de uma forma melhor. Provavelmente eu nunca a convenceria, mas nossa amizade permaneceria forte. Disso tenho certeza.

Lina me pediu para passar em sua casa por um instante. Ainda tem o semblante esculpido pela dor, mas uma luz nova nos olhos. Mostrou-me uma foto que acabou de receber da Grécia. Uma menina de cerca de 1 ano, olhos claros, cabelos ainda ralos, mas louros e encaracolados, um sorriso impertinente. É a filha de Giulio.

– Chama-se Nadia – disse-me.

Agradecimentos

Agradeço às historiadoras (em particular a Michela De Giorgio) que pesquisaram sobre o universo feminino durante o fascismo e ousaram enfrentar o que os homens ignoraram de maneira dolosa. A leitura de seus textos me fortaleceu e persuadiu. *Mara* também é cria delas.

Agradeço às minhas amigas de esquerda. Seus olhares interrogativos quando anunciei que queria escrever sobre uma mulher fascista foram decisivos para me convencer de que era necessário fazê-lo. *Mara* também deve muito às dúvidas delas.

Agradeço a Rosella Postorino e a Pierluigi Battista pela generosidade e pelo interesse com que me ouviram, acompanharam e aconselharam.

Agradeço a meus dois anjos da guarda, Cristina Palomba e Carmen Prestia, que sempre acreditaram firmemente em *Mara* e a acompanharam do início ao fim com olhar profissional e afetuoso, como apenas as mulheres – e elas são duas maravilhosas – sabem fazer.

Este livro foi composto com tipografia Adobe Garamond e
impresso em papel Off-White 90 g/m² na Formato Artes Gráficas.